ro
ro
ro

Edda Minck wurde 1958 in Bochum geboren. Nach nicht eben geradlinig zu nennendem Berufs- und Arbeitsleben zwischen Medizinlabor, Fernsehstudio und Theaterbühne arbeitet sie mittlerweile erfolgreich als freie Schriftstellerin. www.eddaminck.de

edda minck

suppenmord

Kommissar Hölderling kocht

Kriminalroman

Rowohlt Taschenbuch Verlag

3. Auflage Juni 2013

Originalausgabe
Veröffentlicht im Rowohlt Taschenbuch Verlag, Reinbek
bei Hamburg, November 2012

Umschlaggestaltung yellowfarm gmbh, Stefanie Freischem
(Foto: plainpicture / Mato)
Satz Arno Pro PostScript, InDesign, bei
Pinkuin Satz und Datentechnik, Berlin
Druck und Bindung CPI – Clausen & Bosse, Leck
Printed in Germany
ISBN 978 3 499 25943 2

MIX
Papier aus verantwortungsvollen Quellen
FSC® C083411
FSC www.fsc.org

Das für dieses Buch verwendete FSC®-zertifizierte Papier
Holmen Book Cream liefert Holmen, Schweden.

Für Papa und Brigitte

KAPITEL

1

Wer an jenem kalten Freitagabend im Dezember durch die Kölner Altstadt ging und in Jobst Freitags Delikatessenladen einkehren wollte, fand sich vor verschlossenen Türen wieder. Ein Schild am Eingang erstickte auf der Stelle alle Gedanken an Heimeligkeit, Aromen, Leckereien und ein gutes Glas Wein oder ein frisch gezapftes Kölsch. Auf dem Schild stand: GESCHLOSSENE GESELLSCHAFT. In Großbuchstaben. Es brüllte einem den Sachverhalt regelrecht entgegen. Einige verwirrte Stammkunden, die trotzdem beherzt die Klinke ergriffen und der alten Holztür mit schmiedeeisernem Gitter vor den bunten Fenstern den nötigen Druck versetzten, scheiterten. Die Tür schwang nicht auf, und das Messingglöckchen schwieg.

So erging es auch Dr. Brehm, dem Pressesprecher der örtlichen Polizeibehörde. Er prallte zurück und musste sich erst einmal sammeln, um es ein zweites Mal zu probieren. Die Klinke fest in der Hand, drehte und rüttelte er, bis endlich die Bedeutung dessen, was da auf dem Schild stand, auch in sein Bewusstsein sickerte. Geschlossene Gesellschaft!? Unmööchlich! Angefangen vom Klüngel bis zur Medienszene war eine Veranstaltung erst dann gelungen, wenn Brehm sie mit seinem Erscheinen geadelt hatte. So jedenfalls gebot es sein Selbstverständnis.

Er trat einen Schritt zur Seite, guckte durch die große, von innen beschlagene Schaufensterscheibe – und stutzte. Denn er erwartete eine wild wogende Menge ausgelassener Leute, zu ebenjener GESCHLOSSENEN GESELLSCHAFT gehörend, die ihrer Feierlaune freien Lauf ließen. Er wischte mit der flachen Hand über die Scheibe und presste seine Nase ans kalte Glas. Könnte ja sein, dass es sich um gänzlich unwichtige Personen handelte, zu denen er sowieso nicht gehören wollte. Aber alles, was er in dem schummrigen Licht erkennen konnte, waren die Gestalten von Werner Zabel, leitender Polizeibeamter von Mord II, und ihm gegenüber am Tisch sein ranghöchster Mitarbeiter Hauptkommissar Gregor Hölderling, vor schlichtem, aber gediegenem Porzellan, auf dem sich, wie Brehm vermutete, das beste Filet vom Wagyu-Rind befand, das in Europa aufzutreiben war.

In ihm stieß der wilde Stier kleine Wölkchen durch die Nüstern und scharrte mit den Hufen. Das da drinnen waren seine Kollegen! Und Jobst Freitag würde doch bitte die Freundlichkeit haben ... Und was hieß hier geschlossene Gesellschaft? Nur zwei Männer – da war auf jeden Fall Platz für einen dritten, und für ihn, Brehm, schon lange. Er klopfte an die Scheibe. Die beiden Männer am Tisch reagierten nicht. Hölderling kaute in Ekstase, seinen Kopf etwas schief gelegt, den Blick zum Himmel gewandt, die Augen geschlossen; und Zabel saß mit seiner Nase tief über seinen Teller gebeugt da, eine weiße Leinenserviette über dem Kopf, als wolle er ein Kamillendampfbad nehmen.

Brehms Faust auf dem Weg zur Glasscheibe stoppte mitten in der Bewegung, als er das seltsame Gebaren Zabels sah. Was für einen Quatsch führt der denn da auf?, dachte Brehm. Der tut ja so, als verkoste er einen Ortolan! – Immerhin war es ein verbotenes Vergnügen, kleine, unter Artenschutz stehende Singvögelchen zu grillen und unter großem Brimborium zu verspeisen. Eine französische Skurrilität. Aber die aßen ja auch geschmorte Frösche und waren noch zu ganz anderen Fisimatenten fähig ... Brehm klopfte erneut, diesmal an die Tür, und nach wenigen Sekunden wurde aufgeschlossen. Jobst Freitag, wie immer in schwarzer Kellnerhose und tadellosem, weißem Hemd mit aufgekrempelten Ärmeln, öffnete die Tür ein paar Zentimeter, versperrte Brehm aber den Zutritt. Jobst wartete gar nicht ab, sondern sagte in breitestem Kölsch, das er nur hervorholte, um unmissverständliche Absagen zu erteilen: «Jeschlossene Jesellschaft, Herr Doktor. Tut mir escht leid. Die beiden Herren möchten ontre nus bleiben. Nix ze maache. Widdersehn.»

«Aber ich habe Hunger! Und ich bin Stammkunde, und es ist nicht einzusehen, dass … Und überhaupt, das sind meine Kollegen, meine Freunde, sozusagen, die werden doch …»

«Tut mer leid. Die kennen hück kinne Fründe.»

Brehm atmete tief durch und versuchte es auf die Mitleidstour.

«Der Laden ist leer, bis auf die beiden. Sind wir alleinstehenden Männer mittleren Alters nicht geradezu verpflichtet, im Hunger solidarisch zu sein?»

Jobst fuhr sich mit beiden Händen durch die Haare. Der hatte ihm gerade noch gefehlt. Eine Diskussion mit Brehm war das Letzte, was er wollte, daher sagte er streng: «Isch kann da nix maache. Dat Brauhaus hat noch jeöffnet, Herr Doktor. Juten Hunger.»

Jobst Freitag zog die Türe zu, der Schlüssel wurde im Schloss umgedreht, und Brehm wusste, dass er verloren hatte. Nun nagte nicht nur der Hunger an seinen Eingeweiden, sondern auch der blanke Neid und der Schmerz des Ausgegrenztseins. Was hatten die beiden Männer da drinnen zu tun? Allein? Was konnte es für einen Anlass geben, einen ganzen Feinkostladen mit Bistro für sich zu beanspruchen? Klüngeleien hinter seinem Rücken? Brehms Hunger trieb ihn in Richtung Brauhaus. Seine Neugier ließ ihn sein Handy aus der Manteltasche hervorholen und Frau Klingels Privatnummer wählen. Die Sekretärin von Zabel würde doch wissen, um was es sich bei dieser Zusammenkunft handelte. Frau Klingel hob auch tatsächlich ab und sagte mit Zurückhaltung in der Stimme: «Ja bitte?!» Als sie hörte, was Dr. Brehm von ihr zu so später Stunde noch wollte, antwortete sie wesentlich unfreundlicher: «Herr Doktor Brehm, ich habe bereits Feierabend, seit Stunden, wenn Sie das bitte zur Kenntnis nehmen wollen», dann wechselte sie nahtlos in kölsche Mundart und verkündete: «De alte Frau Klingel leescht jetzt die Füße hoch – und dat sollten Sie auch tun. Et gibt nix in Herrn Zabels und Herrn Hölderlings Leben, was isch bereit wäre Ihnen mitzuteilen. Is dat klar? Juten Hunger. Isch leg dann mal auf.» Zur Bestätigung knackte es in der Leitung.

Brehm starrte auf sein Handy, weswegen er am Eingang des Brauhauses über die Türschwelle stolperte. Er musste sich auf den Stufen abstützen. Hinter sich hörte er jemanden sagen: «Meinen Sie nicht, Sie haben schon genug, guter Mann?»

Brehm fuhr herum. Vor ihm stand ein Streifenpolizist. «Wissen Sie, wen Sie vor sich haben?», schnauzte er den jungen Diensthabenden an. Aus schierem Überlebenswillen salutierte der junge Polizist und stammelte: «Herr ... Doktor ...», und endlich ging ihm ein Licht auf: «B ... rühl.»

«Brehm. Doktor Brehm! Und zu Ihrer Information: Ich bin nur gestolpert und keineswegs betrunken! Dies ist *keine* Meldung für den *Express* und für die Kantine im Präsidium auch nicht! Und jetzt kümmern Sie sich mal um richtige Verbrecher.»

«Jawohl», stammelte der Beamte und trollte sich in Richtung Dom. Mangels weiterer Ideen betrat Brehm das Brauhaus, um ein einsames Mahl in Form von Halver Hahn und etlichen Stößchen Kölsch zu sich zu nehmen.

In Jobst Freitags Delikatessenladen hatte sich Zabel endlich entschlossen, die Serviette von seinem Kopf zu nehmen und das Steak vom Wagyu-Rind anzuschneiden. Hölderling tastete mit der Zunge seinen Gaumen ab, um herauszufinden, ob aus den Fasern des edlen Rindviehs nicht noch eine Spur mehr Aroma zu holen war. Jobst Freitag stellte zwei Gläser Kölsch auf den Tisch und verzog sich in die Küche, um das Dessert vorzubereiten: Wildreispfannkuchen mit Waldbeerenmus und Mascarpone-Creme.

Er wusste, dass er die beiden Männer, die er – bis auf diesen einen speziellen Abend im Jahr – sogar seine Freunde nannte, in ihrem Schmerz allein lassen musste. An diesem Abend gehörte er, Jobst Freitag, genau wie jeder andere auch, nicht dazu. *Der Club der kleinen Lichter* hatte nur zwei Mitglieder, und dass es ein drittes niemals geben würde, dafür würden die beiden sorgen; und notfalls dafür auch über Leichen gehen. Wie so oft im Leben eines Mannes war der Grund, einen Club zu gründen, der, einer gewissen Leidenschaft zu frönen. Unter Gleichgesinnten und unter Ausschluss der Öffentlichkeit. In diesem Fall ging es um die Gunst einer Frau. Einer sehr speziellen Frau, die sich von Hölderling und Zabel ab- und einem Dritten zugewandt hatte. Von Zabel bereits im Teenageralter, von Hölderling erst vor vier Jahren. Diesem Sachverhalt wurde einmal im Jahr gedacht. Am Jahrestag der Trennung von Hölderling und Annelies.

«Wie wollen die beiden Struck diesmal um die Ecke bringen?», fragte Sophie Wackernagel, die in der Küche am Tisch des Kochs saß. Sie war die Perle in Gregor Hölderlings Haushalt, seit er von seiner Lebensgefährtin, der Rechtsmedizinerin Dr. Annelies Seydelbast, verlassen worden war. Sophies Aufgabe war es, an diesen alljährlich stattfindenden Clubabenden dafür zu sorgen, dass Zabel und Hölderling nach durchzechter Nacht in ihr Heim zurückgebracht wurden. Jeder in seines, versteht sich. Zabel mit dem Taxi, Hölderling in seinem alten schwarzen Citroën DS

Pallas mit Sophie am Steuer. Jobst musste lediglich davon abgehalten werden, in der Küche zu schlafen. Sophie hatte es bisher immer geschafft, ihn in die erste Etage über dem Delikatessenladen zu schieben, wo er in der Diele lang hinschlug und liegen blieb, bis er am nächsten Morgen von seinem Küchenhelfer Piet wieder auf die Füße gestellt wurde.

Sophie war somit eine Auserwählte, die erstens Hölderlings Oldtimer fahren durfte und zweitens Geheimnisträgerin obersten Ranges war, was den Zweck und den Verlauf dieser Abende betraf. Da sie bereits drei davon miterlebt hatte, wunderte sie sich über gar nichts mehr – weder über die überbordende kriminelle Energie, die Hölderling und Zabel gegenüber ihrem Kollegen Struck entwickelten, der nun das Vergnügen hatte, mit Annelies zusammenzuleben, noch über die Völlerei der beiden, die an römische Orgien erinnerte.

«Sie haben sich überlegt, eine Selbstschussanlage zu bauen – und zwar in den Alfa Romeo von Struck. Aber Hölderling meinte, das wäre zu gefährlich, weil Annelies ab und zu mitfährt.»

«Und ein bisschen wäre es ja auch schade um das schöne Auto, oder?»

Jobst zuckte die Schultern. «Na ja, ein Alfa Junior, vollrestauriert ... da muss man sorgfältig mit umgehen. Aber ich glaube, Hölderling hat doch mehr Angst um Annelies.»

«Was ihm hoch anzurechnen ist. Warum nietet er den Struck nicht einfach im Dienst um? Friendly Fire, so heißt das doch, wenn man von den eigenen Truppen abgeschossen wird.»

«Klar, das wäre einerseits einfach», sagte Jobst. «Andererseits ist der Gebrauch einer Dienstwaffe nicht so lässig zu handhaben, wie das Fernsehen einem weismachen will.»

«Und Struck? Weiß er, was seine beiden geschätzten Kollegen da gegen ihn aushecken? So doof ist der ja wohl nicht.»

«Er merkt es natürlich nicht, weil – seit er mit Annelies zusammen ist – sein Ego auf die Größe eines Heißluftballons angeschwollen ist. Und meine beiden Freunde da draußen wissen, was sich gehört. Sie behandeln ihn im Büro nicht anders als jeden anderen Kollegen, dessen Anwesenheit man für die Pest hält. Und damit das auch weiter so gut läuft, betreiben sie mit diesen konspirativen Treffen eine Art Psychohygiene. Stressabbau auf die feine, kölsche Art. Wie sonst soll man zivilisiert bleiben? Hm? Den Schmerz, hervorgerufen von unerwiderter Liebe, kann nur das Blut des Nebenbuhlers lindern … oder so ähnlich. Und solange man nur ausheckt und nicht zur Tat schreitet, ist ja alles in Ordnung und ganz legal. Ich finde, die beiden beweisen Haltung.»

«Wie gut, dass ich Philosophie studiere … Ihr wärt ja sonst allesamt nicht auszuhalten.»

Sophie seufzte und legte den Löffel beiseite, mit dem sie in ihrem Feinkostmüsli herumgestochert hatte. «Ist es wirklich die große Liebe oder nur Irrsinn? Falls es die große Liebe ist, möchte ich auch so eine. Ein Mann, der alles dafür tut, um seine ehemalige Geliebte wieder zurückzubekommen … Der für den Fall, dass eines Tages womöglich sein Nebenbuhler abgewiesen wird und dann auch in den Club aufgenommen werden möchte, dies sogar durch eiskalten Mord verhindern würde. Ach … muss Liebe schön sein.»

Jobst kniff die Augen zusammen. «Machst du dich etwa lustig?»

«Nicht die Bohne.»

«Aber eben hast du noch gesagt, wir sind irrsinnig. Was denn nun?»

«Es kommt auf die Perspektive an. Man wird ja wohl noch träumen dürfen. Liebe und Wahnsinn liegen eng beieinander.»

«Ja, und wenn die beiden Kinder kriegen, heißen die dann wie?»

«Reihenhaus, Nachwuchs, Ehekrise, Scheidung und ein Wiedersehen bei *Verzeih mir* oder wahlweise in den Polizeinachrichten unter der Rubrik *Ehestreitigkeiten mit letalem Ausgang …*»

Jobst lachte und platzierte die Pfannkuchen-Reis-Masse in der heißen Gusspfanne. Es brutzelte nur ganz eben, die angekochten Wildreiskörner ploppten auf, und ein zartes Karamellaroma breitete sich in der Küche aus. Als er die Bratlinge sicher verwahrt wusste, drehte er sich um und guckte Sophie an. Dann sagte er: «Du könntest mich nehmen. Ich liebe Frauen mehr als das Essen, was schon mal für mich spricht. Ganz im Gegenteil zu Gregor Hölderling. Der weiß das manchmal eben nicht so genau. Was ja letztendlich den GAU auch verursacht hat. Er hat einfach im richtigen Moment die falschen Prioritäten gesetzt.»

«Ich weiß – der Würchwitzer Milbenkäse. Man lässt eine Frau einfach nicht wegen eines Käses am Bahnhof stehen. Und das war ja wohl nur das Sahnehäubchen auf der Beziehungshistorie von Hölderling–Seydelbast. Und das mit dem Würchwitzer hast du ihm doch eingebrockt.»

«Ich weiß. Aber was hast du gegen mich?»

Sophie klebte sich den Löffel an die Nase und schielte. Das Resultat war ein doppelter Jobst, dessen Gesicht mittlerweile rot angelaufen war – angesichts der Farbe tippte sie auf eine Überdosis Birnenbrand.

«Du passt nicht in mein Beuteschema. Der Hölderling nicht und du auch nicht. Hölderling ist ein Süchtiger und du sein Dealer.»

«Ein Würchwitzer ist eben reif, wenn er reif ist. Und Gregor hätte es mir nie verziehen, wenn ich ihm nicht Bescheid gesagt hätte.»

«Offensichtlich hat er dir verziehen, dass du ihm Bescheid gesagt hast. Und genau da haben wir den Salat – er verzeiht dir, dass du seine Beziehung ruiniert hast. Das zum Thema Prioritäten.»

Jobst drehte sich beleidigt um und wendete die Pfannkuchen. Diskutiere nie mit einer Philosophin, schalt er sich. Auch wenn sie einen klebrigen Löffel an der Nase hat. Die ist gefährlich ... hübsch und gefährlich! Und ziemlich vorlaut. Das kommt davon, wenn Gregor sich seine Putzfrau von Frau Klingel casten lässt.

«Maître! Maître! Es verlangt uns nach Getränk, unsere Hälse sind schon ganz schartig ... !», kam es aus dem Gastraum.

«Krieg dich wieder ein, Jobst. Ich wundere mich nur über so viel Leidenschaft und Poesie in den Seelen zweier Polizeibeamter», sagte Sophie.

«Ihr Frauen werdet nie verstehen, was das Herz eines Mannes bewegt. Wenn Annelies wirklich schlau wäre ... Ach, vergiss es. Ich muss mich jetzt mal schnell um die beiden kümmern ... Und lass die Finger aus der Pfanne!»

Natürlich würde Sophie die Finger aus der Pfanne lassen. Sie würde sich aus allem raushalten. In ihrer Eigenschaft als Philosophiestudentin neigte sie – lehrplanbestimmt – im Augenblick den Stoikern zu, obwohl sie auch ein großer Fan von Nietzsche war. Die besten Voraussetzungen, um das Hölderling'sche Unwesen zu ertragen. Sie mochte ihn eigentlich ganz gern – für einen Chef, versteht sich, für einen, dessen XXXL-Unterhosen man unterm Bett hervorklaubte und dessen blutverschmierte Kochschürzen sie in die Kochwäsche stopfte – sie, die Vegetarierin. Und seine Angewohnheit, morgens oft nicht zur Arbeit zu gehen, sondern im dicken Hausmantel auf dem Sofa zu liegen und sie zu Tode zu erschrecken, wenn sie zur Arbeit kam, stellte ihre Geduld auf eine harte Probe. Man konnte von Hölderling denken, was man wollte. Die Tatsachen waren nicht zu übersehen: Er aß zu viel, er kochte zu viel, er trauerte zu viel, und er arbeitete zu wenig, um keinen Neid über seine Erfolgsquote aufkommen zu lassen, wann immer in Köln ein Mord geschehen war. Gregor Hölderling war unübersehbar ein Phänomen, das die Eigenschaft hatte, am Selbstbewusstsein seiner Kollegen und Kolleginnen zu kratzen – nur durch seine schiere Anwesenheit –, auch wenn er meistens abwesend war. Sie hatte Zabel sogar einmal über Hölderling sagen hören: «Der kann Schuld riechen. Einwandfrei. Der riecht alles, alle Zutaten, von egal was – egal, ob es im Kochtopf schwimmt oder im Verhörraum sitzt.»

Tja, könnte so sein, dachte Sophie. Aber dass Annelies es ihm übel genommen hatte, dass er statt des Ehebettes die Küche mit seiner kochenden Leidenschaft bedachte, das hatte er nicht gerochen. Muss ein ähnlicher Effekt sein wie bei Wahrsagern, die ihre eigene Zukunft auch nicht voraussagen können. Wäre ja auch sonst zu einfach, das Leben – und wer bräuchte dann noch Philosophen?

Jobst hatte die Küchentür nicht richtig zugemacht, und Sophie sah, wie Gregor Hölderling seinen Bissen im Mund hin und her rollte und dabei die Welt zu vergessen schien. In diesem Augenblick war er einhundert Prozent Geschmacksnerv – absolut im Hier und Jetzt. Vielleicht war es diese Eigenschaft, die die Menschen an Gregor Hölderling so anziehend und gleichzeitig befremdend fanden. Ihn umwehte die Aura des ewig suchenden und staunenden Kindes, vor allem beim Anblick eines gelungenen Soufflés. Deswegen hatte er Sophie sogar einmal mitten in der Nacht angerufen. Das war kurz nach der Trennung von Annelies gewesen. Sie hatte erst nicht verstanden, worum es ging, denn Hölderling hatte geflüstert, und so hatte Sophie gedacht, am anderen Ende der Leitung sei irgendein Irrer, der ihr was ins Ohr stöhnen wollte. Aber dann hatte sie begriffen, dass ihr Brötchengeber am Telefon war und flüsterte, um das Soufflé nicht zum Einsturz zu bringen.

«Es ist drei Uhr in der Früh, wenn ich jetzt nicht schlafe, werde ich morgen in der Vorlesung zusammenklappen wie ein misslungener Kuchen. Können Sie das verstehen?» Zugegeben, das war etwas ruppig gewesen, aber für eine Störung zu nachtschlafender Zeit durchaus angemessen. Seitdem hatte er sie nie wieder wegen irgendetwas Essbarem angerufen, schon gar nicht vor dem Morgengrauen.

Sophie betrachtete ihr Müsli, das mittlerweile das Stadium von undefinierbarer Pampe erreicht hatte. Trotz immer wiederkehrender Reibereien machte sie Hölderlings Zirkus schon vier Jahre mit. Wie eben jetzt: am Trennungsdatum hier zu sitzen und darauf zu warten, dass ihr Chef sich final betrank, damit ein Selbstmordgedanke, selbst wenn er denn aufkam, den See aus Kölsch nicht würde durchschwimmen können, um am anderen Ufer Schaden anzurichten. Außerdem wurden die anfallenden Überstunden klaglos bezahlt. Und wenn es ein besonders anstrengender Abend war, dann landete sogar noch ein Bonus auf dem Tisch des Hauses. Im letzten Jahr hatte er ihr eine handsignierte Heidegger-Schrift geschenkt, die bezeichnenderweise den Titel *Erläuterungen zu Hölderlins Dichtung* trug.

«Ist das das Schweigegeld?», hatte sie ihn gefragt und es im nächsten Augenblick auch schon bereut und sich gewünscht, sie hätte sich die Zunge abgebissen. Hölderling hatte lediglich die Stirn in Falten gelegt und gesagt: «Wenn es Ihnen nicht gefällt, dann trage ich es zurück ins Antiquariat.»

«Nein, nein … bloß nicht! Ich … ich … wollte, sollte nicht …»

«… weiter reden, als man sich entschuldigen kann», hatte Hölderling ihren Satz vervollständigt, und Sophie hatte verstanden. In seiner Welt tickten die Uhren anders, und der Club der kleinen Lichter hatte gar keine Veranlassung, für irgendetwas ein Schweigegeld zu bezahlen. Der Club der kleinen Lichter war der exklusivste von allen – und nicht zu vergessen: Die Mitglieder waren bewaffnet.

Als Sophie wieder aufblickte, schwebte über der Pfanne ein dunkles Wölkchen. Jobst hatte sich bei den Herren offensichtlich festgequatscht. Von wegen «raushalten»! Sie stand auf und wendete die Bratlinge, bevor sie in Rauch aufgehen konnten. Als Jobst schließlich zurückkam, saß sie längst wieder am Tisch und kratzte geräuschvoll die Müslischale aus.

Jobst betrachtete die Pfanne mit glasigen Augen und sagte: «Isch wusste, dass in diesem Haus die Heinsselmännchen wohnen.» Seine Aussprache war schon nicht mehr ganz nuschelfrei.

«Na klar, Jobst. Woher weißt du, dass ich das nicht war?»

«Erstens hab ich es dir verbooden und zweitens …» Jobst verlor kurz das Gleichgewicht und hielt sich an der Messingreling seines Lacanche-Herdes fest. «Ssweitens … egal. Die müssen das gewesen sein. Hast du sie gesehen?»

Sophie schüttelte den Kopf. «Heinzelmännchen sieht man nicht. Und wenn man sie sieht, sind sie weg! Das weißt du doch. Wie viel von deinem Obstbrand hast du schon intus? Bei siebzehn müsste ich dich nämlich nach oben schieben, weil dann deine Haare zur Selbstentzündung neigen und ich keine Lust habe, noch mal ein Fackelmännchen zu löschen.» Sophie spielte damit auf das Ereignis vor einem Jahr an, als ihr der Heidegger als Tapferkeitsmedaille verliehen worden war, weil sie geistesgegenwärtig den betrunkenen Jobst gelöscht und den Delikatessenladen davor bewahrt hatte, in Flammen aufzugehen.

«Dasss war doch nur ein Versssehen. Ischbineben heisseralsdudenkss.» Jobst kicherte und hebelte die Pfannkuchen auf die Dessertteller, gab zielsicher einen Klacks Mascarpone obendrauf und einen Löffel vom selbstgemachten Beerenmus, dann wankte er mit den beiden Tellern hinaus.

Sophie gönnte sich den Spaß, in Windeseile die Spülmaschine auszuräumen. Schönen Gruß vom Heinzelfrauchen, dachte sie. Man soll Irre in ihrem Wahn bestärken.

Jobst kam zurück, suchte etwas in den Küchenschränken, fuhr vor der blinkenden Pracht zurück und öffnete vorsichtig die Klappe der Spülmaschine. Er warf einen Blick hinein, ließ die Klappe wieder zuschnappen und drehte sich zu Sophie um. «Die waren widder da. Isch sach es doch. Die Heinzelmännschen ...», rief er, klatschte in die Hände und eilte zurück zu Hölderling und Zabel.

«Wer ist dafür, dass wir dem Struck gemahlene Glasscherben in seine Energieriegel mischen? Das ist Borgia-Style», hörte Sophie Gregor Hölderling sagen.

«Ich bin dabei», antwortete Zabel. «Zum Wohl!»

Sophie guckte auf ihre Armbanduhr. 23:30 Uhr. Jobst war bereits bei den Heinzelmännchen und die beiden anderen noch nüchtern genug, um sich an Lucrezia Borgias Ideen zu vergreifen. Das würde ein langer Abend werden. Sie stellte den Fernseher an, der in der Küche über der Anrichte hing. Es lief *Angriff der Killertomaten*. Leider hatte sie die spektakuläre Anfangssequenz des Hubschrauberabsturzes schon verpasst – blieb nur noch, auf den Auftritt des sehr, sehr jungen George Clooney zu warten. Alles war besser, als den drei Feierabend-Anarchisten dabei zuzusehen, wie sie sich in ihr Phantasialand katapultierten. Und das auch noch geplant und ausgekostet bis zum letzten Blutstropfen, besser, vorbereitet als die Aktion Wüstensturm und vor allem: wesentlich effektiver. Der Club der kleinen Lichter. Na ja, sympathische kleine Lichter waren sie immerhin. Sophie stibitzte sich den letzten Pfannkuchen aus der Pfanne, tunkte ihn in die Mascarpone-Creme und schob noch einen Löffel voll Beerenmus hinterher. Auch Heinzelmännchen mussten mal was essen.

KAPITEL
2

«Wenn Sie jetzt nicht aufstehen, dann können Sie auch gleich liegen bleiben. Dann brauchen Sie überhaupt nicht mehr loszufahren! Aber dann werde ich Sie mit Hilfe des Staubsaugers gleich mit entsorgen.» Sophie hob drohend die Staubsaugerdüse und fuchtelte damit vor Hölderlings Gesicht herum. «Gleich schalte ich ihn ein!»

Hölderling hatte zwar gehört, was Sophie angedroht hatte, aber verstanden hatte er es nicht. Er lag auf seiner Drei-Meter-zwanzig-Couch in seinem Arbeitszimmer und wünschte sich, der Tag würde vorübergehen, ohne nennenswerte Spuren zu hinterlassen. Wie ein Tag, der nie stattgefunden hat. So wie auch die vergangenen tausendvierhunderteinundsechzig Tage ohne Annelies. Er wälzte sich auf der Couch und tastete nach einem Kissen. Ich soll wohin fahren?, schoss es ihm durch den Kopf. In seinem Rücken hörte er, wie Sophie mit einem Fingernagel heftig an ihre Vorderzähne klopfte. Wenn sie jetzt den Staubsauger einschaltet … mein Kopf wird platzen. Er versetzte seine hundertdreißig Kilo so schnell in Rotation, dass Sophie erschrocken von der Couch zurückwich und den Staubsauger hinstellte.

«Wo soll ich hinfahren?», nuschelte Hölderling und bereute die Couchpirouette, denn sein Gehirn schwappte von links nach rechts und stieß gegen die Schädelwände.

«Nach Bad Marienwald. Sie haben Klassentreffen. Ihre Koffer stehen gepackt im Flur. Es ist 12:30 Uhr. In bequemen zwei Stunden können Sie da sein, und dann können Sie machen, was

Sie wollen, Hauptsache, Sie liegen hier nicht vor meinen Füßen herum.»

«Zu viel Information, Soffie. Putzen Sie bitte ein andermal.»

Sie ließ den Staubsauger kurz aufheulen. Hölderling grunzte. «Ich bin müde. Ich habe Restalkohol und Schädel, und außerdem hasse ich Klassentreffen. Und ich wollte heute ein Bœuf Bourguignon versuchen ...»

«Da hätten Sie aber vorher mal was einkaufen sollen.»

«Ihr Realismus tut mir weh.»

Sophie ließ den Staubsauger liegen und ging aus dem Zimmer. Die alten Holzbohlen des Fußbodens ächzten unter ihrem festen Schritt. Hölderling sank zurück in die Polster. Sein Kopf schmerzte, aber irgendwo dazwischen, zwischen dem Klopfen, dem Dröhnen und dem absurden Ziehen zwischen den Schläfen, stand in großen Lettern das Wort Klassentreffen. Es flatterte geradezu wie ein Werbebanner an einem Hochhaus im Wind. Leider machte es dabei auch genauso viel Lärm. Es knatterte und flatterte, der Wind zerrte an allen Ecken und Enden, und plötzlich zerriss das Halteseil – das sieben mal sieben Meter große Prospekt, das das Klassentreffen ankündigte, flog davon, und Hölderling schoss vom Sofa hoch. Klassentreffen. Dreikönigsgymnasium. 1977. Annelies!

Als er die Augen öffnete, stand Sophie vor ihm, eine Tasse mit Espresso in der rechten Hand. Mit der linken wedelte sie das Aroma, das von der Tasse aufstieg, in seine Richtung. «Es ist jetzt bereits 13:30 Uhr.»

«Der Kaffee hat so lange gedauert?»

«Nein – wenn ich mir noch einen auf die linke Herzklappe gekippt hätte, müssten Sie einen Krankenwagen anrufen. Ich dachte, diesen hier spendier ich Ihnen.»

«Annelies wird da sein», sagte Hölderling völlig unvermittelt.

«Ich weiß. Sie reden seit Tagen von nichts anderem. Vom Biologiekurs in der Sexta, dem von Annelies mit kaltblütigem wissenschaftlichen Ernst sezierten Frosch und der daraus resultierenden Liebe auf den ersten Blick. Weswegen Sie, statt im Verlagshaus Ihres Vater anzufangen, eine Karriere bei der Polizei anstrebten, da Annelies' Berufsweg von Stund an vorgezeichnet war: Rechtsmedizinerin. Was lag also näher, wenn man seiner großen Liebe nahe sein wollte?»

Hölderling verschluckte sich beinahe am Espresso. Und während er sich die Kaffeetröpfchen vom Kinn wischte, sagte er: «Ich? Rede?»

«Im Schlaf, Herr Hölderling. Sie reden im Schlaf leider über alles. Es tut mir leid, aber Sie zelebrieren öffentliches Schlafen auf diesem Sofa, seit ich hier vor vier Jahren bei Ihnen angefangen habe. Man soll zwar nicht lauschen, aber ich kann mir die Ohren nicht mit Wachs verschließen. Und bevor ich jetzt anfange, darüber zu philosophieren, warum Sie das Schlafzimmer, sprich Ehebett, vermeiden wie der Teufel das Weihwasser, frage ich Sie lieber: Noch einen Espresso?»

«Ich bitte darum.» Er reichte ihr die leere Tasse mit zitternder Hand.

«Tut mir leid», sagte Sophie. «Aber für mich war es auch eine lange Nacht, falls Sie sich noch an irgendwas erinnern wollen.»

Er wickelte seinen Morgenmantel fester um sich, weil ihm plötzlich kalt war. Draußen drückte ein eiskalter Wind gegen die hohen Fenster des Altbaus in der Brüsseler Straße. Hölderling erinnerte sich an alles. Immer. Er konnte so viel Alkohol in sich hineinschütten, wie er wollte – einen Filmriss hatte er noch nie in seinem ganzen Leben gehabt. Leider.

Während aus der Küche das Kreischen der elektrischen Kaffeemühle zu hören war, rief er: «Das muss aufhören. Das wird aufhören!»

«Ich hab mich dran gewöhnt. Also, werden Sie jetzt endlich aufstehen und sich auf den Weg machen? Das große Dinner ist für 18 Uhr angesetzt. Sie wollen doch nicht zu spät kommen? Das Motto für das Klassentreffen ist ‹Fine Dining›. Sie werden sich vor Ort noch umziehen müssen. Ihr Smoking ist in der Extratasche», rief Sophie zurück und übertönte die Kaffeemühle locker.

Hölderling stemmte sich vom Sofa hoch, schlurfte zu seinem Teakholzschreibtisch, zog die oberste Schublade auf und nahm die Einladungskarte heraus. *Und wieder sind fünf Jahre vorbei … laden wir Euch herzlich zum Klassentreffen der 13 / I im Romantikhotel Faust ein … Dank einer großzügigen Spende aus dem Nachlass unseres verehrten Mitschülers Dieter Buttlar selig sind Kost und Logis frei.*

Er drehte die Karte um. Auf der Rückseite prangte ein protziges Phantasiewappen in Gold, und darunter stand: *In aller Abgeschiedenheit, die die Liebe braucht … mit atemberaubendem Fernblick … Zimmer mit Jacuzzi und Wasserbetten ausgestattet. Romantik pur. Lassen Sie sich von uns verwöhnen.*

Sophie stand plötzlich neben ihm, hielt ihm die Espressotasse hin und sagte: «Klingt gut. Das könnten Sie mir mal zum Geburtstag schenken. Oder ich komme am besten gleich mit.»

Hölderling fiel die Kinnlade herunter, und sie sagte schnell: «Hallo, wach! Das war ein Witz.»

Er seufzte. «Wenn Sie wüssten, Soffie. Das wird kein Spaß.»

«Und warum nicht? Klingt doch bombastisch. Wellness, Jacuzzi und Pi und Pa und Po … und alles für ummesonz.»

«Vergessen Sie bitte nicht, in welchem Zustand ich dort eintreffen werde. Vor fünf Jahren bin ich noch mit Annelies dort angerauscht wie die Gorch Fock unter Vollsegel. Erfolgreich, verpartnert und glücklich. Jetzt trage ich das Kainsmal aller getrennten Männer mittleren Alters auf der Stirn: alleinstehend.

Sie wissen ja, bei jüngeren Kerlen heißt es ‹Single›, was viel schicker klingt und den ‹Bett-Hengst› gleich mitliefert. Und das Hotel gehört Marielle Faust, unserem Quälgeist der Klasse und ihrem Angetrauten, Conrad Faust, Klassen-Beau und Damenbeglücker seit der Quarta.» Hölderling hielt kurz inne, um den Espresso zu trinken, und dozierte dann weiter: «Ebenfalls zu erwarten ist die Teilnahme unseres Anwalts Viktor Liebermann, was mich ein wenig tröstet. Liebermann ist ein guter Kamerad fürs gepflegte Besäufnis. Und ja, Annelies wird da sein. Ich hoffe, ohne Struck. Die Mitnahme des Lebensabschnittsgefährten ist zwar erlaubt, wird aber grundsätzlich unterlassen, wenn der Partner nicht zur 13 / I gehört. Ein ungeschriebenes Gesetz. Man kann keine ordentliche Sause feiern und sich wieder wie ein Abiturient fühlen und vor allem auch so aufführen, wenn die Gattin oder der Gatte dabei ist. Sie verstehen?»

Sophie nickte. Und wie sie verstand.

«Ich glaube zwar nicht an Dämonen, aber die Struck'sche Unart, sich überall zu materialisieren, um mir den Tag zu verderben, lässt Zweifel in mir aufkommen. Nun ja ... lassen wir das.»

Und das Schlimme daran ist, dass Annelies es zu genießen scheint, diesen Struck permanent vor den Füßen zu haben, dachte Sophie den Satz zu Ende, den Hölderling nicht aussprach. Sophie hatte Struck noch nie live und in Farbe gesehen – er existierte lediglich in Hölderlings Traumerzählungen, und da kam er natürlich nicht gut weg. Vorgestern erst hatte er im Schlaf gerufen: «Was hat er, was ich nicht habe? Außer einer Figur und einer vermeintlich längeren Lebensdauer?» Es hatte verzweifelt geklungen, und Sophie hatte die Tür vom Arbeitszimmer zugezogen, sonst hätte sie sich bemüßigt gefühlt, Hölderling eine Antwort darauf zu geben.

«Und im Übrigen», fuhr er fort, «sind das Romantikhotel Faust und das dazugehörige Restaurant in keinem ernstzunehmenden kulinarischen Führer vermerkt. Ich muss mit dem Schlimmsten rechnen.»

Sophie marschierte in die Diele, kramte dort herum und kam mit einer Broschüre zurück, die sie Hölderling in die Hand drückte. «Drei Restaurants mit einem Michelinstern in nur wenigen Kilometern Entfernung. Wenn es um mich ginge, würde ich sagen, in Fußweite. Sie werden natürlich mit dem Auto fahren. Wird schon nicht so schlimm. Nur drei Nächte. Das schaffen Sie.»

Hölderling lächelte, und wieder begann der Nerventanz zwischen seinen Schläfen. «Hab ich eigentlich Winterreifen drauf?»

«Haben Sie!»

«Es hat angefangen zu schneien ... die Straßenverhältnisse ...»

«Tun Sie mir den Gefallen, und verschwinden Sie endlich hier, damit ich mir mein Brot verdienen kann.»

«Sie sind zu gütig, Sophie Wackernagel. Aus Ihnen wird mal eine große Philosophin.»

«Ich arbeite dran», sagte sie. «Und jetzt wird es Zeit für den Helden, aufzubrechen in die unbekannte Welt. Trotzen Sie allem, Hölderling, den Stürmen und Entbehrungen. Fahren Sie dahin mit günstigem Wind, möge die Macht mit Ihnen sein. Und jetzt raus hier, sonst krieg ich 'ne Krise.»

Hölderling lachte, als er kurz hinter Sankt Augustin über die letzten Worte von Sophie nachdachte. Wenn sie dem Vegetarismus und dem Sport abschwören könnte, dann, ja dann könnte man es mit ihr ganz gut aushalten. Rein platonisch, versteht sich. Hölderlings Laune hatte sich ein wenig gebessert, und er legte eine CD von Howard Carpendale ein. Der Westerwald und Carpendale ... und Annelies ... unendliche Weiten. Der Schnee fiel dichter, und er drehte die Heizung höher, öffnete die Lunchbox, die er vor seiner Abfahrt noch vorbereitet hatte, und nestelte ein gebratenes Hühnerbrüstchen mit Parmesanpanade heraus. Die Uhr zeigte 16:40.

Ich war noch niemals in New York, sang Carpendale, und Hölderling mampfte sich durch die letzten vierzig Kilometer.

Was soll's, Howie, ich war noch nie in Bad Marienwald. Kein Grund, ein Lied darüber zu machen.

Drei Hühnerbrüstchen und vier gegrillte Lammspieße später kam er vor dem riesigen schmiedeeisernen Tor an, das die Parkanlagen des Romantikhotel Faust vor zudringlichen Wanderern und anderen Touristen, die die Gegend unsicher machten, schützte. Als er vorfuhr, öffnete es sich wie von Geisterhand, und der alte Citroën DS schob sich langsam auf die Auffahrt, die, wie es Hölderling schien, nicht enden wollend ins Nichts führte. Noch konnte er das Haus gar nicht sehen. Die Straße wand sich in engen Kurven höher und höher in einen dichten Nadelwald hinein. Die Fahrbahn war glatt, und der schwere Wagen rutschte durch die Haarnadelkurven. Hölderling warf einen besorgten Blick in seine leere Lunchbox, dann wechselte er die CD. Er schwankte zwischen Johnny Cash und Mahler und entschied sich für Letzteren. Ein probates Mittel, um seine Nerven zu beruhigen, bevor er in die lärmende Ausgelassenheit des Klassentreffens eintauchen würde. Haltung, Gregor, mein Sohn, ist alles, was ein Mann braucht, sagte sein Vater immer. Geld ist nicht so wichtig, aber Haltung.

Na, dann wollen wir mal, dachte er, als er den letzten Baum passiert hatte und vor sich das Hotelgebäude aufragen sah. «Meine Fresse», entfuhr es ihm.

Das hellgelb und weiß abgesetzte Haus wies alle Attribute auf, die eine Filmkulisse für einen Liebesfilm brauchte. Eine

Mischung aus *Ein Schloss am Wörthersee* und Hogwards mit einer Prise *Vom Winde verweht*. Über dem Eingang fand sich das Wappen wieder, das auch auf der Einladungskarte abgedruckt war. Zwei goldene Schwäne, die ihre Hälse zu einem Herz verschlungen hatten.

Haltung, dachte Hölderling, woher nehmen, wenn nicht stehlen? Dann dachte er an die im Prospekt angepriesenen Zimmer mit Jacuzzi und Fernblick und wurde wieder etwas ruhiger. Vielleicht könnte ich in letzter Sekunde ein Unwohlsein vortäuschen und das Dinner schwänzen und stattdessen ein Sprudelbad nehmen?, ging es ihm durch den Kopf. Hölderling parkte den Wagen direkt vor dem Haupteingang. Ein Hausdiener in Uniform kam heraus, öffnete den Kofferraum, hebelte eilig das Gepäck heraus, um es auf einem Transportwagen zu stapeln, der aussah wie eine venezianische Gondel im Miniformat. Faustdick hinter den Ohren, dachte Hölderling und freute sich über das Wortspiel. Bin gespannt, an was hier letztendlich gespart wird. Marielle und ihr Gatte waren schon zu Kinderzeiten die größten Pfennigfuchser gewesen. Brausebonbons gab es nur bei Gegenleistung. Da wird sich bis heute nichts geändert haben.

Ein weiterer Page erschien und erbat Hölderlings Autoschlüssel. Er versprach, den Wagen in der Garage zu parken, und fragte, ob er eine Reinigung des Autos veranlassen solle. Hölderling verneinte. Der Page stieg in den Haifisch auf Rädern, und Hölderling sah, wie er die Nase rümpfte. «Sind Sie sicher, dass …?»

«Ich bin sicher. Keine Reinigung. Innen nicht und außen auch nicht. Lassen Sie bitte alles so, wie es ist. Ich habe seit meinem Abitur an dieser Patina gearbeitet.»

«Aber wir könnten die Lunchbox und das Papier und …»

«Nicht nötig. Das sagte ich bereits. Und fahren Sie vorsichtig.» Hölderling drehte sich auf dem Absatz um und folgte seinem Gepäck ins Foyer. Dort wurde er überschwenglich vom

Concierge begrüßt und erhielt das große Hausprospekt und seinen Zimmerschlüssel. Er bedankte sich und sah sich um. Niemand von seiner Schulklasse war da.

«Das Dinner wird pünktlich im Rosensaal serviert. Es ist 17:05 Uhr», sagte der Concierge. «Wenn Sie noch etwas benötigen, rufen Sie mich bitte an.»

«Wo sind denn alle?»

«Auf ihren Zimmern, vermute ich, oder noch in der Wellnessoase. Der Vormittag stand zur freien Verfügung, um unser Haus kennenzulernen.»

Da hab ich Gott sei Dank ja richtig was verpasst, dachte Hölderling und machte sich auf den Weg zu seinem Zimmer, das, wie er feststellte, im Erdgeschoss lag.

Dass sein Gepäck ihm vorausgeeilt war, bemerkte er daran, dass etwas die Zimmertür versperrte, als er sie aufschieben wollte. Hölderling schaffte es mit Mühe, sich hineinzuquetschen, und über seine Koffer hinweg stolperte er ins Zimmer. Das muss ein Irrtum sein, war sein erster Gedanke, als er sich umschaute. Er öffnete die Badezimmertür. Eine Dusche, eine Toilette, von Jacuzzi keine Spur. Und von Fernblick schon gar nicht. Durch das Fenster sah er auf den Parkplatz und die angrenzende Garage, die früher mal ein Pferdestall gewesen war. Und direkt neben dem Fenster entdeckte er ein mächtiges Abluftrohr, vermutlich aus der Küche. Er schloss die Badezimmertür. Ein weiterer Blick durchs Zimmer ließ ihn erschaudern. Des Rätsels Lösung fand er auf dem Nachttisch. Dort lag ein Faltblatt: Willkommen in der IKEA-MIDSOMMAR-JUNIOR-SUITE. Luxus für das kleine Portemonnaie. Der einzige Luxus, den er erkennen konnte, war das von der Decke hängende Moskitonetz, das ihn beunruhigte, weil es sich einerseits um schiere Dekoration handeln konnte, aber andererseits womöglich auch aus gutem Grund angebracht worden war. Eventuell könnte er sich damit am Abluftrohr aufknüpfen, falls es zu schlimm wurde. Da müsste er den Concierge nicht um ein Seil bitten.

Hölderling stellte fest: Hier passt doch noch nicht mal mehr ein Knäckebrot rein, wenn ich einatme. Er griff zum Telefonhörer und wählte den Empfang. Der Concierge nahm sofort ab.

«Könnte ich bitte ein anderes Zimmer haben?», fragte Hölderling.

«Stimmt etwas nicht mit der Drei?», stellte der Concierge die Gegenfrage.

«Nun, die Größe stimmt nicht. Und die Ausstattung auch nicht, möchte ich meinen. Ich komme mir vor ... nun ja, wie sich ein Mann von meiner Größe und Statur in einem Schuhkarton mit Nasszelle eben so fühlt.»

«Es tut mir sehr leid, Herr Hölderling, aber Sie sind als Letzter angekommen. Die anderen Zimmer sind bereits alle belegt. Wenn Sie vielleicht vorher Ihre Wünsche ...»

Nun, man konnte jetzt nicht mit der «Geldfrage» kommen. Er bezahlte ja gar nichts für das Zimmer, also hieß es: «Friss oder stirb, Lumpi.» Hölderling kapitulierte und wollte sich eben verabschieden, als ihm einfiel, nach seinem Freund Liebermann zu fragen.

«Zimmer 27 – Turmzimmer. Heinrich der Achte. Herr Liebermann hat ebenfalls nach Ihnen gefragt, ich glaube, er ist schon auf dem Weg zu Ihnen.»

Kaum hatte er aufgelegt, klopfte es an der Tür. Er rief: «Liebermann, wenn du das bist, komm rein, aber brich dir nicht die Knochen.» Er versuchte, die Koffer ins Innere des kleinen Zimmers zu bugsieren, um seinem Freund den Weg frei zu räumen.

Viktor Liebermann, von Kopf bis Fuß eine Erscheinung im Smoking wie geradewegs aus einem alten englischen Gesellschaftsroman entsprungen, trat ein, schloss die Tür hinter sich, sah, in welchem Elend sich sein Freund befand, und bekam einen Lachanfall.

«Dir auch einen schönen Tag», sagte Hölderling, wuchtete einen kleinen Lederkoffer auf den Minischreibtisch (wahrscheinlich mit dem Namen Kritzela-Papp), öffnete ihn und holte einen antik aussehenden Campinggaskocher hervor. Viktor ließ sich aufs Bett fallen, das unter dem Aufprall mächtig knirschte und das Moskitonetz in Wallung brachte. «Trölle-mölle-Design ... und das dir», jauchzte Liebermann. «Hast du nicht mal gesagt, dass die Hölle damit möbliert ist? Und in der Kantine des Teufels stehen nur Stücke rum, bei denen eine Schraube fehlt ...!» Viktor liefen bereits die Lachtränen über die Wangen.

«Ja. Heinrich der Achte. Sag mir jetzt bitte nicht, wie viel Quadratmeter du hast.»

«Schätze, so um die vierzig bis fünfzig ... Ich hab schon eine Stunde im Jacuzzi gelegen. Heidewitzka, das hat Stil. Machst du Espresso?»

«Ich habe vor, zu überleben. Natürlich mache ich Espresso.»

Hölderling holte eine kleine Espressokanne aus dem Koffer und entzündete die Gasflamme.

«Brenn bloß nicht diese wunderbare und einzigartige Reispapierstehlampe an. Das könnte Ärger geben», sagte Viktor. Gregor taxierte das unschuldige Accessoire, das neben dem Schreibtisch sein Dasein fristete. «Ich glaube, man wird mir applaudieren, wenn diese Scheußlichkeit den Weg alles Irdischen geht. Ich befülle jetzt die Espressokanne, und du könntest so nett sein, meinen Smoking aus der Kleidertasche zu holen. Ich glaube, ich bin ein bisschen spät dran.»

«Aber gern. Wer zu spät kommt, den bestraft das Leben, Gregor. Nie war der Spruch so wahr wie heute.»

Als Hölderling aus dem Bad zurückkam, hatte Liebermann

den Smoking an der Schranktür aufgehängt und es sich wieder auf dem Bett bequem gemacht. «Und jetzt, mein Lieber – raus mit der Wahrheit. Womit muss ich heute rechnen, ich meine, wenn du und Annelies aufeinandertrefft?»

Wie Gregor Hölderling wusste, eine sehr mitfühlende Art und Weise von seinem Freund, zu fragen, ob er ihm irgendwie zur Seite stehen müsste.

«Wir sind zivilisiert, Viktor. Ich freue mich, Annelies zu sehen. Vielleicht werden mir die Knie weich – aber ich werde mir nichts anmerken lassen, verlass dich drauf. Du kannst dich voll und ganz deiner Lieblingsbeschäftigung widmen – dem Tanz auf dem Tisch mit mehreren, wenig bekleideten Damen. Auf mich musst du nicht aufpassen.»

«Dann ist ja gut.»

«Dein Smoking knittert, wenn du so auf dem Bett rumliegst», sagte Hölderling.

«Je verwegener, desto besser. Ein wenig Derangement kommt bei den Frauen immer gut an. Ich überlege, ob ich mir noch die Haare etwas unordentlich machen soll.»

«Du entschuldigst mich kurz, Viktor. Ich gehe ins Bad, mich umkleiden.»

«Wenn du nichts dagegen hast, bleibe ich hier und trinke deinen Kaffee.»

«Fühl dich wie zu Hause. Die Hölle ist ja schließlich der Ort, an dem sich Anwälte am wohlsten fühlen.»

«Du bist so witzig!»

Bevor Hölderling sich samt Smoking in das kleine Badezimmer gequetscht hatte, sagte er noch zu seinem Freund: «Danke, dass du mich dem Wahnsinn nicht alleine auslieferst. Kann ich heute Nacht eventuell bei dir schlafen? Du hast doch bestimmt ein Doppelbett, das so groß ist wie mein ganzes Zimmer.»

Die Espressokanne gurgelte und spuckte Kaffeetröpfchen an

die Raufasertapete. «Gieß mir bitte auch einen ein.» Hölderling schloss die Tür hinter sich.

Viktor tat wie ihm geheißen, holte zwei Espressotassen aus einem Extrafach im Koffer und sagte: «Du enttäuschst mich, Gregor. In vielerlei Hinsicht. Erstens kommst du gar nicht auf die Idee, dass ich das Zimmer eventuell mit einer heute Nacht noch zu tätigenden Eroberung nutzen möchte. Zweitens kommst du ebenfalls nicht auf die Idee, dass du heute Nacht eine Eroberung oder, sagen wir besser, Rückeroberung machen könntest. Wenn du gefragt hättest, ob ich dir und Annelies die Spielwiese zur Verfügung stelle, hätte ich ja gesagt. Aber so?! Ich fange an, mir Sorgen zu machen. Aus dir scheint jeder Spaß gewichen zu sein. Jede Hoffnung und jede Abenteuerlust.»

Gregor Hölderling saß im Bad auf dem geschlossenen Plastikdeckel des WCs und hörte seinem Freund zu. Er hatte es geschafft, die Socken auszuziehen, ohne das Waschbecken abzureißen, und wackelte mit den nackten Zehen. Mit jedem Wort, das durch die geschlossene Tür ins Bad drang, sanken Hölderlings Schultern ein Stückchen tiefer. Der Smoking hing mahnend an der Tür der Duschkabine.

«Bist du noch da?», hörte er Viktor sagen.

«Ja», antwortete Hölderling und betrachtete das kleine Badezimmerfenster, das auf den Hof hinausging. Keine Chance zu flüchten. Er würde stecken bleiben, selbst wenn er sich nackt auszöge und seinen Körper mit Seife glitschig machen würde.

Die Tür wurde aufgerissen, und Viktors Gesicht erschien. «Trink deinen Espresso und zieh dich endlich an. Ich wollte dich nicht desillusionieren. Ich wollte lediglich darauf hinweisen, dass wir beide noch nicht tot sind. Wir sind doch nicht tot?»

Hölderling schüttelte den Kopf. «Aber hohl. Jedenfalls ich.»

«Sie ist ohne Struck hier. Heitert dich das etwas auf?», sagte Viktor und zog die Tür wieder zu.

«Wie sieht sie aus?» Hölderling versuchte, ohne sich die Ellbogen zu stoßen, seinen Reiseanzug aus- und den Smoking anzuziehen.

«Bezaubernd in ihrer Schusseligkeit, wie immer. Und seit sie nicht mehr mit dir zusammen ist und isst, hat sie ihre Konfirmationsfigur wieder. Also, wenn ich nicht so ein guter Freund wäre … Aber egal: Wir können gespannt sein, was Struck ihr in den Koffer gepackt hat. Ich bin mir sicher, dass er nicht so geschmackvolle Zusammenstellungen zustande bringt wie du früher.»

Hölderling stopfte das weiße Hemd in die Hose, zog das Dinnerjackett über und betrachtete sein Spiegelbild. Das wäre eigentlich der Moment, wo Annelies hinter ihn treten würde, um seine Fliege zu binden. Das war das Einzige, was sie an Praktischem beherrschte. Annelies war, wenn man es realistisch betrachtete, außerhalb ihres Arbeitsbereichs eigentlich lebensuntüchtig. Aber sie konnte eine Fliege mit geschlossenen Augen binden. Wahrscheinlich, weil es dieselbe Geschicklichkeit erforderte, wie Sektionsschnitte an einer Leiche zu schließen.

«Und apropos Koffer, Gregor. Das Zimmermädchen ist beinahe in Ohnmacht gefallen, als sie Annelies' Einsatzkoffer gesehen hat. Sie wollte ihr beim Auspacken helfen und hat das Ding aufgemacht … Was für ein Spaß. Ihr seid beide irgendwie wie Zwillinge, du mit deiner transportablen Küche, die du überall mit hinschleppst, und sie mit ihrem mobilen Samsonite-Seziersaal.»

«Hast du nicht Lust, schon mal vorzugehen und mit dem Betrinken anzufangen?», rief Hölderling aus dem Bad. «Mit deiner Penetranz konkurrierst du gerade mit dem Fußpilz auf diesen Bodenfliesen …»

Aber sein Freund dozierte unverdrossen weiter: «Eigentlich passt ihr zusammen wie … wie … Arsch auf Eimer. Aber einen

Unterschied gibt es, glaube ich. Wahrscheinlich liegt aber da die Unvereinbarkeit eurer Charaktere: Sie nimmt immer alles auseinander, und du rührst immer alles zusammen. Das könnte die Spannungen erklären …»

Hölderling wünschte sich, seine Dienstwaffe mitgenommen zu haben, dann könnte ein Schuss zumindest das Problem Viktor Liebermann lösen. Manchmal musste man wirklich töten, was man liebt, und sei es auch der beste Freund und sein dazugehöriges Schandmaul.

«Lass krachen, Gregor. Wir sind nicht auf dieser Welt, um Trübsal zu blasen. Wir tuten zum Angriff … das Blasen überlassen …» Liebermann klatschte in die Hände, um seiner Aufforderung Nachdruck zu verleihen, und so war das Schicksal gnädig, und Hölderling verpasste die letzten Worte seines Freundes.

Danke, dachte Hölderling, strangulierte sich beinahe mit den seidenen Strippen seiner Fliege und machte vor lauter Verzweiflung einen simplen Doppelknoten. Als er vor die Badezimmertür trat, ließ Viktor den Korken einer Champagnerflasche fliegen. Es machte «Plopp», Gregor Hölderling ging vor dem Geschoss in Deckung, und der Schaum ergoss sich aufs Bett. «Upps – ich greife vor. Ich hab die Flasche in deinem Versorgungskoffer gefunden … Sorry …» Viktor hielt die Flasche mit ausgestrecktem Arm von sich weg und tränkte das Bett. «Das wollte ich nicht. Was ich eigentlich wollte, war, dich zu fragen, ob du dir jemals überlegt hast, was für eine Art von Beziehung Annelies mit diesem Struck eigentlich führt. Meine Buschtrommel will erfahren haben, dass sie getrennte Schlafzimmer haben.»

Hölderling nahm seinem Freund aus Verzweiflung über die Verschwendung eines Ruinart Blanc de Blanc die Flasche aus der Hand und trank daraus. «Verschone mich mit Homestorys aus der Südstadt. Das geht mich nichts an.»

«Ich wollte dich nur auf andere Gedanken bringen. Ist dir nie aufgefallen, dass die beiden noch immer nicht geheiratet haben? Struck gilt im Allgemeinen als Einzelgänger. Woran mag's liegen?, fragt sich mein überbordender Intellekt. Ich bin mir fast sicher, dass die beiden noch nie ... du weißt schon. Ich hab die noch nie in der Öffentlichkeit knutschen oder Händchen halten gesehen ... Also letztens erst, da war ich im Marienbildchen was essen, mit einer Mandantin, und wen sehe ich ...? Na ja, jedenfalls standen sich laut Körpersprache meine Mandantin und ich uns wesentlich näher als ...»

Hölderling stellte die Sektflasche auf dem Boden ab, packte Viktor bei den Schultern, drehte ihn in Richtung Tür und sagte: «Noch ein Wort, und ich probiere, ob ich dich durch die geschlossene Tür werfen kann. Und jetzt geh endlich. Ich hab Hunger. Noch habe ich die Hoffnung auf einen halbwegs erträglichen Abend nicht aufgegeben – obwohl du hart daran arbeitest, mir das Gegenteil zu beweisen.»

«Ich bin Scheidungsanwalt, da bleibt ein Hang zum Realismus nicht aus.»

«Ich würde es eher suizidale Tendenz nennen. Nach deinem Monolog kann ich vor jedem Gericht der Welt auf Tötung auf Verlangen plädieren.»

«Ohne mich kriegst du keinen Freispruch hin. Also, hör auf zu jammern, da draußen wartet das große Doppel-D: Dinner und Dekolletés. Und wir sind freie Männer. Löst das gar nichts in dir aus?»

«Doch ... Panik.»

KAPITEL
3

Gregor Hölderling saß zwischen Petra Spieß, genannt «das Krähenfüßchen», und Viktor Liebermann an der üppig gedeckten Tafel voller Kristall, Porzellan und stark duftendem Rosenschmuck. Obwohl der Raum, ein ehemaliger Rittersaal, ungeheure Ausmaße in Länge, Breite und Höhe aufwies, fand Hölderling die Aufdringlichkeit seiner Tischnachbarn atemraubend und kämpfte gegen einen immer stärker werdenden Fluchtinstinkt. Denn von links, vom Krähenfüßchen, strömte unablässig das Aroma eines Parfums namens Poison in seine Nase, und von rechts terrorisierte ihn das testosterongeschwängerte Geschwafel seines Freundes. Da blieb es nicht aus, sich gequetscht und gebeizt zu fühlen. Geherzt und geküsst wäre einem da schon lieber, dachte Hölderling, der vermutete, dass das Amuse-Gueule im Prinzip nicht schlecht gewesen sein konnte. Vermutung deshalb, weil der Angriff der Killeraromen eben nur Vermutungen zuließ, denn sein ansonsten zuverlässiger Gaumen schien von Poison gesättigt, bevor der Appetitmacher überhaupt serviert worden war. Immerhin hätte er die kleine Leckerei auf seinem Teller mit geschlossenen Augen malen können, so intensiv hatte er die Variation von hausgeräuchertem Lachs-Forellen-Tatar an süßem Sellerie-Pastinaken-Mus angestarrt, einzig aus einem Grund: Hätte er seinen Blick gehoben, wäre der im Dekolleté von Annelies gelandet, die ihm direkt gegenübersaß. Er hätte es vermieden, in ihrer unmittelbaren Nähe zu sitzen, wenn er denn gekonnt hätte. Sein Plan war eigentlich gewesen, sich weit weg von ihr zu platzieren, um ja nicht den Eindruck zu erwecken, er wolle ihr auf die Pelle rücken, und außerdem hat man ja auch noch seinen Stolz. Annelies sollte mitkriegen, dass er sehr gut allein zurechtkam. Zum Beispiel mit einer aus dem Heulsusenpärchen, mit Traudel zum Beispiel, deren Tiraden über Haushalt, Mann und Kinder, Hund und Katz er für eine Weile hätte ertragen wollen. Später dann beim Tanz hätte er Annelies wie zufällig auffordern können. Weil ja alle mit allen tanzen. Und wie zufällig hätte Viktor, der an diesem Abend den Diskjockey geben wollte, einen Klammerblues aufgelegt: «Nights in White Satin», zum Beispiel, oder «Yesterday» vielleicht. Die Auswahl hätte er Viktor überlassen. Aber der ganze schöne Plan war in Rauch aufgegangen, weil Viktor und Gregor die Letzten waren, die zum Dinner im Rosensaal erschienen waren. Zu Gregors Entsetzen saß die ganze Klasse bereits am Tisch. Marielle Faust, als Hausherrin am Kopfende thronend, guckte auf ihre Uhr und hatte die Stirn in Falten gelegt. Also war es ein Akt der Höflichkeit, dass sich die beiden Freunde sofort auf die einzigen freien Plätze trollten, damit der Zeitplan nicht durcheinandergeriet. Hölderling hatte zuerst Annelies mit einem Kopfnicken begrüßt und dann das Krähenfüßchen, das sich sofort über die «wahnsinnig opulente Tischdeko» ausließ und Vergleiche mit dem «Perfekten Dinner» zog, das sie, wie sie versicherte, täglich anschaute. Wegen der Rezepte, versteht sich. Während sie plapperte, hob sie ein leeres Weinglas an, hielt es gegen das Kerzenlicht, nahm ihre Serviette und polierte nach. Hölderling beobachtete, wie seine Tischdame das Besteck derselben Behandlung unterzog, um dann das schummrige Licht, das aus gedimmten Wandlampen, die wohl Fackeln darstellen sollten, kritisierte.

«Die sparen sogar am Strom. Oder vielleicht sollen wir auch das Essen nicht richtig sehen. Aber Marielle hat ja auf alles eine Antwort: Sie hat gesagt, dass das Licht dem Teint der Damen schmeichelt. Ph! Na ja, Gregor, schön, dich zu sehen – ich hatte eigentlich gedacht, dass du dieser wenig noblen Veranstaltung fernbleiben würdest. Aber Annelies sieht toll aus. In einen Jungbrunnen gefallen? Haha.»

Dass Gregor abgelenkt war, hatte Viktor sofort ausgenutzt und sich mit Annelies einen kleinen verbalen Schlagabtausch zur Begrüßung geliefert, der für allgemeines Gelächter am Tisch gesorgt hatte. Danach war Conrad Faust auf sie losgegangen, anders konnte man die Charme-Offensive, die er vor den Augen seiner eigenen Gattin abfeuerte, nicht nennen. Er hatte erst von Annelies abgelassen, als Marielle mit dem Glöckchen heftig bimmelte, was das Zeichen für die Lieferung des Amuse-Gueule gewesen war. Gerade rechtzeitig, um zu verhindern, dass Conrad Faust auf Annelies' Schoß Platz nehmen konnte.

Nun, nach dem Appetithappen, war Conrad anderweitig beschäftigt, denn ihm oblag es, die Begrüßungsrede zu halten – noch vor der Suppe. Das war so Tradition, einfach aus dem Grund, dass mit fortschreitendem Genuss von hoch- und niedertourigen geistigen Getränken die Toleranz für das gesprochene Wort erheblich abnahm.

«Dreizehn eins. Setzen!», rief Conrad Faust, was mit allgemeinem Klopfen auf die Tischplatte goutiert wurde.

«Wir sind weniger geworden, Freunde, wie ihr seht. Nur noch dreizehn bei Tisch, wenn das mal kein Zeichen ist. Statt unserer Einladung zum Klassentreffen haben zwei von uns ein Meeting mit Freund Hein vorgezogen. Klaus Voßschulte starb nach langem Krebsleiden. Dabei hat er noch nicht mal geraucht. Na ja … Und Dieter Buttlar – es zerlegte ihn und seine S-Klasse kurz vor Montreux. Was er da wollte, ist unbekannt. Ich bitte um ein aus tiefstem Herzen empfundenes: Oooooh.»

Alle stimmten mit ein, um ihr Bedauern über den Tod ihrer

ehemaligen Mitschüler auszudrücken. Vielleicht nicht sehr pietätvoll, aber effektiv und zeitsparend.

«Danke, Freunde. Unserem Dieter allerdings verdanken wir es, dass dieses Wochenende in unserem wunderbaren Romantikhotel stattfinden kann – und zwar für alle kostenlos. Er hat uns nicht vergessen und in seinem Testament ausreichende Mittel für diese Feier hinterlassen. Wir erheben das Glas auf Dieter Buttlar. Danke, Dieter!»

«Danke, Dieter!», schallte es aus allen Kehlen, und der erste Schnaps wurde auf ex gekippt.

«Unsere vier Amerikaner sind, wie erwartet, nicht gekommen. Spaßbremsen, die sie immer waren, kann ich nur sagen: God bless America. Wie schön, dass ihr für sie sorgt. Von Gustav und Berthold, unseren beiden Klimaforschern, habe ich nur gehört, dass sie mit Greenpeace am Nordpolarkreis Eisproben nehmen und nicht erreichbar sind. Ich habe der Fakultätssekretärin gesagt, dass sie ihr unentschuldigtes Fernbleiben hoffentlich bereuen.» Conrad Faust machte eine dramatische Pause, ließ seinen Blick über die Runde gleiten und verkündete dann: «Und auf dem Markt sind wieder: Gregor Hölderling und Annelies Seydelbast! Ich bitte um Applaus.»

Annelies senkte den Blick und atmete tief ein und wieder aus, was ihr Dekolleté noch anbetungswürdiger erscheinen ließ.

Conrad beugte sich nach links und zischte Gretchen Harrison, die auf der Aussprache Gretschen bestand, zu: «Na, Gretel, wie wär's? Nach Harrison jetzt Hölderling – du hattest doch schon immer ein Faible für dicke Männer.»

Gretchen ließ die kajalumflorten Augenlider sinken und murmelte betont lässig, während sie sich eine Zigarette anzündete: «Conrad Faust, hüte deine gespaltene Zunge, ich könnte mich sonst bemüßigt fühlen, Marielle mal die Karten zu legen, wenn du verstehst, was ich meine.» Sie klimperte mit ihren silbernen

Armreifen und warf Marielle ein Lächeln zu. Die quittierte Gretchens Kampfansage mit einem: «Sag mal, was du aus alten gefärbten Windeln so alles herstellen kannst. Ich finde dein Kleid ganz … außergewöhnlich. Und noch eins, wenn du hier bitte nicht rauchen würdest, Gretchen – draußen im Eingang stehen Aschenbecher.»

Gretchen lächelte noch breiter und nahm einen tiefen Zug aus ihrer Zigarette, bevor sie diese in ihrem Schloss Johannisberger Riesling Silberlack Erstes Gewächs löschte. «Ich glaube, jetzt brauche ich ein neues Glas.»

«Wir sagen gleich der Bedienung Bescheid», säuselte Marielle, die sich keine Blöße geben wollte. Gretchen griff sich die Weinflasche aus dem Kühler. «Nicht nötig. Ich trink den so. So edel ist der auch wieder nicht.»

Marielle kniff die Lippen zusammen. Meinetwegen, dachte sie, kann sich diese Althippie-Schlampe damit die Haare waschen, Dieter kriegt es ja nicht mehr mit.

Der Applaus verebbte, und Conrad fuhr fort: «Dank der Intervention von Viktor haben die beiden ihre Trennung überlebt, was mich im Falle von Annelies besonders freut. Erster-alles-ohne-Streit für den Tanz heut Abend. Und alle anderen stellen sich bitte hinten an.»

Großes Gelächter am Tisch. Viktor stand auf und verbeugte sich, als wolle er eine Ehrung entgegennehmen. Er winkte Gretchen zu, die mit der Weinflasche zurückwinkte. Gregor gab dem Wunsch nach, dringend seine Schuhe zubinden zu müssen, und tauchte unter dem Tisch ab, und die Falte auf Marielles Stirn bekam die Ausmaße des San-Andreas-Grabens.

Der Festredner bekam von alldem nichts mit, kassierte den Lacher – und das war alles, was für ihn zählte. «Und noch eines: Damit wir an diesem Abend unter uns sind, haben wir das Personal auf das nötigste beschränkt. Es soll ja familiär zugehen.

Der Koch bleibt hier und unsere Perle, die gute Sonja, die heute Abend auch bedient. Alle anderen Angestellten haben frei, damit wir es mal so richtig krachen lassen können.»

«Noch so eine Sparmaßnahme. Ich wette, dass uns Dieter zwanzigtausend hinterlassen hat, wovon fünfzehntausend bei Faust in der Privatschatulle landen. Womöglich muss ich morgen mein Bett noch selber machen – da hätten wir auch in die Jugendherberge gehen können», zischte das Krähenfüßchen und applaudierte frenetisch in Richtung Marielle, was im kompletten Widerspruch zu ihrer Aussage stand.

Gregor Hölderling hatte sich in seine Schnürsenkel vertieft und grummelte nur: «Hm. Hm.» Der reinen Höflichkeit halber, denn Petra Spieß war die Letzte, die eine Antwort erwartete.

«So, Freunde, Schulkameraden, Abschreiber und Sitzenbleiber. Viel Spaß. Und vergesst nicht das Motto: Alles bleibt unter uns. Für die nächsten zwei Tage sind wir wieder siebzehn Jahr, blondes Haar …!»

In den donnernden Applaus aller Anwesenden beugte sich Viktor unter den Tisch und sagte zu Gregor: «Du kannst wieder rauskommen. Er ist fertig.»

Im selben Augenblick erschien das Gesicht von Annelies unter der Tischplatte. Sie flüsterte: «Es tut mir leid, Gregor. Conrad ist und bleibt ein Fiesling. Ich hatte ihn gebeten, den Teil der Rede auszulassen.»

Gregor war außerstande, ein Wort herauszubringen, und so antwortete Viktor für ihn. «Gregor steht unter Schock. Er hat das mieseste Zimmer. Er wird wahrscheinlich die Nacht nicht überleben. Wie ich hörte, hast du die Nummer 17 – Bonny and Clyde. Wenn du noch ein Herz hast, Annelies, dann würde ich an deiner Stelle Gregor heute Nacht Obdach gewähren – rein platonisch, versteht sich, sonst tut er sich vermutlich noch was an. Oder schlimmer: Er wird von Gretchen eingefangen, muss Haschisch rauchen und die ganze Nacht Bob Dylan hören.»

Gregor schoss hoch, stieß sich den Kopf an der Tischplatte und versetzte seinem Freund einen Hieb in die Seite. Viktor stöhnte auf und Annelies lachte. Auf dem Tisch fiel ein Weinglas um, und Viktor bekam eine unfreiwillige Nackenwäsche. Das Krähenfüßchen zeigte auf, schnippte mit den Fingern und rief: «Die machen hier schon wieder Quatsch. Eintrag ins Klassenbuch!»

Alle riefen im Chor: «Klas-sen-buch!»

Auch dies eine alte Tradition – wer am Ende des Klassentreffens die meisten Rügen hatte, musste die Mitschüler des jeweils anderen Geschlechts zum Abschied küssen und zum Auto tragen. Verständlicherweise war Viktor bislang immer der Sieger gewesen. Meistens hatte er sich noch den Spaß gemacht, seine männlichen Mitschüler ebenfalls abzuschlecken.

Als Gregor endlich wieder aufrecht auf seinem Stuhl saß, spürte er, dass sein Gesicht glühte. Sein Blick traf sich mit dem von Annelies, und ihre Augen funkelten mit ihrer Halskette aus Rubinen, die sie zum tief ausgeschnittenen Abendkleid aus dunkelgrauer Seide trug, um die Wette.

«Ich weiß, was du jetzt denkst», flüsterte Viktor. «Dass dieser Struck Annelies ausgerechnet dieses Kleid in den Koffer gepackt hat, ist eine Kampfansage. Ein geworfener Fehdehandschuh ...»

«Vielleicht», stotterte Hölderling, «hat sie es selbst eingepackt ... dann, dann ... wäre das anders zu interpretieren.»

Viktor rollte die Augen. Die Hoffnung stirbt zuletzt.

Hölderlings Temperatur stieg schlagartig um mehrere Grad, als er Otto Lobenthal herannahen sah – den klasseneigenen Schönheitschirurgen mit Stadtklinik in Düsseldorf, der die Essenspause nutzte, um sich neben Annelies aufzubauen, ihre Hand zu nehmen und seine Visitenkarte hineinzulegen. «Nicht, dass du es nötig hättest, meine Liebe», sagte er. «Aber nur für den Fall, dass du mal was machen lassen willst. Für einen Tanz mit dir gibt es Botox to go. Kostenlos, versteht sich. Der Abend ist ja noch lang ... Ich könnte auch eine Bonuskarte für dich anlegen», schmalzte er, guckte Gregor triumphierend an und verkündete: «Und an deiner Stelle würde ich mal über meinen Blutdruck nachdenken. Deine Birne sieht bedenklich aus, Gregor.»

«Du bist zu spät, Otti, der zweite Tanz mit der Schönheit gehört mir. Und der dritte auch. Nicht wahr, Annelies? Deine Ratenzahlung für die Trennungsformalitäten», sagte Viktor und schielte auf Gregor, von dem er hoffte, er würde aufspringen und Lobenthal, genannt «die Nase», ebenjene zu Brei schlagen. Aber Gregor, so schien es, hatte bereits mit dem Atmen aufgehört.

Vom Kopfende bimmelte es heftig. Marielle Faust forderte die Aufmerksamkeit am Tisch. «Das Krebssüppchen. Guten Hunger.»

«Passend zu deiner Gesichtsfarbe, Gregor», feixte Lobenthal, machte einen Diener vor Annelies, «die Dame hat die Wahl», und ging zu seinem Platz zurück.

Gregor Hölderling nahm hastig einen Schluck Wasser. Das Krähenfüßchen beugte sich zu ihm hinüber und raunte: «Ich tanze die ganze Nacht mit dir, Gregor. Und auch sonst, du musst auf nichts verzichten heute Nacht. Ich habe die Acht, Romeo und Julia ... du verstehst.»

Hölderling spürte einen Ohnmachtsanfall nahen. Seine Eingeweide krampften, sein Herz raste, und die einzige Person, die auf der Stelle all diesen Übeln hätte Einhalt gebieten können, steckte soeben die Visitenkarte von Lobenthal in ihr Dekolleté, lachte in die Runde, wobei ihr spitzes Näschen voll zur Geltung kam und auch ihre schwarzen glatten Haare, die wie Chinalack glänzten. Annelies nahm noch einen großen Schluck aus ihrem Weinglas und hielt es Viktor auffordernd hin, damit er es nachfülle. «Viktor, mein Lebensretter. Bevor ich ‹die Nase› an meine Nase ranlasse, müsste ich tot sein.»

Mit letzter Kraft drehte Gregor seinen Kopf zur Seite, um dem Pesthauch von Krähenfüßchens Parfüm und dem Anblick von Annelies auszuweichen. Er schaute sehnsüchtig zu den riesigen Fenstern, die einen traumhaften Blick nach draußen gewährten. Im Licht der Außenscheinwerfer, die einen Teil des Innenhofs und die Landschaft außerhalb der Mauern beleuchteten, sah die Szenerie märchenhaft aus. Dicke Schneeflocken trudelten vom Himmel, die Tannen sahen aus wie auf einem Kalenderblatt, schöner als gemalt, und Gregor Hölderling wünschte sich nichts sehnlicher, als nach draußen zu wanken, um sein Gemüt im Schnee zu kühlen. Sich in den Schnee fallen lassen und den Adler machen. Smoking hin oder her, sein Gehirn war kurz davor zu gerinnen. Wenn er jetzt mit einem Schlaganfall am Tisch zusammenbräche, dann wäre der letzte Gruß von ihm an Annelies der Anblick seines Puddinghirns bei der Obduktion, die selbstverständlich sie durchführen würde. Er wusste, dass ihr das gefallen würde – aber man sollte einer Geliebten nicht jeden Wunsch von den Augen ablesen. Wer hatte das noch gleich gesagt? Ach, ja, sein Freund Jobst. Und der musste es ja wissen – sein Omelett von Kalbsbregen mit Räucherschinken war schließlich unübertroffen.

«Geht's dir gut?», hörte er Viktors Stimme, als riefe der ihn aus dem oberen Stockwerk. «Die Suppe ist da.»

Hölderling lächelte, blickte starr auf seinen Teller, tastete nach dem Besteck, nahm irgendetwas und versenkte es in der Suppe. Das Tischgespräch verdünnte sich auf dem Weg von seinen Ohren zum Hirn zu einem hohen Pfeifton. Hölderling hatte das Gefühl, sein Schädel sei in Watte gepackt, und hinter der Watte befand sich nichts, worüber es sich lohnte nachzudenken. Ihm war, als hätte das Strahlen in Annelies' grünen Augen alles Nennenswerte aus ihm herausgefunkelt. Solange das Funkeln bei ihm bleiben würde, so lange bräuchte er keinen Blick mehr auf die Welt zu werfen. Es war, als hätte Hölderling sich aufgegeben, hingegeben an diesen Augenblick, den er einerseits herbeigesehnt und gleichzeitig gefürchtet hatte. Was hatte er sich alles ausgemalt, wie es sein würde, wenn er Annelies außerhalb ihres Wirkungskreises, dem Obduktionssaal, sehen würde. Und nichts hatte ihn darauf vorbereitet, denn bislang waren ihre kurzen Begegnungen rein beruflich und somit auf sicherem Terrain verortet gewesen. Es war nicht einfach, aber Hölderling hatte Haltung bewiesen und die wenigen Situationen gemeistert. Stotterfrei, geradezu wie ein erwachsener, abgeklärter Mann. Danach allerdings hatte es ihn immer für mehrere Tage auf die Couch geworfen, und Werner Zabel hatte Frau Klingel samt ihrem Kirschstreusel ausgesandt, um ihm beizustehen und ihn aufzupäppeln. Aber nun war die Klingel mit ihrem Kuchen weit weg; und wo es nicht mehr um Todeszeitpunkte, Schussverletzungen, DNA-Spuren, Kaliber und Fingerabdrücke ging, waren ihm die Sicherungen durchgebrannt, und er wünschte sich, es würde nie mehr anders sein bis in alle Ewigkeit.

Und so hörte er auch nicht die Stimme von Annelies, die versuchte, zu ihm durchzudringen. «Gregor», sagte sie. «Gregor, du hast eine Gabel in der Hand.»

Und er hörte auch nicht, wie Viktor seinem Titel «Freund» gerecht werden wollte und zu Annelies sagte: «Er hört dich nicht. Es hat ihn gerissen. Kannst du das noch mit ansehen, Annelies? Was hast du nur aus diesem Mann gemacht? Einen Zombie. Tu was, mach ihn wach, hol ihn ins Leben zurück. Er geht ein wie eine Primel. Oder freust du dich schon, ihn auf dem Seziertisch zu haben? Ist es das, was du willst? Sein Herz herausreißen, es wiegen, vierteilen und in Formalin einlegen, du grausames Wesen, das du bist.»

Das Krähenfüßchen mischte sich ein und sagte über Gregors Teller hinweg: «Für einen Scheidungsanwalt bist du aber ganz schön verquast-romantisch, Viktor. Oder sieht dein Masterplan vor, die beiden wieder zusammenzubringen, um dann noch eine Trennung durchzuziehen? Hm?»

Gregor gabelte stoisch seine Suppe, und das Krähenfüßchen musste zurückweichen, wollte sie ihr wild gemustertes Abendkleid, das verdächtig nach Glööckler für Mollige aus einem Shoppingkanal aussah, nicht in Gefahr bringen.

Annelies hob ihren Suppenlöffel, zielte damit über den Tisch hinweg auf Viktors Brust und wollte eben zu einer Antwort ansetzen, die Gregor auch nicht gehört hätte, als es am anderen Ende des Tisches zu einem Tumult kam. Gläser zersprangen krachend auf dem Fußboden, jemand schrie auf, etwas, das so klang wie: «Also, Marielle, jetzt reiß dich mal zusammen.» Conrad Faust bimmelte mit der Tischglocke, die ihm im nächsten Moment von Lobenthal aus der Hand gerissen wurde. Die Klassenkameraden Müller und Witsch, vom Architekturbüro Müller & Witsch, sprangen auf, schauten verwirrt drein und ließen sich gleich wieder auf ihre Stühle fallen. Wie eine La-Ola-Welle erreichte die Verwirrung dann auch das Krähenfüßchen, das rief: «Was ist denn los da vorne? Eintrag ins Klassenbuch!»

Aber niemand lachte. Petra Spieß schob ihren Stuhl nach hinten und hinkte nach vorn, zur Quelle der Irritation. Ihre orthopädischen Schuhe quietschten auf dem blankpolierten Parkett.

Inzwischen hatten sich auch Annelies und Viktor erhoben. Annelies nestelte ihre Brille aus dem Abendtäschchen und beobachtete die Szenerie.

«Das ist interessant», sagte sie und versetzte Gregor über den Tisch hinweg einen leichten Klaps auf den Schädel.

«Weggetreten, sag ich doch», sagte Viktor. «Und Marielle … aber irgendwie … sieht das nicht gut aus.»

«Schlimmer als das», antwortete Annelies, und ganz undamenhaft fiel sie auf die Knie und robbte unter dem Tisch hindurch, kam auf der anderen Seite wieder heraus und stellte sich neben Gregor.

«Siehst du auch, was ich sehe?», fragte Viktor.

Annelies nickte. «Ja. Uhhhh ...»

«Dann tu jetzt endlich was.»

Annelies nahm den Kopf ihres Exgatten in ihre Hände, beugte sich über ihn und küsste ihn herzhaft auf den Mund. Hölderling schnappte nach Luft, schüttelte sich wie ein nasser Hund und sagte: «Wo bleibt denn die Suppe?»

Annelies wies mit ausgestrecktem Arm ans andere Ende des Tisches. «Aufwachen, Gregor. Der Suppengang ist längst vorbei. Und ich glaube, wir haben ein ernstes Problem.»

Hölderling erhob sich und guckte in die Richtung, die Annelies ihm wies.

«Da hast du recht, Schneckchen», sagte er, denn Marielle Faust lag mit dem Gesicht in ihrem Suppenteller, und Conrad stand neben ihr. Es war nicht eindeutig zu erkennen, ob er ihren Kopf in den Teller drückte oder ob er ungeschickt versuchte, seine Gattin aus ihrer misslichen Lage zu befreien. Lobenthal und das Krähenfüßchen stießen Conrad beiseite, packten Marielle an den Schultern und zerrten sie in die Vertikale. Suppe tropfte aus ihren Haaren auf ihr schwarzes Abendkleid, ihr Kopf fiel nach hinten, und dann fing das Krähenfüßchen an zu schreien. Gretchen Harrison sprang auf, und bevor sich ihr irgendjemand aus der Klasse in den Weg stellen konnte, hatte sie dem Krähenfüßchen ein Glas Wasser ins Gesicht geschüttet. «Halt die Klappe, Petra!»

Dann wurde es still. Unheimlich still.

Die 13 / I starrte auf Marielle Faust, und dann, ganz langsam, wandten sich die Köpfe aller zum Tischende, wo Viktor, Annelies und Gregor noch immer wie angewurzelt nebeneinanderstanden und die Szenerie beobachteten. Otto Lobenthal legte zwei Finger auf Marielles Hals. «Kein Puls», sagte er und senkte den Blick.

«Ich glaube, wir müssen», befahl Annelies nicht ohne freudige Erregung in der Stimme.

«Egal, was es ist und warum es ist», flüsterte Gregor zurück. «Ich bin hier nicht zuständig.»

«Spielverderber», zischte Annelies, raffte den Saum ihres Abendkleides und machte sich auf den Weg. Das Rascheln der Seide vermischte sich mit dem leisen Schluchzen von Sigrid Brandt und Traudel Deitmers, den beiden notorischen Heulsusen der Klasse. Dass ich das noch mal hören darf, dachte Annelies Seydelbast. Und sehen – denn die beiden Damen hatten sich, wie schon seinerzeit bei Klassenfahrten, beim Auftreten auch nur der kleinsten Irritation wie einem Vogelgezwitscher oder Rascheln im Gebüsch ängstlich bei den Händen gefasst.

Plötzlich öffnete sich die Tür zum Saal, und die Kellnerin rauschte herein. Ohne die Menschentraube am Kopfende des Tisches zu beachten, folgte sie dem Befehl des Glöckchens, das noch vor ein paar Sekunden gebimmelt hatte, und fing an, die Suppenteller abzuräumen.

In dem Moment erwachte in Gregor Hölderling so etwas Ähnliches wie Stolz, Überlebenswille und der Drang, seiner Ex-Lebensabschnittsgefährtin etwas zu beweisen – irgendwas, egal was, Hauptsache, er konnte ihr nahe sein. Und das bedeutete: Wo es eine Leiche gab, war Annelies nicht fern. Und mit Leichen kannte er sich aus. Er hob beide Arme und befahl der Kellnerin: «Stopp! Nichts anfassen, die Dame. Alle setzen sich auf ihre Stühle, bis auf Doktor Annelies Seydelbast. Keiner verlässt den Saal.»

Die junge Frau ließ vor Schreck die Teller fallen. Annelies

verdrehte die Augen ob dieser Vernichtung von Beweismaterial. Viktor ergriff die Initiative und schob seine Mitschüler zu ihren Stühlen zurück. Zuletzt packte er Conrad Faust, den frischgebackenen Witwer, beherzt an den Schultern und befahl ihm, ebenfalls wieder Platz zu nehmen.

Die Kellnerin bückte sich, um die Scherben aufzuheben, aber Gregor sagte: «Setzen Sie sich bitte hierhin. Der Stuhl ist frei. Frau Doktor Seydelbast und ich haben sowieso zu tun.»

Dann machte er sich gemessenen Schrittes auf den Weg. Auf halber Strecke entlang der Tafel traf er auf Viktor, der zu seinem Stuhl zurückwollte. «Mach was draus. Du bist ein Sieger», raunte Viktor seinem Freund zu. Und bevor Gregor ihm eine Kopfnuss verpassen konnte, huschte er zu seinem Sitzplatz und machte sich, völlig untypisch für einen Viktor Liebermann, ganz klein.

Um das Krähenfüßchen kümmerte sich in diesem Szenario im Augenblick niemand, denn Petra Spieß war in einem unbeobachteten Moment neben dem Servierwagen ohnmächtig zusammengesunken. Lediglich Jürgen Zahn, genannt «Graf Zahl», machte seinem ergriffenen Beruf des Mathe- und Physiklehrers alle Ehre, indem er sagte: «Da waren's nur noch zwölf.»

KAPITEL 4

«Ist Marielle tot?», rief Conrad Faust, der plötzlich aus seiner Schockstarre erwacht war.

Lobenthal fühlte noch einmal Marielles Puls, diesmal am Handgelenk, Annelies legte Zeige- und Mittelfinger an die Halsschlagader und sagte: «Kein Puls.»

Im nächsten Moment packten beide Marielle unter den Achseln, legten sie auf den Fußboden, und Annelies befahl: «Otto! Herzmassage!»

Dann kniete sie neben Marielle, öffnete deren Mund und langte ungeniert hinein. «Nichts, kein Fremdkörper. Mach weiter, Otto.» Sie legte den Saum ihres Abendkleides über Marielles Mund und versuchte, ihrer Schulfreundin mittels Mund-zu-Mund-Beatmung wieder Leben einzuhauchen. Doch nach langen, bangen Minuten gaben sie auf.

Annelies fühlte erneut den Puls und sagte: «Hat einer einen Schminkspiegel?»

Die beiden Heulsusen schüttelten ihre Köpfe. Gretchen stellte ihren Suppenteller beiseite und reichte Annelies einen blankpolierten silbernen Vorlegeteller.

«Danke.»

«Kann ich jetzt eine rauchen?», sagte Gretchen und holte eine Packung Zigaretten aus ihrem Abendtäschchen, das aussah, als hätte es schon mehr als eine Indienreise hinter sich gebracht, und das nach Patchouli duftete, wie ein Ashram.

«Tu dir keinen Zwang an», sagte Conrad Faust. Seine Stimme bebte. «Meine Frau stirbt oder ist schon gestorben, und du musst unbedingt eine Zigarette haben!»

«Beruhig dich mal», sagte Lobenthal. «Wir tun ja, was wir können. Abgesehen davon könnte ich jetzt auch eine gebrauchen.»

«Keine Atemtätigkeit», sagte Annelies.

«Ich hole den Schockkoffer, wir haben doch einen! Sonja, was sitzt du hier noch rum! Hol den Schockkoffer! Verflucht und zugenäht, warum tut denn hier keiner was Sinnvolles?!» Conrad sprang auf, sein Stuhl kippte um, und alle zuckten bei dem Gepolter zusammen.

«Conrad. Bitte. Marielle ist tot», sagte Annelies leise. «Nichts mehr zu machen.»

«War das etwa die Suppe?!», schrie Gretchen. Und im nächsten Moment hielt es keinen mehr auf den Stühlen. Alle rannten hinaus, als hätte nach einem langen Tag die Schulglocke zur großen Pause geklingelt.

«Wo wollt ihr denn alle hin?», rief Viktor.

«Die Suppe entsorgen …», sagte Annelies.

«Na toll.» Gregor Hölderling wandte sich Conrad zu. «Das tut mir wirklich leid.»

Annelies bespritzte Petra Spieß' Gesicht mit Wasser. Die schüttelte sich und sagte: «Ich muss brechen …» – und übergab sich auf Lobenthals Lackschuhe.

«Das war nicht die Suppe», sagten Annelies und Lobenthal gleichzeitig.

«Wir haben alle davon gegessen», stimmte Viktor zu, der zum Kopfende des Tisches gekommen war und Petra auf die Füße half. «Die spucken grad alle umsonst. Marielle war hochallergisch gegen Meeresfrüchte und hätte niemals ein Krebssüppchen angerührt. Und guck mal in ihren Teller. Da ist Rinderbrühe mit Einlage drin.»

«An dir ist ein Detektiv verlorengegangen», sagte Hölderling und reichte dem Krähenfüßchen eine Serviette.

Nach und nach kam der Rest der Klasse zurück in den Rosensaal. Die beiden Heulsusen hatte knallrote geschwollene Augen. Traudel wischte sich den Mund mit Toilettenpapier ab. Graf Zahl war kalkweiß im Gesicht, und Gretchen paffte, was das Zeug hielt. Nur Müller & Witsch hatten sich dem allgemeinen Exodus nicht angeschlossen, sondern saßen immer noch Seite an Seite am Tisch und starrten in ihre Suppenteller. Müller stammelte: «Wir hatten noch gar nicht angefangen zu essen.»

Gregor Hölderling zog sein Handy aus der Hosentasche und wählte die Telefonnummer seiner Bonner Kollegen.

«Gruber, mein Lieber. Es tut mir leid, dich zu stören ...»

Hölderling erklärte, was vorgefallen war, dann lauschte er. Was er zu hören bekam, machte ihm keine Freude. Seine Miene verfinsterte sich sekündlich. Mit dem Handy am Ohr ging er zur Fensterseite des Saales und starrte hinaus ins Winterwunderland. «Verstehe. Aber wir brauchen euch hier, habt ihr keine Hundeschlitten mit Blaulicht? ... Ja-ha ... aber auch wenn eine Rechtsmedizinerin und ein Kriminalkommissar anwesend sind. Wenn Marielle Faust eines nicht natürlichen Todes gestorben sein sollte, dann wären auch wir potenziell Verdächtige.»

Hölderling kam zum Tisch zurück und nahm ein Stück Brot, tunkte es in seinen Suppenteller und biss ab. «Du bist lustig, Gruber. Sollen wir hier versauern, bis es wieder taut?»

Annelies stellte sich neben Hölderling und nahm ihm das Telefon aus der Hand. «Hallo, Sebastian. Ich schlage vor, ihr kommt mit dem Hubschrauber. Wenn Marielle nicht an einem Herzinfarkt, einem Schlaganfall oder Aneurysma gestorben ist, dann brauch ich mein Labor und alles, was dazugehört. Wenn Gift im Spiel war, rennt mir die Zeit davon.»

Jetzt war es an Annelies zuzuhören. Hölderling nahm seelenruhig noch eine Scheibe Brot, bestrich sie mit Butter und fütterte Annelies damit.

«Das ist doch nicht zu fassen», sagte sie kauend, riss Hölderling den Rest des Brotes aus der Hand und stopfte es sich in den Mund. Dann wanderte sie quer durch den Saal, während sie Sebastian Gruber zuhörte. Die gesamte Schulklasse verfolgte ihre Wanderung gebannt – Hauptsache, man hatte einen Grund, nicht auf die am Boden liegende Leiche zu starren.

«Na gut, Sebi. Ich werde die Tote ins Kühlhaus bringen ... Conrad, hier gibt es doch ein Kühlhaus?»

Conrad Faust nickte und schlug die Hände vors Gesicht.

«Es gibt ein Kühlhaus. Ich sehe zu, was sich machen lässt, und halte dich auf dem Laufenden ... Ja, Herrgott! Irgendwas wird dir doch wohl einfallen! Und tu mir einen Gefallen und ruf Thomas Struck in Köln an, sag ihm, was passiert ist und ... sag ihm, ich melde mich später bei ihm ... Tschüs, Sebi.»

Annelies war wieder bei Hölderling angekommen, klappte das Handy zu und gab es ihm zurück.

«Ich wollte noch was mit Sebi bereden», sagte er.

Annelies zuckte die Schultern und drehte sich zu Sonja um. «Holen Sie bitte ein oder zwei Bettlaken, saubere.»

Die junge Frau starrte Annelies an und rührte sich nicht vom Fleck.

«Bettlaken, sofort. Und auf dem Weg hierher gehen Sie in mein Zimmer, holen den großen Koffer und bringen ihn mit ...»

«Lass mal, das mach ich. Sonja, es reicht, wenn Sie die Bettlaken herbringen», sagte Viktor.

«Nun mach schon, Sonja!», schrie Conrad Faust und hieb mit der flachen Hand auf den Tisch, dass es knallte und mehrere Gläser umfielen. Die junge Frau sprang auf und rannte aus dem Saal. Viktor folgte ihr.

«Nun, also ...», sagte Hölderling. «Ich schlage vor: Alle

anderen gehen bitte auf ihre Zimmer, es sei denn, irgendjemand möchte noch was essen.»

«Und wo willst du jetzt hin?», fragte Lobenthal und guckte Hölderling herausfordernd an.

«In die Küche, einem Meister seines Faches schonend beibringen, dass wir sein Kühlhaus entweihen müssen.»

«Ach? Und wenn er der Mörder ist?», sagte Petra Spieß und guckte sich in der Runde um, als erwarte sie Applaus für ihre messerscharfe Diagnose.

«Krähenfüßchen, du guckst entschieden zu viel fern. Wer so kochen kann, hat es nicht nötig, jemanden umzubringen. Und jetzt noch mal für alle zum Mitschreiben: Marielle ist plötzlich verstorben. Woran, wissen wir nicht. Noch nicht. Hört auf, Horrorstorys zu erfinden. Klar?»

«Was für ein Scheißtag!», sagte Gretchen. «Ich setz mich jetzt in mein Auto und fahr nach Hause. Ich bleibe doch nicht mit einer Toten unter einem Dach.»

Die beiden Heulsusen wimmerten: «Kannst du uns mitnehmen?»

Jürgen Zahn wies mit ausgestrecktem Arm auf die großen Fenster und sagte: «Mach dich mal nicht lächerlich. Oder hast du vor, dir den Weg bis nach Hause frei zu schaufeln?»

«Oh!», kam es von Sigrid und Traudel. «Aber mit Winterreifen?»

«Noch nicht mal mit Schneeketten», erklärte Jürgen Zahn.

«Und auch nicht mit dem Traktor oder mit einem Pferd», ergänzte Hölderling. Die Kripo Bonn sagt, dass im Augenblick gar nichts mehr geht. Schneeverwehungen, Eisblizzard ... das ganze Programm. Bitte geht auf eure Zimmer. Egal, ob alleine oder was oder wie ... Jetzt lasst uns hier unsere Arbeit machen. Wir kümmern uns um Marielles sterbliche Überreste, so gut es eben geht.»

«Ich helfe beim Tragen», sagte Otto Lobenthal. «Und Jürgen bleibt am besten auch hier.»

Graf Zahl verzog zwar das Gesicht, aber im Angesicht der Katastrophe konnte er nicht kneifen.

«Na gut», gab Hölderling zurück. «Petra, würdest du jetzt bitte auch ...?»

Das Krähenfüßchen hatte sich vor Conrad Faust hingekniet und hielt seine Hände. «Conrad, das tut mir so entsetzlich leid für dich. Kann ich irgendwas für dich tun?»

«Du könntest mich in Ruhe lassen. Das würde helfen», sagte er und warf einen Blick auf seine tote Frau. «Ich muss hier raus ... und fass mich nicht an!»

«Willst du denn gar nicht Abschied nehmen? Wir können doch alle rausgehen und eine halbe Stunde ...»

Conrad Faust schubste Petra zur Seite und lief aus dem Saal. Gretchen ging hinterher. Dann folgten mit zitternden Knien Traudel Deitmers und Sigrid Brandt. Jürgen Zahn holte die beiden auf dem Weg zur Tür ein und nahm sie unter seine Fittiche. «Ich bin gleich zurück», sagte er und schob die beiden vor die Tür.

Müller & Witsch saßen mit steifem Rücken am Tisch, unfähig, sich zu rühren.

«Was ist mit euch? Hat euch der Schlag getroffen?», sagte Hölderling.

Hanno Müller sprang plötzlich auf und schrie seinen Kompagnon an: «Ich habe dir gleich gesagt, dass wir diesen Scheiß nicht mitmachen sollen! Ich hatte gar keine Lust. Aber du hast gesagt: *... komm, Alter, jetzt hab dich mal nicht so ... ist ja umsonst!*»

Anton Witsch zuckte zusammen. Dann nahm er eine Flasche Wein aus einem Kühler und schnappte sich zwei Gläser. «Tut mir leid – wir sind wohl ein bisschen schlecht drauf. Das ist alles … shocking. Einfach … Scheiße!» Er packte Hannos Ellenbogen und zog ihn mit sich zur Tür.

«Was ist denn mit den beiden los?», sagte Viktor, der im selben Augenblick mit dem Einsatzkoffer von Annelies hereingerollert kam. «Die sehen aus, als wäre ihnen das Koks ausgegangen.»

Otto Lobenthal räusperte sich. «Viktor, hör auf damit. Auf der Stelle.»

«Krieg dich wieder ein, sonst platzt dir noch der Schädel vor lauter Pietät. Mach dir lieber mal die Schuhe sauber.»

Hölderling schob sich zwischen die beiden, bevor sie aufeinander losgehen konnten. «Schluss jetzt. Alle beide. Ich gehe in die Küche, und ihr packt die Leiche ein. Ich sorge dafür, dass das Kühlhaus ausgeräumt wird, und sage Bescheid, wenn wir fertig sind.»

Er drehte sich zu Annelies um, die ihre Nase beinahe in der Rinderbouillon versenkt hatte.

«Was ist?»

«Nichts.»

«Aber du scheinst doch nicht zufrieden?»

Annelies schüttelte den Kopf, beugte sich über die tote Marielle und schnüffelte. «Riecht wie Mäuseurin oder so was … ganz schwach.»

«Wie riecht denn Mäusepipi?», fragte Viktor und verzog das Gesicht.

«So ähnlich wie Katzenpisse vermutlich», schnappte Otto Lobenthal.

«Vor allem wäre es klug zu wissen, was es bedeutet», sagte Hölderling, beugte sich ebenfalls über Marielle, nahm Witterung auf und sagte dann: «Ich rieche … fast nichts.»

«Nikotinvergiftung riecht so. Aber sie hat doch gar nicht geraucht», sagte Annelies. «Viktor, tu mir einen Gefallen, schließ die Wohnung der Fausts ab und steck den Schlüssel ein. Ich muss mir erst ein Bild machen.»

«Mein Gott, das ist ja wie im Film. Sherlock Holmes und Doktor Watson. Wir haben schon eine Diagnose», sagte Viktor und guckte Lobenthal an. «Und was sagt ‹die Nase› dazu?»

«Wenn es wirklich eine Nikotinvergiftung war, Viktor, dann finde ich es schade, dass du nicht auch die Rinderbouillon hattest, oder was auch immer Marielle umgebracht hat.» Und zu Annelies gewandt, sagte er: «Vielleicht hat der Koch seine Kippen im Topf entsorgt.»

«Keine voreiligen Schlüsse, bitte. Sagt den anderen erst mal nichts», befahl Annelies und ließ die Schlösser an ihrem Koffer aufschnappen. «Die Suppe ist beschlagnahmt.»

Gregor Hölderling lief auf der Suche nach der Küche im Untergeschoss durch die Flure. Im Haus war es so still, als sei er der einzige Mensch in diesem riesigen alten Kasten. Als er sich dem Küchentrakt näherte, hörte er ein Klappern, das die Anwesenheit eines anderen Lebewesens ankündigte. Hölderling war noch nicht weit gekommen, als am Ende des Gangs eine Tür aufging und Conrad Faust herausgestolpert kam. Eher könnte man sagen, er kam geflogen, prallte gegen die Wand und landete auf allen vieren.

«Scher dich zum Teufel, du Arschloch! Und komm nie wieder in meine Küche, sonst mach ich Hackfleisch aus dir», wurde er von einer männlichen Stimme verabschiedet, deren Besitzer es offensichtlich ernst meinte.

Die Tür fiel zu. Conrad Faust rappelte sich hoch und sah Hölderling auf sich zukommen.

«Der Typ ist ein Irrer», sagte Conrad.

«Er ist Koch. Die sind so. Was hast du da drinnen zu suchen gehabt?»

«Nachgucken, was er alles in die Töpfe gerührt hat. Und stell dir nur vor, von der Suppe ist nichts mehr da. Sagt er. Er hat den Rest der Rinderbouillon angeblich selbst gegessen! So, Gregor, und jetzt bist du dran!» Conrad Faust schüttelte sich, dann straffte er die Schultern und stolperte an Hölderling vorbei die Treppe hinauf.

«Conrad. Conny ... du kannst nicht in deine ... Wohnung ...»

Aber Conrad Faust war schon weg. Hölderling hörte über sich eine Tür zuschlagen. Er seufzte und setzte sich in Bewegung. Vor der Restaurantküche blieb er stehen und schnüffelte. Tafelspitz, stellte er fest und lächelte. Dann klopfte er an.

«Verpiss dich, du Sausack! Oder soll ich ...»

Die Tür wurde aufgerissen, und im geröteten Gesicht des Kochs entgleisten alle Gesichtszüge, als er erkannte, dass der Mann, den er vor sich sah, nicht Conrad, sondern ein ihm gänzlich Unbekannter war. Er ließ die geballte Faust sinken. «Wer sind Sie!?»

«Gregor Hölderling. Ich bin Gast in diesem Hause und ein Freund von ... von, also ich gehöre zur Schulklasse, zum Klassentreffen. Hat Conrad Ihnen gesagt, was passiert ist?»

«Ja.»

«Kann ich reinkommen?»

«Nein.»

Hölderling griff automatisch in seine Hosentasche, um seinen Dienstausweis herauszuholen, vergeblich. Er hatte ihn selbstverständlich nicht dabei.

«Also ... Ich bin Kripobeamter. Mord II, Köln ... Also, ich bin eigentlich nicht zuständig ... aber eben – ein Freund und Kripobeamter. Ich möchte mich etwas umsehen. Bei einem ungeklärten Todesfall gibt es immer eine Untersuchung, zumal wir hier und jetzt keine eindeutige Todesursache feststellen können.

Die zuständigen Kollegen aus Bonn werden vermutlich erst morgen hier sein. Die Straßen sind …»

«Das weiß ich, was die Straßen sind! Sind Sie endlich fertig?!»

«… unbefahrbar. Und ich habe … Hunger.»

Der Koch stutzte. «Was?»

«Ich habe Hunger. Ist das so ungewöhnlich?»

«Würd ich sagen. Nachdem mir Faust grad erklärt hat, ich sei schuld am Tod seiner Frau, weil diese verfickte … Entschuldigung, meine Rinderbouillon verdorben oder vergiftet oder was auch immer angeblich gewesen sein soll …»

«Tja, und da komme ich und habe Hunger. Und noch etwas, Herr … Wie heißen Sie eigentlich?» Gregor streckte dem kleinen, drahtigen Mann die Hand zum Gruß entgegen. Der war so verdutzt, dass er einschlug und sagte: «Bundt, Ferdinand Bundt. Sagen Sie ruhig Ferdi zu mir. Wer Hunger hat, ist immer willkommen.»

«Danke.»

Hölderling trat ein und steuerte sogleich auf den Tisch des Kochs zu. «Tafelspitz?»

«Richtig. Der Hauptgang für die Fleischesser für heut Abend. Aber Sie sind doch nicht gekommen, nur um was zu essen und mich zu verdächtigen?»

«Stimmt. Es ist etwas delikat. Wir brauchen Ihr Kühlhaus für die Leiche.»

«Was ist daran denn jetzt so delikat? Ein halbes Schwein ist auch eine Leiche. Geben Sie mir eine Viertelstunde. Ich werde die Frischwaren in den alten Eiskeller räumen. Da ist noch Platz. Die Dosen können ja drin bleiben, oder?», sagte Ferdi und legte zwei Scheiben vom Tafelspitz auf einen Teller und gab Salzkartoffeln dazu.

«Dosen?»

«Lassen wir das. Ein ewiger Streitpunkt zwischen mir und Conrad Faust. Ich koche nur frisch – er will billigen Fertigfraß. Convenience Food nennt der das, aber es bleibt Fertigfraß. Aber egal … Ich fang dann mal an. Wenn Sie schon was probieren wollen, bitte.» Ferdi stellte einen Teller vor Hölderling. «Besteck ist in der Schublade, und da in der Schüssel ist der Meerrettich. Ich glaub, wir haben's eilig, oder?»

«Danke.»

«Nix zu danken. Bevor mir das jetzt alles hier verkommt. Ich geh mal davon aus, dass die anderen nichts mehr essen wollen.»

«Ich tippe, in ein, zwei Stunden haben sie sich vom Schreck erholt. Wäre vielleicht nicht schlecht, wenn Sie später ein paar Schnittchen und kalte Platte bereitstellen könnten. Schock ist ein seltsamer Zustand. Und sagen Sie, stimmt es, dass Sie die Rinderbouillon selbst aufgegessen haben?»

Der Koch nickte und zeigte auf einen Teller, der auf der Spüle stand. «Vor einer Stunde schon. Bevor der ganze Rummel losging. Mir geht's gut.»

«Na ja, da könnten Sie hinterher immer noch was reingetan haben.»

Der Koch runzelte die Stirn. Hölderling hatte Angst, er könnte ihm das Essen wieder wegnehmen, und sagte schnell: «Das ist rein rational betrachtet. Es könnte auch jeder andere etwas hineingetan haben.»

Ferdinand Bundt entspannte sich wieder. «Rein rational, so, so! Rein rational kann ich Ihnen sagen, dass Sie recht haben. Und wenn hier einer Grund hatte, Marielle um die Ecke zu bringen, dann doch wohl Conrad, dieser … dieser … Pickel am Arsch der Welt! Man kann ja über Marielle sagen, was man will, aber sie hatte den Laden im Griff. Nur leider ihren Gatten nicht immer … Ich geh jetzt mal ausräumen.»

Hölderling nickte, machte sich über den Tafelspitz her und

wunderte sich mit jedem Bissen ein wenig mehr darüber, warum das Haus in keinem Restaurantführer erwähnt wurde. Am Essen, wenn man das Ende von Marielle Faust mal außer Acht ließ, gab es nichts auszusetzen. Solide, schmackhaft, frisch.

«Wenn ich Ihnen helfen soll ...», rief Hölderling zwischen zwei Bissen. Von dem Platz aus, an dem er saß, beobachtete er, wie Ferdinand Bundt das auf der anderen Seite des Flures gelegene Kühlhaus ausräumte. Drei Küchenwagen voll wurden abtransportiert. Als der Koch zum dritten Mal mit dem vollen Wagen verschwand, schnitt sich Hölderling noch zwei weitere Scheiben Fleisch ab und setzte sich schnell auf seinen Platz, als die schlurfenden Schritte von Ferdinand Bundt sich wieder näherten.

«So, fertig», rief er und warf einen letzten Blick ins Kühlhaus. «In der Mitte steht ein Anrichtetisch. Den lass ich drin, da können Sie Marielle drauflegen.» Er schloss die große Tür, und als er sich an den Tisch setzte, hatte er Tränen in den Augen. Hölderling stand auf, schnitt noch zwei Scheiben Fleisch ab, legte sie auf einen Teller und stellte sie auf den Tisch. «Essen Sie. Es schmeckt hervorragend.»

Der Koch wischte sich mit seiner fleckigen Schürze das Gesicht trocken. «Das ist doch nicht zu fassen.»

«Nein», sagte Hölderling. «Es ist nicht zu fassen. Gibt es eigentlich Nachtisch?»

Bundt nickte und schluchzte: «Hinter Ihnen, im Kühlschrank.»

Hölderling drehte sich um, öffnete den Kühlschrank und strahlte, als er einer großen Schüssel Mousse au Chocolat ansichtig wurde. «Selbst gemacht?»

«Ja, was denn sonst? Aus der Tüte gibt es nur für normale Gäste, aber heute Abend wollte ich nicht wie der Volltrottel dastehen. Ich kann nämlich kochen, verstehen Sie?!»

«Und ob. Das seh ich. Und Conrad will Geld sparen? Hab ich das richtig verstanden?»

«Ja. Marielle ist … war … auch preisbewusst. Aber die wusste, was Qualität ist. Dieser Conrad kann ein Stielkotelett nicht von einem Fisch unterscheiden! Ich ordere Fleisch und Speck vom Cinta Senese. Ich hoffe, Sie wissen, was das ist?»

Hölderling nickte und sagte wie ein Prüfling vor der Kommission: «Eine ebenso berühmte wie schmackhafte Schweinerasse aus der Gegend um Siena. Mein Freund Jobst Freitag hatte mal Salsicce vom Cinta Senese. Der Wahnsinn.»

«Gut, also ich ordere das, und Marielle setzt eine toskanische Woche an, mit toskanischen Pilzen und, genau, mit Salsicce und so weiter, und so weiter … Aber nichts kommt an. Nix von dem, was ich bestellt habe. Stattdessen sagt Conrad: ‹Hab ich gerade noch rechtzeitig gecancelt, den ganzen teuren Schwachsinn. Ich hol Koteletts und Mettwurst im Großmarkt.› Ich tobe natürlich und stoß ihm Bescheid, und wissen Sie, was er zu mir sagt? Dieser Flachwichser?!»

Hölderling schüttelte pflichtschuldig den Kopf.

«Die Gäste merken es sowieso nicht. Schwein ist Schwein und *isst* Schwein!» Ferdinand Bundt schlug mit der Faust auf den Tisch. Hölderling schnappte sich die Schüssel mit der Mousse und drückte sie an die Brust. Bevor er den nächsten Löffel nahm, sagte er schnell: «Ich verstehe Sie sehr gut. Da frag ich mich doch, warum Marielle tot ist und nicht Conrad.»

«Das», antwortete der Koch, «frage ich mich allerdings auch.»

«Wie ist die toskanische Woche ausgegangen?»

«Marielle hat getobt. Es gab einen riesigen Ehekrach. Sie hat ihm sozusagen Hausverbot in der Küche erteilt, aber immer wieder kam er angerauscht, um mir Vorhaltungen zu machen – zu teuer dies, zu teuer das. Andere Köche könnten billiger. Ach ja, die toskanische Woche ist ausgefallen. Das hat uns erst mal richtig Geld gekostet. Wir hatten Buchungen für das Event. Die Gesichter der Leute hätten Sie mal sehen sollen, als hier statt Toskana Tabula rasa angesagt war. Kein Wunder, dass wir in keinem Reiseführer auftauchen. Immer, wenn Marielle Ernst machen wollte, hat Conrad es torpediert.»

«Und wie läuft es sonst so? Ich meine, das Hotel?»

«Ich weiß nur eins: Marielle hatte die Faxen dicke. Es kamen kaum noch Hochzeitspaare, nur noch alleinstehende Damen mittleren und höheren Alters. Sie verstehen, was ich meine? Die kamen wegen Conrad ... schamlos. Der vögelt alles, was nicht bei drei auf dem Baum ist. Das ist doch nicht zum Aushalten!»

Hölderling leckte den Löffel ab. «Wer erbt?»

«Conrad natürlich.»

«Werden Sie bleiben?»

«Natürlich nicht.»

Der Koch nahm einen Löffel aus der Tischschublade und tunkte ihn in die Mousse-Schüssel. «Der hat den Laden schneller runtergewirtschaftet, als Sie ‹Mahlzeit› sagen können. Vielleicht warte ich in sicherer Entfernung, bis es so weit ist, und übernehme dann das Ding hier. Ich meine, klingt jetzt irgendwie nicht pietätvoll, aber ich glaube, Marielle würde es gefallen.»

«Hatten Sie ein Verhältnis mit ihr?»

«Nein. Wieso fragen Sie so 'n Scheiß?»

«Nun ja, wie Sie wissen, kennen wir Marielle schon ziemlich lange, ich meine, wir alle. Die Schulklasse. Und ehrlich gesagt, sie war der Klassenquälgeist. Schon immer. Die Oberzicke. Keiner wollte so richtig mit ihr befreundet sein.»

«Ich mochte die Frau, weil sie ein Profi war. Nicht einer von diesen Möchtegerns. Klar, die hatte ihre Macken und ihre Zickereien. War mir aber wurscht.»

Plötzlich wurde die Tür zur Küche aufgerissen. Annelies, eine

Plastiktüte mit nicht erkennbarem Inhalt unter dem Arm und an den Händen Gummihandschuhe, kam herein und baute sich vor Gregor auf. «Was tust du hier? Ich denke, du räumst das Kühlhaus aus?»

«Schon erledigt», sagte Ferdinand Bundt. «Und wer sind Sie?»

«Die Rechtsmedizinerin», sagte Annelies, als würde das alles erklären.

«Sie tut Ihnen nichts», sagte Hölderling. «Die will nur spielen. Und nun zu dir? Was hast du da unterm Arm?»

«Sherry.»

«Darf ich?», fragte Hölderling und streckte die Hand aus.

«Lieber nicht. Es ist die Mordwaffe, besser gesagt: das Gift. Hat Viktor in Marielles Wohnzimmer gefunden.»

«Der sollte doch nur abschließen! Nicht rumschnüffeln und nichts anfassen!»

«Zu spät. Du kennst doch Viktor. Egal.» Annelies öffnete die Sherryflasche und hielt sie Hölderling unter die Nase. «Riech mal.»

«Bäh ... Das hat Marielle getrunken?»

«Eher nicht – es war wohl in der Suppe. Und jetzt muss ich dich bitten einzuschreiten, aber dalli.» Annelies klopfte mit der Hand auf den Tisch und sagte: «Ich störe nur ungern diese traute Küchenzweisamkeit. Viktor und Conrad prügeln sich um den Schlüssel für die Privatwohnung der Fausts. Conrad will rein – Viktor will es verhindern. Und Otto und Jürgen stellen sich an wie die Anfänger mit der Leiche von Marielle! Die sollen sie doch nur hierhintragen! Ein simpler physikalischer Vorgang!» Annelies' Augen sprühten Funken.

«Bevor die Frau Rechtsmedizinerin gleich selbst einen Mord begeht, muss ich mich wohl drum kümmern.»

«Wäre wünschenswert, Gregor.»

Hölderling stellte schweren Herzens die Schüssel mit dem Nachtisch in den Kühlschrank zurück. «Ach, schon was Neues gehört von Gruber?»

«Sämtliche Flughäfen in NRW und im Rhein-Main-Gebiet sind gesperrt. Und die Autobahnen auch ...»

Als Hölderling die Küche verließ, kniff Annelies die Augen zusammen und murmelte: «Ein aktiver Musculus levator anguli oris – lange nicht gesehen.»

«Ist das gefährlich?», fragte der Koch.

«Was soll an einem Lächeln gefährlich sein?», fragte Annelies zurück.

«Ach so ... ich glaube, mein Essen hat ihm geschmeckt. Wollen Sie auch?»

«Eher nein. Mein Koffer steht vor der Tür und muss ins Kühlhaus.»

«Wollen Sie da einziehen?», sagte Ferdinand Bundt, als er den Rollkoffer sah.

Annelies zuckte die Schultern. «Was dagegen?»

Der Koch bedachte Annelies mit einem prüfenden Blick. Dann sagte er: «Vielleicht sollten Sie sich vorher was Warmes anziehen. Oder gehört der Fummel zu Ihrem Job?»

KAPITEL 5

Es war schon weit nach Mitternacht. Das Käuzchen, das in sicherer Entfernung zum Haus seinen Beobachtungsposten auf einer Tannenspitze bezogen hatte, fühlte sich gestört. Aus dem Kellergeschoss drang laute Musik, die so gar nicht zur Idylle dieser perfekten Winterlandschaft passen wollte. Dicke Flocken schwebten vom Himmel. Frau Holle hatte sich offensichtlich vorgenommen, nicht eher zu ruhen, bis die Hässlichkeit der beiden verschnörkelten Schwäne über der Eingangstür des Romantikhotels sich in ein unförmig gefrorenes Herz verwandelt hatte.

Im Inneren des Hauses lag Gregor Hölderling im überdimensionalen Himmelbett in Viktors Suite. Ausgestattet mit einem Berg von Käsebroten, die ihm der Koch verehrt hatte, starrte er in das Kaminfeuer. Gregor Hölderling bedauerte zutiefst, der Aufforderung seiner Haushaltshilfe nachgegeben zu haben, das Klassentreffen mit seiner Anwesenheit zu beehren. Er dachte an seine Küche, in der er jetzt stehen könnte, wenn er nicht losgefahren wäre. Nur er und das ultimative Rezept für ein Bœuf Bourguignon – in aller Stille und Besonnenheit. Seit er alleine wohnte, wachte er mitten in der Nacht auf, rollte sich vom Exil-Sofa in seinem Arbeitszimmer, stahl sich in die Küche und beruhigte seine Nerven mit der Arbeit am Herd. Und wenn ihm, wie letztens erst, das perfekte Omelett gelang, dann konnte er zurück auf die Couch gehen und getröstet einschlafen. Ein Omelett ist nicht so einfach herzustellen, dachte er und betrachtete seine Handgelenke – man muss sensibel mit der Pfanne umgehen, man muss den Touch haben, wie ein Tennisspieler, sonst wird die Eiermasse nur Matsche und keine gefältelte luftige Kostbarkeit, goldgelb und zart. Und nun? Was nützte ihm sein längst gegessenes Omelett? Annelies war ganz in der Nähe, und Hölderling stellte fest, dass er erst recht nicht schlafen konnte. Dabei hatte er sich in den letzten Stunden regelrecht verausgabt, um ihr zu imponieren. Er hatte den Streit zwischen Conrad und Viktor geschlichtet, Conrad in die IKEA-SUITE verfrachtet; Viktor überredet, ihn selbst in seiner «Heinrich der Achte»-Suite aufzunehmen, nur um dann auf dem Präsentierteller zu sitzen, während Annelies sich ungestört von allem menschlichen Desaster im Kühlhaus mit der Leiche von Marielle beschäftigen konnte.

Beim Umschichten seiner Habseligkeiten in Viktors Suite war ihm das Krähenfüßchen begegnet, die ihn allein schon fünfzehn Minuten seines Lebens gekostet hatte, weil sie ihn mit Fragen löcherte, auf die er keine Antwort hatte oder keine geben wollte. Und kaum hatte er sich unterm Baldachinbett häuslich eingerichtet, da klopfte es unablässig an der Tür. Hölderling hätte nie gedacht, dass er so plötzlich zum beliebtesten Mitschüler aller Zeiten aufsteigen würde.

Nach dem Quiz-Marathon mit dem Krähenfüßchen waren Traudel und Sigrid aufgetaucht, die unablässig versicherten, dass Marielle schon den ganzen Tag seltsam gewesen sei. Gebetsmühlenartig hatten sie erklärt, dass es aber keine Anzeichen gegeben hätte, dass Marielle in absehbarer Zeit den Löffel abgeben würde. Ja, genau das hatte Traudel gesagt: den Löffel abgeben. Vielleicht hatte sie alle möglichen Umschreibungen für «Tod» und «tot» schon benutzt und wollte sich lieber lächerlich machen, als das Unübersehbare beim Namen zu nennen.

Ganz im Gegenteil, so hatte Sigrid hinzugefügt, Marielle war aufgekratzt gewesen. Was Traudel und Sigrid allerdings nicht hatten verwinden können, war die Tatsache, dass Marielle das

Interesse an den beiden auf der Stelle verloren hatte, als Müller & Witsch aufgetaucht waren.

«Sie hat die beiden in ihr Büro gezerrt», hatte Traudel gesagt, und Sigrid hatte genickt. «Ja, gezerrt. Als hätte sie nur auf die beiden gewartet. Fragt man sich doch, was die miteinander hatten? Also, wir wollen jetzt mal nichts Falsches sagen, also, nicht dass du uns falsch verstehst, Gregor, wir …»

Am liebsten hätte er geantwortet, dass er gar nichts von dem, was die beiden von sich gaben, verstehen wollte. Ihr Geplapper ging ihm auf die Nerven. Aber er hatte nur genickt und gesagt: «Na ja, Marielle eben.»

Das hatte die Heulsusen nicht beruhigt, sie waren immer noch beleidigt, dass Marielle es vorgezogen hatte, die letzten Stunden ihrer Lebenszeit mit Müller & Witsch zu verbringen anstatt mit ihnen. Aber ob das schon ein ausreichendes Motiv für einen möglichen Mord sein soll? Na ja, bei Frauen wusste man nie. Glücklicherweise war dann Viktor irgendwann mit den Worten «Hab ich mein Zimmer etwa für eine Pyjamaparty freigegeben?» hereingekommen, und die beiden Damen hatten sich getrollt. Viktor hatte sich einen schottischen Whisky eingeschenkt und sich zu Hölderling auf die Bettkante gesetzt.

«Hast du mir auch was zu erzählen?», hatte Hölderling gefragt.

«Nicht dass ich wüsste. Ich dachte, du brauchst etwas Trost. Du siehst angestrengt aus, mein Freund.»

«Ich glaube, mir bekommt die Infantilisierung auf diesen Klassentreffen nicht. Ist dir aufgefallen, dass sich alle immer gleich so benehmen, als wären morgen Abiturprüfungen?»

«Dafür macht man's doch, oder nicht? Das ist eben so. Und das ändert sich auch nicht, wenn einer von uns stirbt. Einmal im Pennälermodus, kommt man nicht mehr raus. Ich habe mich schon gewundert, dass sich Gretchen und Traudel noch nicht an den Haaren gezogen haben. Aber egal. Hat Annelies schon was gesagt?»

«Nein. Hat Conrad sich beruhigt?»

«Das hoffe ich. Er hat sich in der Drei eingeschlossen. Ich glaube, wir lassen ihn da mal in Ruhe, oder?»

«Ich wüsste nicht, warum wir ihn stören sollten.»

«Ich geh dann mal wieder.»

«Wohin?»

«Zu den anderen. Wir treffen uns in der Bibliothek. Deine Laune macht mich, gelinde gesagt, etwas wahnsinnig. Und vielleicht erzählt mir ja der ein oder andere noch eine Geschichte, die dir weiterhelfen kann. Als Anwalt, du verstehst, ist man wie ein Beichtvater … Und übrigens, ich liege auf der linken Seite», sagte Viktor.

«Und ich dachte, du liegst immer oben», antwortete Hölderling und biss in sein Käsebrot.

«Egal, wo ich liege, ich hasse Krümel im Bett.»

Das war vor zwei Stunden gewesen. Die Käsebrote waren aufgegessen, und Hölderling hätte ein Königreich für einen Herd gegeben. Eine Potage Parmentier würde mich jetzt sehr zufrieden machen, dachte er. Oder ein kompliziertes Soufflé – vielleicht war Ferdinand Bundt auch noch nicht im Bett, und vielleicht könnte der den ein oder anderen Tipp …?

Gregor Hölderling hatte den Gedanken noch nicht zu Ende gedacht, da setzten seine Füße bereits auf dem Boden auf. Er klopfte sich die Krümel vom Smoking und straffte die Schultern. Im Keller wartete eine bestens ausgestattete Profiküche darauf, von einem echten Liebhaber kulinarischer Genüsse gewürdigt zu werden. Hölderling war beim Anblick der beiden sechsflammigen Gasherde mit integrierten Grillstationen und Doppelbacköfen nervös geworden. Und als sein Blick auf die Schöpfkellen, Schneebesen, Rührlöffel und Pfannenwender aus Edelstahl gefallen war, die blank poliert über dem Herd aufgereiht hingen, bereit, zu dienen, zu wenden und zu rühren, hatten sich ihm die Nackenhaare aufgestellt. Ferdinand Bundt hatte Hölderlings begehrliche Blicke sehr wohl bemerkt, aber nichts gesagt. Er mochte zwar Leute, die gerne aßen, aber Leute, die sich an seiner Küche vergreifen wollten, mochte er ganz und gar nicht. Und Laien, die glaubten, sie hätten nach ein paar Kochkursen schon die höheren Weihen der Cuisine erhalten, hielt er für genauso gefährlich wie die Idioten, die sich von Sherpas auf den Mount Everest schleppen ließen, nur um sagen zu können, sie wären auf dem Dach der Welt gewesen. Weswegen Ferdi Bundt sich auch immer Marielles Wunsch nach Kochkursen für interessierte Laien widersetzt hatte. Ferdinand Bundt war kein Sherpa, und er würde auch nie einer werden.

Hölderling stand am Fenster und schaute hinaus in die Schneelandschaft. Neben ihm prasselte das Feuer im Kamin, und davor stand ein großer Ohrensessel mit Fußbänkchen, der jeden davon überzeugt hätte, Platz zu nehmen, die Augen zu schließen und sich der heimeligen Atmosphäre hinzugeben. Aber vor seinen Augen sah Hölderling Messingtöpfe und Wasserbäder, Profimesser und einen Salamander, unter dem man ganze Batterien von in Honig marinierten Entenrücken knusprig braun karamellisieren konnte. Er fasste einen Entschluss: Er würde das Paradies im Keller erobern – er wusste auch schon, wie – und machte sich auf den Weg dorthin. Er würde dem Koch ein Angebot machen, das dieser nicht ablehnen konnte.

Leider verpuffte sein Enthusiasmus wenig später vor der verschlossenen Küchentür. Enttäuschung traf es nicht ganz – ähnlich einem Süchtigen, der seinen Stoff nicht bekommen konnte, fingen Hölderlings Hände an zu zittern. Und er ging beinahe in die Knie, als er unvermittelt Annelies' Stimme neben sich hörte. «Gut, dass du kommst. Ich muss dir was zeigen. Im Kühlhaus.»

Hölderling wusste, dass Annelies nicht vorhatte, ihm etwas zu zeigen, was er auch gerne sehen wollte. Zum Beispiel den Schwung ihres Apfelpopos ... Vielmehr würde es jetzt gleich um Unappetitliches gehen. Aber in der Not frisst der Teufel Fliegen, und er musste ja nicht so genau dahin gucken, wohin Annelies zeigte, sondern vielleicht könnte er seinen Blick ein wenig schweifen lassen.

Annelies schloss hinter ihm die Tür zum Kühlhaus. In einem der Regale standen Plastiksäcke, in denen sich Marielles Kleidung befand, fein säuberlich sortiert und beschriftet. Der Samsonite stand aufgeklappt auf einem Extratisch.

Annelies ließ Hölderling keine Chance, sich hinter ihr zu verstecken, und wies ihm den Platz auf der anderen Seite des Tisches zu, auf dem die Leiche von Marielle lag. Sie war mit einem weißen Bettlaken zugedeckt, was Hölderling ein wenig beruhigte. Aber nur zwei Sekunden später war er froh über die geringe Raumtemperatur, denn Annelies, immer noch im Abendkleid, beugte sich über den Tisch, und er konnte die Augen nicht von der Gänsehaut abwenden, die sich auf ihrem Dekolleté gebildet hatte. «Du holst dir doch hier drinnen den Tod», sagte er und zog seine Jacke aus, um sie ihr umzuhängen. Sie schüttelte den Kopf. «Geht schon. Lass mal.» Sie schlug das Laken zurück, klappte eine kleine Stahldose auf und holte etwas heraus, das aussah wie ein Spieß. Zirka zwölf Zentimeter lang und sehr spitz. «Das steckte in Marielles Rücken.»

«Was?» Hölderling erwachte schlagartig aus seiner Annelies-Trance.

«Ja, und guck mal, das Ende von dem Ding ist abgebrochen. Was könnte das wohl gewesen sein?»

«Ein Schaschlikspieß», antwortete Hölderling.

«Aha. Ich dachte, es wäre eine große Nähnadel. Wie für Polstermöbel oder so ähnlich.»

Annelies reichte Hölderling ein paar Gummihandschuhe, die er sich überzog, um das Beweisstück in die Hand nehmen zu können. «Schaschlikspieß», sagte er wieder. «Da ist am Ende normalerweise eine Öse dran, aber die scheint abgebrochen oder abgesägt worden zu sein … eher gesägt, würde ich sagen.» Hölderling streckte die Hand aus, und Annelies reichte ihm eine Lupe. «Genau, man kann die Spuren einer Metallsäge erkennen.»

«Das heißt, wir müssen in der Küche prüfen, ob ein Spieß fehlt.»

«Ja», sagte Hölderling wenig enthusiastisch. «Aber sag mir mal, wie das Ding in Marielles Rücken gekommen ist, ohne dass sie geschrien hat wie am Spieß … äh … ich meine … das wollte ich jetzt nicht so sagen. Ich meine, warum haben wir das nicht gemerkt, und wann ist es passiert? Wo steckte das Ding denn?»

Mit einem Ruck drehte Annelies Marielles Körper auf die Seite und zeigte auf deren Rücken auf eine Stelle unter der fünften Rippe. «Da. Ich kann sie ja hier nicht aufschneiden, und die Wunde war gar nicht auffällig und hat auch kaum nach außen geblutet. Sie trug ein schwarzes Kostüm, da ist nur ein kleinerer Blutfleck drauf. Ich würde mal sagen: typisch Sissi.» Annelies drehte die Leiche wieder auf den Rücken und deckte sie zu.

«Ich hab einen Schnelltest auf Diazepine gemacht. Und da war nichts, mehr konnte ich ja nicht tun. Also hab ich mir die Leiche genauer angesehen.»

«Wie Test? Wie denn das?»

«Ich hab die Vesica urinaria punktiert … Alle anderen Teste auf Gifte sind aufwendig, da brauche ich das Labor …»

«Du hast was gemacht?»

«Die Harnblase punktiert. Vesica urinaria. Dazu habe ich eine Punktionsnadel …»

«Schon gut, schon gut, so genau wollte ich das gar nicht wissen. Also, keine Schlaf- oder Beruhigungsmittel.»

«Fürs Erste. Also, wie schon erwähnt, hab ich danach die Leiche auf äußerliche Gewaltanwendung abgesucht und eben das Ding gefunden.»

«Und was hat jetzt Sissi damit zu tun?»

«Die österreichische Kaiserin, du weißt doch. Die ist erstochen worden, hat es aber gar nicht gemerkt, zuerst. Ein Stich ist nicht zwingend sehr schmerzhaft, vor allem, wenn die Tatwaffe reingeht wie Butter. Und die Wunde muss eben auch nicht stark bluten. Ich kann jetzt den Stichkanal natürlich nicht weiterverfolgen, was sehr schade ist, aber ich kann wohl davon ausgehen, dass das Perikard …»

Hölderling runzelte die Stirn, und Annelies sagte schnell: «Ich meine, der Herzbeutel oder die Lunge verletzt wurde, und letztendlich ist sie an inneren Blutungen gestorben. Das kann unter Umständen dauern. Bei Sissi zum Beispiel hat es fast eine halbe Stunde gedauert, nachdem der Attentäter zugestochen hatte. Und sie hat den Stich auch nicht realisiert, genauso wenig wie ihre Zofe oder andere, die dabei waren. Ein Klassiker in der Rechtsmedizin. Es sind nach Messerstechereien schon Leute nach Tagen erst in die Notaufnahme gegangen, weil sie Rückenschmerzen hatten, die sie sich nicht erklären konnten. Und was fand man? Abgebrochene Messerklingen.» Annelies hatte ihren Vortrag beendet, flitschte die Gummihandschuhe in den Mülleimer, der neben dem Metalltisch stand. Hölderling klappte endlich den Mund wieder zu und sagte: «Und was ist mit der Mäusepisse? Ich meine, dem Nikotin?»

«Tja, das müsste ich erst mal zweifelsfrei nachweisen. Aber in der Flasche ist was drin, was da nicht reingehört. Vielleicht hatte der Mörder die Dosis nicht hoch genug angesetzt, zu wenig in die Suppe gekippt – oder Marielle hatte nur einen halben Löffel voll, weil das Zeug widerlich geschmeckt hat. Oder jemand hat gehofft, sie wäre schon längst vergiftet, weil sie gern Sherry trinkt, was ich aber nicht weiß, das müssen wir noch überprüfen, ich meine, ob sie gerne Sherry getrunken hat … Kannst du mir noch folgen?»

Hölderling nickte. «Wir waren bei: zu geringe Dosis … Der Mörder hat gemerkt, dass sein Plan, Marielle zu vergiften, nicht aufgegangen ist.»

«Exakt. Also kein befriedigendes Ergebnis für den, der ihr übelwollte. Da musste sich der oder die Täterin was anderes ausdenken. Auf jeden Fall hat jemand Ernst machen wollen. Davon kannst du ausgehen.»

«Du meinst, ein und derselbe Täter will sie erst vergiften, und als das nicht klappt und sie weiter rumläuft, schüttet er das Zeug noch in die Suppe und hilft dann mit einem Schaschlikspießchen nach, weil er oder sie das gerade zur Hand hatte?»

«Vielleicht?»

«Eher nicht. Hast du Gruber angerufen?»

«Hab ich.»

«Und?»

«Er sagt, dass du die Ermittlungen führen sollst, bis er hier sein kann.»

«Das kann ja dauern. Ich bin nicht zuständig, das weißt du, und er weiß das auch …»

«Maul hier nicht rum, Gregor. Wir haben es mit vorsätzlichem Mord zu tun. Und klassischerweise müssen wir davon ausgehen, dass der Täter oder die Täterin noch hier ist.»

«Vielleicht war es auch einer vom Empfangskomitee. Der Concierge oder die Pagen. Die sind ja noch weggekommen.» Er hätte auch sagen können: die Glücklichen! Aber er verkniff sich diese Äußerung. Hatte er nicht immer gesagt, dass er alles dafür tun würde, um Annelies nahe zu sein? Nun gut, das war jetzt nicht ganz die Situation, die er sich beim Universum bestellt hatte, aber wie gesagt ... In der Not ...

«Hallo, Gregor ... ich rede mit dir. Was wirst du jetzt tun?»

«Ich geh in die Küche. Und du gehst am besten auf dein Zimmer, nimmst ein heißes Bad und ruhst dich aus. Morgen beginne ich mit der Befragung aller Beteiligten. Viktor kann mir dabei helfen.»

«Ich schlage vor, wir gehen gemeinsam in die Küche, zählen die Spieße und befragen den Koch. Für Wellness ist jetzt nicht der richtige Zeitpunkt. Danach gehen wir zusammen die anderen suchen, und ich nehme Fingerabdrücke von jedem ... und du beginnst mit der Befragung sofort. Viktor darf helfen. Es ist immer gut, einen Anwalt an seiner Seite zu haben. Was hältst du davon?»

«Ich küsse wie immer den Boden, auf dem du läufst», sagte Hölderling. Er hoffte, dass es einige Zeit in Anspruch nehmen würde, den Koch zu finden, und die Arbeit, sprich, den anderen mitteilen zu müssen, dass hier ein Mord geschehen war, noch lange hinausgezögert werden könnte. Aber Annelies machte seine Hoffnung zunichte, als sie sagte: «Herr Bundt wohnt hier unten. Er hat die Einliegerwohnung, gleich hier den Gang entlang. Und das ist seine Telefonnummer.»

Sie reichte ihm eine Visitenkarte in einer Plastiktüte. «Wir können hingehen oder ihn anrufen ... Was ist dir lieber?»

«Hast du die in der Plastiktüte, weil du die Fingerabdrücke nehmen willst?»

«Natürlich. Seit ich die Mordwaffe gefunden habe, ist jeder verdächtig. Sogar du und ich. Das solltest du doch wohl wissen.»

«Viktor und du, ihr seid verdächtig. Ich nicht. Ich bin als Letzter angekommen und hatte gar keine Gelegenheit, Marielle aufzuspießen oder sie zu vergiften.»

«Wie gut, dass wir das jetzt wissen. Gregor, was ist mit dir los? Wo ist dein Humor?»

«Zu Hause. Soffie hat vergessen, ihn in den Koffer zu packen.»

Annelies seufzte. Nie hätte sie gedacht, dass es um Gregor noch immer so schlimm stand. Viktor hatte sie gewarnt, dass er noch lange nicht über den Berg war – und sie musste ihm recht geben. Aber das alles half jetzt nichts. Sie müssten beide ihre persönlichen Probleme zur Seite schieben, um der Situation gerecht zu werden. Egal, wie lange es dauern würde …

«Wir sollten Conrad fragen, ob es hier ein altes Verlies gibt. Für den Fall, dass wir den Mörder finden … oder er oder sie gesteht?»

«Seit wann kümmerst du dich um ungelegte Eier, zumal noch so praktische?», fragte Hölderling.

«Ich lerne dazu», sagte Annelies, nahm ein paar Plastiktüten aus ihrem Koffer und eine Schachtel mit Einmalhandschuhen und ging hinaus. Hölderling warf seine Gummihandschuhe in den Müll und folgte ihr. «Seit wann das denn?»

Annelies schloss die Tür vom Kühlhaus ab und steckte den Schlüssel in ihre Abendhandtasche. «Seit Thomas Struck gesagt hat, dass meine soziale Desintegration korrigierbar ist.»

«Hat er das?», sagte Hölderling und dachte … der schlaue Struck.

«Ja. Er sagt, dass wir beide in höchstem Maße unkommunikative Inselbewohner sind. Sogar jeder auf seiner eigenen Insel. Und dass das gar nicht gut für eine Beziehung ist.»

«Und du glaubst den Quatsch? Was ist gegen eine Insellage einzuwenden? Die Briten sind sehr erfolgreich damit. Die haben auf die Art die ganze Welt erobert.»

«Aber hat man sie gemocht? Auf der ganzen Welt? Und was ist jetzt mit den Briten? Geht's denen gut? Glaube nicht, das sagen zu können, mein Lieber.»

Hölderling verstand immer weniger von dem, was seine Exgattin von sich gab. Was hatte dieser Thomas Struck für einen Einfluss auf seine herrlich skurrile, blaustrümpfige Inselbewohnerin Annelies? Natürlich war er nicht so wie jeder andere und seine Expartnerin schon gar nicht wie jede andere. Aber das war ja schließlich ein Teil des Betons, aus dem das Fundament ihrer Beziehung gegossen war. Er liebte seine Inselfrau genau so, wie sie war. Er hatte aus ihr nie ein kommunikatives, allgemeinverträgliches Weibchen machen wollen. Und Annelies hatte auch nie erwähnt, dass sie anders hätte sein wollen oder ihn anders hätte haben wollen ... Aber irgendwas musste ja doch nicht gestimmt haben, sonst hätte sie ihn nicht verlassen.

«Wolltest du von deiner Insel runter?», fragte er und ließ die Schultern hängen. «Und wenn ja, warum hast du mir das nie gesagt?»

Annelies drehte sich im Laufen zu ihm um und sagte: «Nein, ich dachte nur, es wäre schön, wenn du öfters mal auf meine Insel kämest, aber immer, wenn ich meine Fahne geschwenkt habe, war mein Robinson Crusoe grad beschäftigt.»

«Du aber auch ... Freitag.»

«Tja, vielleicht hätten wir die Inselöffnungszeiten besser abstimmen sollen, aber ...» Weiter kam Annelies nicht, denn sie bemerkte, dass sie beobachtet wurden.

«Ich störe nur ungern – aber könnten Sie Ihre Beziehungsprobleme bitte woanders ausdiskutieren?», sagte Ferdinand Bundt.

«Wir haben nicht ...», sagte Hölderling und geriet ins Stottern, denn er wusste nicht, wie lange Bundt ihnen schon zugehört hatte. Er stand vor seiner Wohnungstür, in Schlappen und dunkelblau kariertem Schlafanzug und zog ein missmutiges Gesicht.

«Wir wollten zu Ihnen», sagte Annelies ohne Umschweife.

Sobald es um die Arbeit ging, wurde von ihrer Insel scharf geschossen, und für die üblichen Höflichkeitsfloskeln blieb keine Zeit.

«Die Küche, wir müssen in die Küche, und Sie müssen mit. Ich hab da ein paar Fragen.»

«Bitte», schob Hölderling hinterher. So würde das mit seiner Idee, die Küche und das Vertrauen von Ferdinand Bundt zu erobern, schon mal gar nichts werden. Der Koch griff neben sich, nahm den Schlüssel vom Haken, dann zog er die Tür zu und grummelte: «Von wegen, die will nur spielen … komische Auffassung von spielen.»

Hölderling zuckte die Schultern. Der Koch verdrehte die Augen.

Annelies marschierte voraus und dozierte über das Rascheln ihres Abendkleides hinweg: «Herr Bundt, wir haben es mit einem Mord zu tun. Die Tatwaffe stammt vermutlich aus Ihrer Küche. Wie viele Schaschlikspieße haben Sie in der Schublade?»

Hölderling betrachtete Annelies' Hinterteil und dachte: Apfelpopo an Seide …

Ferdi Bundt dagegen sah schweren Zeiten entgegen und konnte der delikaten Rückenansicht von Dr. Annelies Seydelbast rein gar nichts mehr abgewinnen. Da konnte sie mit ihrem Popo rumwackeln, soviel sie wollte. Dass Marielle sich das gewünscht hätte, dieser Furie mit starkem Hang zur Leichenfledderei ausgeliefert zu sein, bezweifelte er stark. Wie konnte man mit so was befreundet sein? Und vor allem, wie konnte dieser arme Mann, dieser Hölderling, ihr auch noch nachweinen? Der Koch beobachtete den Kommissar aus den Augenwinkeln und entschied, dass der Kerl neben ihm dringend einer Stärkung bedurfte; und er wunderte sich, warum er plötzlich Sympathie für einen Polizisten empfand, den er vor ein paar Stunden noch gar nicht gekannt hatte. Na ja, Leidensgenossen. Hölderling hatte bereits verloren, was er liebte, und er, Ferdinand Bundt, würde in absehbarer Zeit sein kleines Königreich an diese Usurpatorin abtreten müssen. Was er aus dem Fernsehen wusste, war, dass diese Leute alles beschlagnahmen, absperren und versiegeln würden, bis weiß gewandete Männer, die sie im TV immer «die Spusi» nannten, wie kleine Maden herumwimmeln würden, um seine Küche auf den Kopf zu stellen und auch das allerletzte Molekül, das zur Aufklärung des Mordes führen konnte, einzufangen, einzutüten und in irgendein Labor zu schicken.

Als die kleine Truppe vor der Küche angekommen war, sahen Hölderling und Ferdi Bundt sich an und dachten in diesem Augenblick dasselbe: schade.

KAPITEL 6

Die Zählung der Schaschlikspieße verlief zu Ungunsten von Ferdinand Bundt. Von zwanzig fehlten vier. Aber sie fehlten nicht ganz. Die abgesägten Ösen lagen in der Holzschachtel, in der Bundt die Spieße aufbewahrte.

«Die Spieße sind beschlagnahmt», sagte Annelies und nahm die Schachtel an sich. «Haben Sie einen Werkzeugkoffer? Oder eine Säge?»

«Natürlich», sagte Bund und öffnete einen Spind. «Da, mein Werkzeugkoffer.»

Annelies reichte Hölderling ein Paar Einmalhandschuhe und zog selbst welche über. Er öffnete den Koffer und fand, was er suchte – eine kleine Metallsäge, wie man sie für einen Euro im Baumarkt kaufen konnte. Das Sägeblatt sah benutzt aus. Annelies nahm das Werkzeug in Empfang und tütete es ein. «Haben Sie die abgesägt?»

«Nein! Warum sollte ich?»

«Um Marielle zu erstechen.»

«Also, das ist doch … Also! Raus aus meiner Küche!»

Hölderling flüsterte: «Das macht man anders, Schneckchen.»

Annelies guckte ihn unverwandt an und sagte: «Na gut. Kommissar Hölderling wird Ihre Aussage zu Protokoll nehmen. Und: Sie werden die Küche abschließen, Herr Bundt, bis die Spurensicherung hier durch ist.»

Der Koch guckte Hölderling an, aber der nickte nur und sagte: «Tut mir leid. Tut mir wirklich leid.»

«Wo soll ich denn jetzt kochen?»

«Wer denkt jetzt ans Kochen?», fragte Annelies.

«Na ich. Das ist mein Beruf. Und glauben Sie, Sie könnten mal eben so den Pizzadienst anrufen, wenn hier einer Hunger kriegt? Schon mal aus dem Fenster geguckt?» Der Koch verschränkte die Arme vor der Brust, und die Ärmel seiner Schlafanzugjacke spannten bedenklich.

«Wo er recht hat, hat er recht», sagte Hölderling zu Annelies. «Die werden alle Amok laufen, wenn es nichts zu essen gibt.»

«Und der Staatsanwalt wird Amok laufen, wenn ich die Küche nicht sichere», gab Annelies zurück. Dann wandte sie sich an Ferdi Bundt: «Das müssen Sie jetzt mal verstehen. Gibt es keine andere Küche? In Ihrer Wohnung vielleicht?»

Der Koch schüttelte den Kopf. «Brauch ich ja nicht. Meine Küche ist diese hier. Ich hab in meiner Wohnung nur zwei Elektroplatten, für den Fall, dass ich mal einen Kaffee machen will.»

«Und ich hab einen Gaskocher dabei und eine Ersatzkartusche», sagte Hölderling. «Klein, aber funktioniert. Da hätten wir schon drei Feuerstellen … und die Kamine … die funktionieren doch?»

Ferdi Bundt nickte. «In der Bibliothek und im Rosensaal.»

«Da könnte man Suppe ansetzen. Ich hab gesehen, dass die Haken für die Kessel noch da sind. Sie haben doch große Kessel mit Henkel?»

Der Koch zuckte die Schultern. «Hört sich ja hervorragend an. Kann ich wenigstens ein paar Töpfe mitnehmen? Und ein paar Messer? Mit irgendwas muss ich ja arbeiten! Und um eines gleich mal klarzustellen: Wir müssen die Arbeit verteilen. Wenn hier keiner reindarf, muss mit der Hand gespült werden. Das mach ich nicht allein – und Sonja hat mit den Zimmern auch reichlich zu tun.»

Annelies guckte sich um und nickte dann. «Jugendherbergsatmosphäre. Ich glaube, die anderen werden Verständnis haben.»

«Müssen», setzte der Koch nach.

In Windeseile wurden Töpfe, Pfannen, Deckel und Messer in Bundts Wohnung getragen. Aus einem angrenzenden Lagerraum schaffte der Koch noch zwei große Kupferkessel herbei. Hölderling half, ein Regal mit Trockenwaren wie Nudeln, Reis und Mehl vor die Tür zu schaffen.

«Der Rest ist im Eiskeller. Kann ich jetzt wieder schlafen gehen oder bin ich verdächtig?»

«Nicht mehr als jeder andere auch», sagte Hölderling schnell.

«Ich brauche noch Ihre Fingerabdrücke», sagte Annelies. «Wenn Sie mal eben mitkommen, Herr Bundt.»

«Ins Kühlhaus?»

«Natürlich.» Und zu Hölderling gewandt sagte sie: «Du gehst am besten schon vor und kümmerst dich um die anderen. Ich komme gleich nach. Ich werde Fingerabdrücke von allen nehmen.»

«Ich seh schon die ersten hysterisch werden. Aber dein Wunsch sei mir Befehl.»

Annelies lächelte und ihre Augen leuchteten. «Danke, Gregor. Lass dir von Viktor helfen, der wird die Bagage auf dem Teppich halten. Außerdem ist er ein sehr guter Organisator.»

«Je weniger Ihre Freunde sich langweilen, desto besser. Langeweile führt zu Meuterei», sagte Bundt.

Annelies und Gregor guckten den Koch an.

«Ja, was gucken Sie so? Ich hab auf einem U-Boot gedient.»

«Ach so», sagte Hölderling, als würde das alles erklären.

Mit einer Laune, die schwärzer nicht hätte sein können, marschierte Hölderling kurz darauf in Richtung Bibliothek. Er drückte die Klinke der großen Holztür und trat ein. Ein paar verkohlte Holzscheite im Kamin lagen in den letzten Zügen, und Funken stoben auf, als der Luftzug die Glut erreichte. Er machte die Tür hinter sich zu und schaute sich um. Auf kleinen Beistelltischchen standen diverse leere Flaschen, benutzte Gläser, und die Aschenbecher waren voll. Aber es war niemand zu sehen, der diese Verwüstung angerichtet haben konnte. Hölderling wollte wieder gehen, um sich auf die Suche zu machen, da hörte er ein Schluchzen. Es kam von einem großen Ohrensessel, der mit dem Rücken zu ihm stand. Er räusperte sich, und ein blasses, verheultes Gesichtchen lugte hinter der Rückenlehne hervor. Hölderling kramte in seinen Gehirnwindungen, bis er auf den Namen Sonja stieß.

«Was machen Sie hier, Sonja?», fragte er.

«Nichts.»

«Na, Weinen ist nicht nichts. Wollen Sie nicht ins Bett gehen?»

«Ich darf nicht. Herr Faust hat gesagt, ich soll aufbleiben und die Gäste versorgen.»

Hölderling zog sich einen Hocker heran und setzte sich neben den Sessel. «Das müssen Sie nicht. Wie man sieht, kommen die hier alleine zurecht. Wo sind denn alle?»

«Im Partykeller. Ich wollte hier aufräumen und dann runtergehen. Irgendwer muss doch bedienen. Aber ich ... ich ...» Sonja schlug die Hände vors Gesicht, und die Schluchzer schüttelten die zarte Person, als sei ein Erdbeben im Gange. Hölderling hatte Sorge, die schmalen Schultern könnten Schaden nehmen bei dem Gerappel. Er reichte Sonja ein Taschentuch. Sie wischte sich das Gesicht ab, schnäuzte und wollte Hölderling das Taschentuch zurückgeben. «Das dürfen Sie gerne behalten», sagte er schnell und verabschiedete sich ohne Reue von seinem weißen Schmuckstück mit eingesticktem Monogramm. Wo das herkam, gab es noch viel mehr.

«Danke», sagte Sonja leise.

«Mochten Sie Marielle?»

Sonja nickte.

«Wie lange arbeiten Sie schon hier?»

«Fast zwei Jahre.» Sonja presste die Lippen aufeinander. «Ja, fast zwei Jahre.»

«Sind Sie gerne hier?»

Sie nickte. «Ja. Ich wollte immer ins Hotelfach. Es gibt immer etwas zu tun, aber Frau Faust hat mir viel beigebracht. Und jetzt ist sie ... o nein ... im Kühlhaus. Ferdi hat gesagt, sie liegt im Kühlhaus. Ist das wahr?»

«Ja. Aber das ... merkt sie gar nicht. Und Frau Doktor Seydelbast kümmert sich um sie. Marielle ist nicht allein.»

«Die Frau Doktor?! Die schneidet sie doch auf!» Sonja war aufgesprungen, und ihre Stimme überschlug sich. «Ferdi hat gesagt, dass sie aufgeschnitten wird und ausgeweidet wie ein Tier! Ich hab die Messer in ihrem Koffer gesehen, wie im Gruselkabinett!»

Mit einem so heftigen Ausbruch hatte Hölderling nicht gerechnet, und er wusste nicht, was tun. Im nächsten Augenblick fiel Sonja vor ihm auf die Knie und wimmerte: «Das soll die nicht tun. Sagen Sie ihr, sie soll das nicht tun ...»

Er konnte sich keinen Reim auf die heftige Reaktion der jungen Frau machen und sagte schnell: «Tut sie ja auch nicht. Das ist doch Unsinn, hier wird niemand aufgeschnitten. Und jetzt kommen Sie mal wieder hoch und beruhigen Sie sich ...»

Die Tür ging auf und Annelies kam herein. Beobachtete kurz die Situation, schüttelte den Kopf und ging auf die junge Frau zu. Bevor Hölderling irgendetwas sagen konnte, hatte Annelies Sonja gepackt, auf die Füße gezogen und wieder in den Sessel bugsiert. «Sie erlauben? Ich muss Ihre Fingerabdrücke nehmen.»

Sonja war auf der Stelle verstummt, starrte Annelies an und

hielt ihre zitternden Hände entgegen. Sehr schlanke Hände, aber kräftig und rissig von der vielen Arbeit.

«Doch nicht hier», sagte Annelies. «Wir gehen runter.»

«In den Keller?!» Sonja schien kurz vor dem nächsten hysterischen Anfall zu sein.

«Du solltest dir einen anderen Ort suchen», sagte Hölderling zu Annelies. «Es ist nicht jedem gegeben, sich in Gegenwart von Toten so wohl zu fühlen wie du.»

Annelies zuckte die Schultern, nahm Sonjas Hände und zog sie aus dem Sessel. «Es dauert auch nicht lange. Je schneller wir jetzt gehen, desto schneller haben Sie es hinter sich.» Annelies zog Sonja hinter sich her.

«Und Herr Faust? Er hat doch gesagt, ich soll ... », sagte Sonja, und wieder flossen die Tränen.

«Wenn wir fertig sind, gehen Sie ins Bett», sagte Annelies. «Mit Herrn Faust rede ich.»

Die große Tür fiel ins Schloss, und Hölderling drehte sich einmal im Kreis. Die Dynamik der Ereignisse war ihm gelinde gesagt zu dynamisch. Seine Ex-Lebensabschnittsgefährtin lief zu Hochform auf, während er es sehr bedauerte, dass seine Schulfreunde alle Flaschen bis auf den letzten Tropfen leer gemacht hatten, sonst hätte er sich gerne eine kleine Pause und zwei Strich Whisky gegönnt, bevor er dem Rest der 13 / I gegenübertreten musste. Er ging zum Getränkewagen, aber das Einzige, was seine lieben Mitschüler verschont hatten, war eine Flasche Limoncello, die ihr Gefallen wohl nicht erregt hatte. Hölderling fügte sich in das Unvermeidliche: Er ließ den Limoncello unangetastet und machte sich auf die Suche nach dem Partykeller, was sich weit weniger aufwendig gestaltete, als er gehofft hatte. Als er in der Lobby angekommen war, wies ein Schild in die Richtung einer Treppe, die nach unten führte. Er warf noch einen sehnsuchtsvollen Blick auf den gegenüberliegenden Abstieg zum Küchentrakt, dann ging er in den Keller hinunter. Die niedrigen Wände des Gangs waren mit grobem Stein verkleidet, und Hölderling hatte das Gefühl, er nähere sich einem Verlies. Nach ein paar Metern hätte er links in Richtung Wellnessoase abbiegen können, aber er hielt sich geradeaus, und nach wenigen Schritten war nicht mehr zu überhören, wo sich der Partykeller befand. Er öffnete die Schwingtür und prallte frontal auf die Schalldruckwelle aus den Lautsprechern, «You know it's thriller … Thriller night … You're fighting for your life …», und wäre am liebsten auf der Stelle wieder umgedreht. Im bunten Licht der sich drehenden Diskokugel erkannte er Viktor und Gretchen, die wie Zombies auf der Theke tanzten und versuchten, Michael Jackson zu imitieren. Das Krähenfüßchen, Traudel und Sigrid lagen auf dem Fußboden direkt unter der Diskokugel, ließen einen Joint kreisen und kicherten. Traudel grapschte mit der rechten Hand träge in der Luft herum, als wolle sie die Lichtpunkte fangen. Anton Witsch versuchte, als er Hölderling sah, einen zusammengerollten Hunderter in seiner Hosentasche verschwinden zu lassen, und Hanno Müller bedeckte etwas auf der Theke mit der flachen Hand. Otto Lobenthal, Conrad Faust und Jürgen Zahn zelebrierten einen Männerrundtanz, bei dem es wohl wichtig war, seinem Tanznachbarn zur Rechten eine Wodkaflasche zwischen die Zähne zu rammen und erst abzusetzen, wenn das Gesöff aus der Nase lief. Lobenthal hustete, und Jürgen brüllte über die Musik hinweg: «Anton, lass krachen. Ich will auch noch was von dem Zeug …»

Jürgen rief: «Der Schnee rieselt nicht nur draußen … Ihr seid so … scheiße, ihr beiden Lego-Klötze … aber gut.»

Gretchen löste sich aus Viktors Umklammerung und versuchte Hannos Hand von der Theke zu nehmen. «Ey, Hanno, jetzt nicht alles für dich, du Geizkragen …»

Anton Witsch hob die Hand und rief: «Die Bullen!»

Alle lachten, aber ihre Köpfe drehten sich in Richtung Tür. Viktor sprang von der Theke und schaltete die Musik aus. Wo eben noch Michael Jackson gekräht hatte, war nur noch das Quietschen der rotierenden Diskokugel zu hören. Das Krähenfüßchen protestierte.

«Danke, Viktor», sagte Hölderling und fuhr fort: «Ich habe schlechte Nachrichten, Freunde. Ich fürchte, die Party ist vorbei.»

«Spielverderber», zischte Gretchen und kletterte von der Theke.

Die drei Tänzer hielten inne. Lobenthal maulte wie ein Sechsjähriger: «Spießer. Haben sich etwa die Nachbarn beschwert und die Polizei gerufen?»

Sigrid und Traudel lachten. «Immer kommen die Bullen, wenn's am schönsten ist. Leg doch mal Falco auf ... Der Kommissar, das würde gut passen.»

«Drah die net um ... uh, uh, uh ...», skandierte Jürgen Zahn, fand aber niemanden, der mitsingen wollte.

Hölderling schwieg. Er schwieg so lange, bis Viktor endlich sagte: «Genug gescherzt. Wir hören, Gregor.»

«Marielle ist ermordet worden. Ich glaube, das ändert einiges. Ich muss euch bitten, jetzt mal ein bisschen normal zu werden.»

«Wossu denn?», sagte das Krähenfüßchen. «Toter als tot geht doch wohl gar nicht ...»

«Ermordet», lallte Sigrid. «Uhhhh ... dassisschlimm ... da musser Kommissar ran. Ja ... Drah di net um ...»

Traudel lachte und rollte auf dem Fußboden herum.

Viktor pfiff durch die Zähne. Dann sagte er: «Hört mal endlich auf mit der Kinderkacke. Wenn Marielle ermordet wurde, heißt das, der Täter ist wahrscheinlich noch hier. Hab ich recht, Gregor?»

Hölderling nickte. Lobenthal bekam einen Schluckauf, und

Gretchen rief, offensichtlich von einer Erkenntnis geradezu überrannt: «Und wer beschützt uns jetzt? Etwa du, Gregor?» Sie schaute sich in der Runde um. «Meinst du wirklich, es ist einer von uns gewesen? Hey! War es einer von euch?!»

Das Krähenfüßchen schüttelte den Kopf und flüsterte: «O mein Gott ... Wir werden alle sterben.»

«Wir müssen hier raus – das halt ich nicht aus», sagte Sigrid, die mittlerweile Traudel fest umklammert hielt. «Wir, wir ... müssen Schnee schaufeln. Wir müssen hier raus! Conrad, sag du doch auch endlich mal was. Das ist schließlich dein Haus!»

Conrad Faust griff in Antons Hosentasche, holte den gerollten Hunderter heraus und stieß Hanno von der Theke weg. Dann zog er sich die Line Koks in die Nase, die Hanno zu verbergen versucht hatte. Er wischte sich mit dem Handrücken die Nase, tupfte die letzten Krümel mit dem Zeigefinger auf und rieb sich das Koks aufs Zahnfleisch.

«Traudel hat dich was gefragt», sagte Jürgen.

«Und ich hab keine Antwort», sagte Conrad und warf beide Arme in die Luft. «Ein Mörder ist in meinem Haus! Ja, und? Soll ich ihm Hausverbot erteilen? Dafür müsste man erst mal wissen, wer es ist. Vielleicht können wir hier eine Abkürzung nehmen?! Könnte der Bösewicht bitte aufzeigen, damit ich ihm meinen verbindlichsten Dank aussprechen kann. Rein privat, versteht sich. Und das Krähenfüßchen kann ihn ja dann ins Klassenbuch eintragen? Oder was?»

«Red doch nicht so 'n Scheiß», sagte Lobenthal und hickste. «Willst du etwa damit sagen, dass es dich freut, dass Marielle tot ist?»

«Ich habe gar nichts gesagt. Und spiel hier nicht den Moralapostel. Das steht dir nicht. Und nur fürs Protokoll – das Koks hier hat Otto mitgebracht. Echtes Klinik-Koks. Na, ist das nichts für die Polizei?», sagte Conrad.

Lobenthal ging auf Faust zu, und es sah so aus, als wolle er eine Rauferei anfangen. Hölderling griff sich einen Barhocker und knallte ihn auf den Fußboden. «Ich geb euch fünf Minuten. Dann tritt jeder im Küchentrakt bei Annelies an und lässt sich die Fingerabdrücke abnehmen. Alle! Und danach geht jeder auf sein Zimmer und hält die Klappe, bis ich zum Frühstück läute. Ist das klar?» Hölderling konnte, wenn er wollte. Und jetzt wollte er. Er drehte sich auf dem Absatz um und verließ den Partykeller.

Nach nicht einmal zwei Minuten kamen alle, angeführt von Viktor, aus der Disko. Aus den Gesichtern war die Aufmüpfigkeit gewichen. Durch die Bank sahen sie aus wie blasse Käserinde.

«Ich geh dann mal vor», sagte Hölderling, und die kleine Bagage folgte schweigend. Traudel musste gestützt werden, und Gretchen versuchte, im Laufen eine Zigarette anzuzünden, was ihr nicht gelang. Als Hölderling mit der Truppe bei Annelies ankam, hatte er die Nase voll. Von seinen Mitschülern, diesem Tag und vor allem von demjenigen, der Marielle ermordet und ihm damit das Desaster eingebrockt hatte. Er warf einen Blick auf seine Armbanduhr. Fast vier. Hier gab es für ihn nichts mehr zu tun. Alle waren zu betrunken oder sonst wie zugedröhnt. Eine Befragung hatte keinen Zweck. Annelies kam aus dem Kühlhaus, sah das elende Häuflein und befahl: «Setzt euch in eine Reihe. Falls ihr dazu noch in der Lage seid.»

Alle gehorchten schweigend.

«Und du, Conrad, von dir hätte ich was anderes erwartet», setzte sie nach und wischte die letzten Krümel Koks von seiner Nase. «Und überhaupt, was fällt euch eigentlich ein? Hattet ihr vor, Marielle zu gedenken, oder was? Unsere Freundin ist tot, und ihr besauft euch und feiert, als gäb's kein Morgen.»

«Gibt's ja wahrscheinlich auch nicht», greinte das Krähenfüßchen. «Der Mörder ist noch hier! Macht dir das gar keine Angst?»

Annelies schüttelte den Kopf. «Nein, tut es nicht. Du kannst gern in meinem Zimmer schlafen, wenn dich das beruhigt.»

Hölderling wunderte sich. Annelies brachte menschlichen Regungen bestenfalls ein Achselzucken entgegen, und nun bot sie Petra Spieß an, bei ihr zu nächtigen?

«Wer sind Sie, und was haben Sie mit Annelies Seydelbast gemacht?», sagte Gretchen prompt. Sigrid kicherte. «Der Kühlschrank wird menschlich … hört, hört.»

«Eben noch den Arsch voll Angst und jetzt schon wieder aufmüpfig», sagte Annelies und machte sich an die Arbeit.

«Brauchst du mich noch?», fragte Hölderling. Annelies schüttelte den Kopf.

«Na dann, gute Nacht.»

«Du lässt Annelies mit uns allein?», sagte Lobenthal und versperrte Gregor Hölderling den Weg. «Du bist mir ja ein seltsamer Freund und Helfer.»

Viktor ging dazwischen: «Annelies hat dich, falls du dich mit dem Gedanken trägst, ihr an die Gurgel zu wollen, schneller erledigt, als du gucken kannst. Außerdem werde ich bleiben, und ich habe den schwarzen Gurt in Karate. Schon vergessen?»

Lobenthal guckte Annelies an. Die verzog ihren Mund zu einem breiten Grinsen.

«Das wusste ich ja nicht, dass du per se nicht zu den Verdächtigen gehörst», stammelte der Schönheitschirurg.

«Du weißt ganz viel nicht, Otto. Aber das macht ja nichts, damit kann man hundert Jahre alt werden. Es wäre nur sehr angenehm, wenn du mit deiner letzten vertrockneten Gehirnzelle nicht immer so laut rappeln würdest», sagte Viktor und nickte Hölderling zu.

«Eine Liebermann'sche Punktlandung. Besser hätte ich es auch nicht ausdrücken können. Bis später.» Hölderling ging in Richtung Treppe. Er war froh, dass alles still blieb, bis er endlich in der Lobby angekommen war. In fünfundzwanzig Jahren hatte sich nichts, aber auch gar nichts geändert, außer der Putz auf der Fassade. Und der hatte nicht lange gehalten, wie man unschwer erkennen konnte.

Oje, wehe, wenn sie losgelassen.

Mit ungefähr demselben Wortlaut kam eine halbe Stunde später Viktor ins Zimmer gerauscht, riss sich die Fliege vom Hals und warf sich aufs Bett, dass es schwankte. Hölderling war im Ohrensessel neben dem Kamin ein wenig eingenickt und erschrak, als Viktor sagte: «Und jetzt zu dir, Herr Kommissar. Was zu schreiben dabei?»

«Was?»

«Ich habe Informationen gesammelt.» Viktor tippte sich an den Kopf. «Die sind hier oben drin, aber mir wäre es lieber, du würdest sie aufschreiben. Das erleichtert meinen Bregen.»

«Ich dachte, du bist betrunken.» Hölderling wuchtete sich aus dem Sessel und legte noch ein Scheit Holz in den Kamin.

«Ich bin so wenig betrunken wie ein neugeborenes Baby. Einer muss ja bei Verstand bleiben.»

«Danke für deine Umsicht, Viktor», sagte Hölderling. «Möchtest du jetzt einen Schluck?»

Viktor schüttelte den Kopf. «Lieber einen Espresso. Ich glaube nämlich, dass wir den ungemütlichsten Tagen unseres Daseins entgegengehen.»

Hölderling füllte im Badezimmer die Espressokanne mit Wasser. «Was veranlasst dich zu der Annahme?»

«Weil hier der Haussegen so schief hing, wie der Turm von Pisa nie werden wird. Stell dir mal vor: Marielle wollte aus dem Haus was völlig anderes machen – und Conrad auch. Aber sie wollten nicht dasselbe. Marielle wollte ein Tagungshotel und Kulturzentrum, Conrad eine Schönheitsfarm mit Golfplatz.

Und beide haben, ich betone: unabhängig voneinander, Müller & Witsch mit den Umbauplänen beauftragt. Deswegen waren die beiden auch sehr nervös, als das Klassentreffen anstand. Müller & Witsch standen sozusagen im Spannungsfeld.»

Hölderling hörte aufmerksam zu, gab Espressopulver in die Kanne und schraubte sie zu. Dann entzündete er die Gasflamme an dem kleinen Kocher. «Hm. Irgendwas sagt mir, dass du noch eine Information auf Lager hast. Was, mein Freund, brennt dir noch unter den Nägeln?»

«Marielles Scheidung.»

«Oh.»

«Ich würde nicht darüber reden, wenn sich die Situation nicht so dramatisch verändert hätte. Ich hatte die Scheidung schon vorbereitet.»

«Hat Conrad davon gewusst?»

«Vermutlich nicht. Ich glaube, Marielle wird ihm noch nicht einmal erzählt haben, dass es aus und vorbei ist. Das wollte sie bestimmt erst nach dem Klassentreffen machen.»

Hölderling stellte zwei Espressotassen auf das Beistelltischchen. «Und? Wo sollte denn das Geld für die Pläne herkommen? Der Koch hat gesagt, es lief nicht mehr so rund in diesem Hause.»

«Du sagst es – und jetzt kommen wir zur nächsten erstaunlichen Entwicklung. Beide sind – wieder unabhängig voneinander – bei Lobenthal in Düsseldorf gewesen und haben ihm eine Beteiligung angeboten.»

«Hört sich an wie ein Rattenrennen.»

«So viel Poesie in einem so hässlichen Sachverhalt.»

«Danke. Woher weißt du das alles?»

«Einen Teil hat Conrad mir erzählt, den mit dem Umbau – aber er hat es so dargestellt, als hätten er und Marielle diese Pläne gemeinsam gehabt. Die anderen Tatsachen haben mir Müller &

Witsch gebeichtet, und kurz darauf hatte ich Otto auf dem Schoß sitzen, der gehofft hatte, aus der Nummer mit den beiden wieder rauszukommen, denn er hat nichts mehr zum Investieren. Eine Klage wegen eines Kunstfehlers raubt ihm grad alle Reserven.»

«Und was machen wir jetzt damit? Wer ist der Hauptverdächtige?», sagte Hölderling und beobachtete, wie der heiße Kaffee emporsprudelte. Er schloss schnell den Deckel der Espressokanne und drehte das Gas ab.

«Du bist der Kommissar, Gregor. Sag du es mir.»

«Ich? Ich bin hier gar nicht zuständig. Bis jetzt haben wir nichts als Hörensagen, etwas dramatische Eheverhältnisse und divergierende Lebensplanungen. Kann ich daraus eine Mordabsicht ableiten? Nein. Ich halte nichts davon, Motive zur Lösung eines Mordfalles heranzuziehen. Ein Motiv ist wie ein Kochrezept – aber allein davon wird man nicht satt. Man braucht Zutaten, also Tatsachen, um sich was zusammenzurühren. Und Tatsachen werden wir erst erfahren, wenn die reizende Annelies ihr Labor wieder hat. Bis dahin: Machen wir das Beste draus und sehen zu, dass alle bei Laune bleiben. Egal, wer der Täter ist – weglaufen kann ja keiner. Irgendwann wird Gruber hier auftauchen und den Fall übernehmen. Und er wird ihn lösen, dessen bin ich mir sicher.»

«Deine Nerven möchte ich haben», sagte Viktor und trank einen Schluck Espresso.

«Nein, möchtest du nicht.»

«Und warum nicht?»

«Weil vier Schaschlikspieße fehlen. Einer steckt im Rücken von Marielle. Bleiben noch drei. Und ich habe keine Ahnung, was das zu bedeuten hat.»

«Wenn du über diesen Umstand die Stirn runzelst, kann das nur eines bedeuten: Drei Opfer stehen noch auf der Liste, es sei denn, der oder die Täterin hatte einen Reservespieß eingeplant, dann wären es nur noch zwei Opfer … oder ein Opfer und zwei Reservespieße … ein Reservespieß für jedes Opfer …»

«Viktor! Hör auf zu spekulieren. Die Lage ist ernst.»

«Das sage ich doch. Und deswegen ziehe ich mir jetzt was Warmes an und werde im Haus Kontrollgänge machen.»

«Ich begleite dich», sagte Hölderling.

«Meinst du, wir sollten eine Ritterrüstung anlegen? Oder uns bewaffnen?»

«Du vielleicht. Bei meinem Umfang kratzt ein Spießchen noch nicht mal meine mittlere Fettschicht an.»

Viktor schüttelte den Kopf und legte die Hände wie zum Gebet zusammen. «Herr, wirf Hirn vom Himmel.»

«Reiß dich zusammen, Viktor. Ich meine, wir sollten zusehen, dass uns der Espresso nicht ausgeht. Das sollte als lebensrettende Maßnahme genügen.»

KAPITEL 7

Sechs Espressi und zwei gefühlte Marathonläufe später kamen die beiden Freunde wieder gemeinsam vor der Wohnungstür des Kochs an. Sie hatten im ganzen Haus keine Aktivitäten feststellen können – außer, dass aus Gretchens Zimmer leise die nörgelige Stimme von Bob Dylan zu hören gewesen war. Traudel und Sigrid hatten sich offensichtlich mit noch jemandem in ihrer Suite verschanzt. Vor der Tür standen die roten Pumps von Traudel, die schwarzen Lackschuhe von Sigrid und noch ein Paar Damenschuhe.

«Ich glaube, sie haben Sonja unter ihre Fittiche genommen», flüsterte Viktor. «Das sind diese seltsamen Kellnerinnenschuhe, die sie trägt.»

«Hauptsache, die lungern nicht auf der Straße herum», flüsterte Gregor zurück. Dann hatte er seinen Freund genötigt, an Annelies' Tür zu lauschen. Viktor hatte seine Befürchtung bestätigt, dass Annelies mit Struck telefonierte. Wozu irgendwas beschönigen, wenn die simple Wahrheit es auch tat? Das hatte Gregor zusätzlich zu seiner Blässe, die aus der Übernächtigung und von zu viel Espresso herrührte, noch einen Grauton um die Augen beschert.

Aus der Suite Nummer drei war nur lautes Schnarchen zu hören gewesen. Genauso wie aus dem Zimmer des Krähenfüßchens. Bei Müller & Witsch trafen sie auf Jürgen Zahn und Otto Lobenthal und waren mit einem unfreundlichen «Wir sind hier, verbringen die Nacht zusammen, aber wir bringen niemanden um, außer unsere Leber» wieder weggeschickt worden. Viktor und Gregor hatten niemanden auf dem Gang herumhuschen sehen, kein verdächtiges Trippeln oder Knarzen auf Treppen oder Gängen gehört, und als die Uhr in der Bibliothek sieben schlug, hatten die beiden sich entschlossen, den ersten Küchendienst zu übernehmen. So waren sie vor Ferdi Bundts Tür gelandet, hinter der bereits das Geklapper von Pfannen und Töpfen vermischt mit den Frühnachrichten aus dem Radio zu hören war. Nach mehrmaligem Klopfen öffnete der Koch und bedankte sich missmutig für die angerückte Hilfe. Zu dritt quetschten sie sich in die Kochnische und lauschten zunächst dem Straßenzustandsbericht von WDR 2, der nichts Gutes verhieß, außer man war ein Freund von Schneeverwehungen. Dann wurde Viktor abkommandiert, sich um den Kaffee zu kümmern, Hölderling bekam die ehrenvolle Aufgabe, das Rührei zu schlagen, und Ferdinand Bundt telefonierte über die Hausanlage mit Sonja, um sie zum Frühstücksdienst zu rufen. Dann widmete er sich den Themen Brot, Wurst und Marmelade.

Von der Welt vor der Haustür konnten sie wenig sehen, denn der Schnee stand bis zur oberen Kante des Küchenfensters der Bundt'schen Souterrainwohnung. Als der Kaffee fertig war, sagte Viktor: «Ich gehe jetzt an die Rezeption und gebe den Weckdienst und lade alle zum Frühstück in die Bibliothek. Ist das okay, Herr Kommissar?»

Der Koch grinste, denn Gregor Hölderling stand mit hochrotem Gesicht und voll konzentriert an den beiden Herdplatten und schüttelte nach allen Regeln der Kunst zwei Pfannen mit Rührei. «Mach nur», presste er zwischen den Zähnen hervor. Jetzt vor Ferdinand Bundt schlappzumachen oder den Rhythmus zu verlieren wäre einer Niederlage gleichgekommen.

«Sonja hat schon eingedeckt. Weiß gar nicht, was wir ohne

das fleißige Lieschen machen würden», sagte Ferdi Bundt. «Sie wartet oben in der Bibliothek auf uns. Wenn wir fertig sind, beladen wir den Rollwagen und schicken ihn mit dem Aufzug rauf.»

Viktor schenkte sich einen Kaffee ein und nahm die Tasse mit.

«Aufzug?» Hölderling unterbrach seine Rüttelaktion.

«Ja. Da passt mal grad der Servierwagen rein. Damit schicken wir Sachen aus der Küche nach oben. Es kann ja keiner immer mit den Tellern von hier unten nach oben rennen», erklärte der Koch.

«Aha», sagte Hölderling und beeilte sich, das Rührei aus den Pfannen auf zwei Vorlegeplatten zu drapieren. «Und wo hält der?»

«Auf jeder Etage, bis oben zum Dach, wo die guten Hausgeister wohnen.»

«Aha.»

«Was soll das Aha?!»

«Es könnte also auch jeder den Aufzug rufen?», fragte Hölderling unbeirrt weiter.

«Ja.»

«Also hätte jeder Marielles Suppe auf dem Weg in den Rosensaal anhalten und kontaminieren können.»

«Ja. Aber ich dachte, sie ist erstochen worden. Das ergibt doch gar keinen Sinn.»

«Noch nicht.»

«Vor allem, weil meine Chefin von Sherry gar nichts hielt. Conrad ist derjenige, der das Zeug fassweise verklappt. Dafür hat er Geld, der feine Herr.»

«Welche Suppe hatte eigentlich Conrad?»

«Auch Bouillon. Er vermeidet Sahne, wegen der Figur.»

«Sehen Sie, Ferdi, jetzt hat es beinahe wieder Sinn. Vielleicht war der Teller, der vor Marielle stand, gar nicht für sie. Sondern von ihr.»

«Was?!» Ferdi Bundt schnaubte. «Also … also, das ist doch … na ja, wenn ich mir die Szenen der letzten Woche … also …»

«Sehen Sie! Und bitte, kein Wort darüber zu irgendjemandem. Ich bin fertig mit dem Rührei.»

Ferdi Bundt nickte zustimmend, widmete sich einem Berg von geschnittenem Brot und fuhr fort, als hätte die Sherry-Diskussion nie stattgefunden: «Heute schmeckt es noch, aber morgen? Da muss ich auf Tiefgekühltes zurückgreifen. Aufgetautes Brot … ist ja nicht mein Ding. Irgendwo müsste doch eigentlich noch Hefe sein … da könnte ich …»

«Wir können das Brot im Kamin rösten. Das schmeckt auch», sagte Hölderling und wischte sich die Hände an einem karierten Trockentuch ab.

«Sie machen das gut», sagte Ferdi Bundt.

«Danke.» Hölderling strahlte und hielt die Zeit für gekommen, dem Koch das Angebot zu machen, über das er schon die ganze Nacht nachgedacht hatte. Egal, ob es ihm jetzt den direkten Zugang zur Profiküche gewährte oder nicht – aber er hatte offensichtlich in Ferdinand Bundt jemanden aus dem inneren Zirkel der Cuisine, dem er zutraute, sich seines Problems anzunehmen.

«Kann ich Sie was fragen, Herr Bundt?»

«Ferdi, bitte.»

«Also gut. Ferdi. Ich habe da was, das könnte Sie interessieren. Ein Kochbuch.»

Die Miene des Kochs verfinsterte sich, und Hölderling sagte schnell: «Mein Kochbuch. Ein kölsches Kochbuch. Von mir geschrieben. Es braucht ein Fachlektorat.»

«Aha? Und warum?»

«Sonst wird mein Vater es nicht veröffentlichen. Also, unsere Familie betreibt einen Buchverlag – ich bin sozusagen das schwarze Schaf, was meine Berufswahl betrifft. Mein Vater hat gesagt, es sei zu lang, zu dick, zu kompliziert, zu selbstverliebt … und noch ein paar Sachen, die es ihm erlauben, seinem Sohn ein eigenes Buch zu verweigern. Wenn Sie es aber professionell so auf die Beine stellen, dass es veröffentlicht wird, steht Ihr Name gleichberechtigt neben meinem auf dem Buchdeckel.»

«Und wie kommen Sie da auf mich? Was wollen Sie als Gegenleistung? Soll ich spionieren oder was? Wollen Sie Insiderwissen über Conrad und Marielle? Falls ja, vergessen Sie's.»

Hölderling zuckte zusammen. Genau das hatte er ja alles nicht gewollt. Beinahe kleinlaut sagte er: «Ich möchte mit Ihnen kochen. Das ist alles.»

«Ja, ja, viele sind berufen, wenige auserwählt. Ich gebe mich nicht mit Hobbyfritzen ab. Hab ich nie gemacht, werde ich auch nicht. Kochen ist Krieg, was soll ich da mit Zivilisten?»

«Und Ihre Küche ist Ihr Heiligtum. Das verstehe ich», sagte Hölderling und wandte sich der nächsten Ladung Rührei zu. Er war enttäuscht und schüttelte die beiden Pfannen mit gebremstem Enthusiasmus.

Ferdi Bundt suchte in einem Hängeschrank nach Tütchen mit Backhefe. Zwar nicht das Ideale, aber immerhin. «Haben Sie denn keine anderen Kochfreunde, die Sie in die Profiküche lassen? Darum geht es Ihnen doch, oder? Ich hab Ihren Blick auf meinen Herd gesehen, also Mann, ich hatte Grund zur Eifersucht.»

Hölderling lächelte. «Ich wusste, dass Sie der mit der richtigen Einstellung sind. Genau deswegen. Und mein Freund Jobst Freitag, der mit dem besten Feinkostbistro in Köln, lässt mich nicht an seinen Lacanche. Da hört bei ihm die Freundschaft auf.»

«Ah, zwei Päckchen … Ich werde für morgen Brot backen … Ja, sehen Sie – am Herd hört die Freundschaft tatsächlich auf.

Warum buchen Sie nicht irgendeinen von diesen Kochkursen für Männer?»

Hölderling verzog das Gesicht. Er hatte es ein einziges Mal ausprobiert. Zwischen all diesen selbstverliebten, aufgeblasenen Zitierern von Kochbüchern, die man gelesen haben musste, hatte er sich so deplatziert gefühlt wie in einem Sportclub. Diese Männer betrieben das Kochen nicht mit Liebe, sondern mit ihrem Ego. Sie machten diese Kochkurse, weil sie glänzen wollten. Hölderling kochte, weil es ihm ein tiefes Bedürfnis und eine Freude war. Und die war zwischen den besserwisserischen Gockeln schnell verflogen.

«Ah, ich seh schon», sagte Bundt, «so einer sind Sie nicht. Aber noch eines: Haben Sie noch nicht drüber nachgedacht, dass ich vielleicht doch der Mörder bin?»

«Dann sind Sie immer noch ein Koch, und wie ich feststellen konnte, ein sehr guter», antwortete Hölderling und schien den heiklen Zwischenton bei Ferdi Bundt gar nicht zu bemerken. «Sie müssen sich keine Sorgen machen.»

«Ich mache nichts ohne Probekochen.»

Hölderlings Herz hüpfte zum ersten Mal seit Stunden wieder vor Freude. «Das meinte ich ja.»

«Ich werde eine Probeküche brauchen. Das dauert unter Umständen Wochen. Das kann teuer werden. Ich weiß gar nicht, wann und wie ... vor allem, weil ja keiner weiß, wie die Sache hier ausgehen wird. Oder?»

«Das werden wir alles sehen. Es ist ein längerfristiges Projekt.»

Die beiden Männer guckten sich an. Hölderling hielt einen Pfannenheber in der Hand und Ferdinand Bundt einen Holzlöffel.

«Ich meine es ernst», sagte Hölderling.

«Das habe ich befürchtet», antwortete der Koch.

«Also, ich werde mich um alles kümmern, was Sie brauchen, wenn Sie einschlagen. Deal? Ich heiße übrigens Gregor.»

Ferdinand Bundt starrte auf die Hand, die Hölderling ihm reichte, und verschränkte die Arme vor der Brust. «Ich bin kein Sherpa, Herr Kommissar, auch wenn Sie mich beim Vornamen nennen dürfen. Dass das klar ist. Wo ist das Material? Ich möchte es mir zuerst angucken. Alleine.»

«Das Manuskript ist im Auto», sagte Hölderling und zog seine Hand zurück. «Da kommen wir jetzt nur nicht dran, weil alles zugeschneit ist. Ich verstehe Ihre Zurückhaltung. Machen wir es so: Sobald ich an meinen Wagen komme, gebe ich Ihnen das Skript. Sie gucken, und Sie sagen mir unverblümt, was Sie davon halten, und dann sehen wir weiter.»

«Okay, Gregor», sagte der Koch und streckte ihm die Hand hin.

«Okay, Ferdi.» Hölderling schlug ein und schüttelte enthusiastisch die Hand von Ferdinand Bundt, dem Koch, der schon auf einem U-Boot gedient hatte.

Der Deal zwischen den beiden Männern war noch keine zwei Sekunden alt, als ein Schrei durchs Haus gellte, der ihnen das Blut in den Adern gefrieren ließ. Hölderling stieß die Pfannen von den Kochplatten, drehte die Schalter auf null, stürmte hinter seinem neuen Freund aus der Tür. Der Schrei wollte und wollte nicht verstummen. Als er schwächer zu werden drohte, mischte sich eine weitere Stimmlage dazu, dann noch eine und noch eine.

Hölderling und der Koch rannten die Treppe hinauf, stoppten in der Lobby und horchten. Viktor stand hinter dem Empfangstresen und warf den Telefonhörer auf. Als sich noch ein Sopran in das Geschrei mischte, sagte Hölderling: «Jetzt reicht's aber. Da wird ja die Milch sauer.»

«Oben», rief der Koch. «Das kommt von oben.»

Aus dem Gang neben der Rezeption kam Conrad Faust getaumelt. Hinter ihm knallte die Tür zur Midsommar-Suite zu. Conrads Haare standen wirr vom Kopf ab, und er schlurfte barfuß, nur mit Boxershorts bekleidet, auf Hölderling und Ferdi Bundt zu. «Was soll dieses Scheißgekreische? ... Kann mal jemand die Sirene abstellen?!»

Der Quelle des schallenden Infernos schien das nicht zu imponieren, der Ton schwoll weiter an.

Conrad Faust riss die Augen auf. Im nächsten Moment war er hellwach und raste die Treppe hinauf. «Ruhe! Verdammt noch mal, was ist denn hier los?»

Hölderling und Bundt liefen hinterher, Viktor sprang mit einem sportlichen Satz über den Tresen. Im Treppenaufgang stießen die Männer mit Traudel und Sigrid zusammen, die in entgegengesetzte Richtung unterwegs waren und auf der Stelle verstummten. Damit waren schon zwei Quellen der Ruhestörung identifiziert und befriedet. Nach und nach klappten auf dem Gang im ersten Stock alle Türen auf, und die müden Gesichter von Jürgen Zahn, Otto Lobenthal und Müller & Witsch erschienen. Annelies, im roten Negligé, rauschte aus ihrem Zimmer, übernahm die Führung, und gemeinsam stürmten sie die Suite von Gretchen Harrison, wo immer noch Bob Dylan vor sich hin säuselte, was aber kaum zu hören war, denn Sonja stand am offenen Fenster, die Arme weit ausgestreckt, einen Ton produzierend, der Oskar Matzerath zur Ehre gereicht hätte. Bevor allerdings Lampen, Gläser und Fensterscheiben zerbersten konnten, hatte Conrad das Zimmermädchen vom Fenster weggezerrt und ihr eine Ohrfeige verpasst. Endlich war Ruhe. Bis auf Bob Dylan. *Don't think twice, it's allright ...*

Gar nichts ist allright, dachte Hölderling. Dasselbe Lied, das sie in der Nacht schon gehört hatten. Als er den CD-Player ausstellte, fiel ihm auf, dass das Gerät auf «Repeat» stand.

Annelies schubste Conrad zur Seite, packte Sonja an den Schultern und schob sie in die Arme von Viktor. Dann beugte sie sich aus dem Fenster. Alle im Raum warteten gespannt. Sie lehnte sich noch weiter hinaus, sodass Hölderling kurz davor war, Annelies bei den Hüften zu packen, weil er befürchtete, sie würde aus dem Fenster fallen.

«Verdammt», sagte Annelies plötzlich und schwang die nackten Füße aufs Fensterbrett.

Nun sprang Hölderling wirklich nach vorn und hielt sie fest. «Nicht so schnell. Was ist da unten?» Er beugte sich ebenfalls hinaus und kam zum selben Ergebnis. «Verdammt», sagte er.

«Wie schön, dass ihr euch einig seid», sagte Viktor. «Können wir jetzt mal erfahren, was da los ist?»

Bevor jemand Einwände erheben konnte, quetschten sich alle ans Fenster und versuchten, einen Blick auf das Mirakel zu erhaschen.

Das Käuzchen, das keine zwei Meter entfernt in einem Baumwipfel saß und schon seit Stunden bei dieser skurrilen Schnee-Installation Wache hielt, hätte es so beschrieben: Ein toter Mensch steckt kopfüber bis zur Taille im Schnee. Nur noch die nackten Beine schauen heraus, die Knie angewinkelt. Auf den schlanken Schienbeinen türmen sich bereits kleine Schneehaufen. Um den Krater herum, in dem der Oberkörper steckt, hat sich der Schnee rot gefärbt wie bei einem Grießflammerie, der mit Himbeersoße übergossen worden ist. Ein Kranz aus Spitze, der den Saum des Nachthemdes der toten Person umgibt, liegt über dem Blut und dem Schnee.

Das Käuzchen schrie, und vor Schreck taumelten alle zurück ins Zimmer.

«Wer? ... Wann? ... Wer fehlt? ...», riefen alle durcheinander, bis Gregor Hölderling mit einem lauten «Stopp!» alle zur

Ruhe brachte. In die Stille hinein sagte Annelies, die noch einmal aus dem Fenster schaute: «Das ist Gretchen.»

«Wir müssen die Leiche bergen», sagte Hölderling.

Lobenthal und Zahn zeigten auf wie zwei brave Schüler und sagten: «Vermutlich ins Kühlhaus?»

Annelies nickte.

«Alle anderen gehen bitte in die Bibliothek», sagte Hölderling. «Und Sonja: Warum sind Sie hier ins Zimmer gegangen?»

Sonja wischte sich das Gesicht mit ihrer Schürze ab und sagte: «Weil es gezogen hat. Es war kalt auf dem Gang, und ich wollte nachsehen. Wir sollen ... wir ... Die Chefin, also Frau Faust hat immer gesagt, wir sollen Energie ... sparen ...»

«Und das Fenster war offen?»

«Ja. Ich bin hin und wollte es zumachen, und da hab ich sie gesehen ... und ...»

«Schon gut, schon gut. Sie können gehen.»

«Ich bringe das Frühstück rauf», sagte der Koch, nahm Sonja bei der Hand und führte sie hinaus. Die anderen folgten ihnen, bis auf Hölderling und Annelies.

«Keine Fußspuren im Schnee, soweit sich das sagen lässt», bemerkte Annelies.

Hölderling nickte.

«Ich geh dann auch mal nach unten und dirigiere Otto und Jürgen», sagte Annelies.

«Ja, mach das. Zieh dir bitte was Warmes über. Ich fasse hier so wenig wie möglich an, dann schließe ich ab. Brauchst mir keine Handschuhe zu bringen.»

Als er sich umdrehte, griff Annelies in die Tasche ihres Morgenmantels und hielt ihm ein Paar OP-Handschuhe hin.

«Hätte ich mir ja denken können», sagte Hölderling und lächelte.

«Manche Dinge ändern sich eben nie», sagte Annelies und ging hinaus.

Er zog die Handschuhe über, schloss das Fenster und betrachtete den Raum in aller Ruhe. War eine zweite Person hier gewesen? War Gretchen aus dem Fenster gestoßen worden? Oder war sie so zugedröhnt gewesen, dass sie einfach gefallen war? Viktor und er waren doch die ganze Nacht auf den Beinen gewesen und hatten nichts gehört. Keinen Schrei, kein Gepolter ... Auf dem Schreibtisch lag ein Notizblock. Hölderling nahm einen Bleistift und schraffierte über das oberste Blatt. Was zum Vorschein kam, machte ihn auch nicht schlauer: *Liebe Annelies, ich weiß ...* stand da. Mehr nicht. Daneben lag Gretchens Handy, ein neumodisches Smartphone. Sophie Wackernagel hatte so eines, erinnerte sich Hölderling und tippte mit dem Finger auf die Oberfläche. Er suchte nach dem letzten Anruf. Der war von vorgestern, und die Nummer war die des Romantikhotels. Also auch nichts Weltbewegendes. Dann schaute er sich die E-Mails an. Siehe da: Turteleien mit Conrad Faust, die weit über die zulässigen Formulierungen für eine Zimmerreservierung hinausgingen. Wäre Marielle nicht schon tot, hätte er auf sie als Verantwortliche für den Fenstersturz getippt. So schnell dezimierte sich der Kreis der Verdächtigen. Er klickte auf das Icon des Internet-Browsers und rief die letzten Sites auf. Gretchen hatte nach einer Constanze Mauerberg gesucht. Irgendetwas klingelte in Hölderlings Hinterkopf, aber der Gedanke wollte sich nicht dem Tageslicht aussetzen und blieb ein verschüttetes Fragment. Eine ehemalige Mitschülerin? Eventuell Parallelklasse? Vielleicht wollte Gretchen sie erreichen, um von dem Klassentreffen zu erzählen. Er würde Annelies und Viktor mal nach dem Namen fragen. Als Hölderling sich umdrehte und aus dem Zimmer gehen wollte, stand das Krähenfüßchen vor ihm. Sie hatte ihren karierten Morgenmantel fest in der Taille verschnürt. Ihre verkrüppelten Füße steckten in Hello-Kitty-Plüschpantoffeln. Petra starrte auf das geschlossene Fenster.

«Was ist passiert?», fragte sie stotternd.

«Gretchen ist tot. Sie ist aus dem Fenster gefallen.»

Endlich löste sich Petra aus ihrer Starre und kam auf Hölderling zu. «Du guckst dir das besser nicht an», sagte er und versperrte ihr den Weg. «Geh zu den anderen in die Bibliothek. Es gibt Frühstück und Kaffee. Annelies kümmert sich um die ... um ... Gretchen.»

Plötzlich flogen Petras Arme in die Luft, und eine Faust traf Hölderlings Brust. Er hustete und taumelte einen Schritt rückwärts.

«Frühstück! Frühstück! Ist das alles, woran du denken kannst? Kein Wunder, dass Annelies mit dir die Faxen dicke hatte. Essen, immer geht's nur ums Essen! Du, du ... Ignorant ... gefühllose Arschgeige!», rief sie, drehte sich um und hinkte hinaus. Nach ein paar Sekunden fiel eine Zimmertür krachend ins Schloss. Hölderling verließ Gretchens Suite und schloss ab. Ich wollte doch nur nett sein, dachte er und ging die Treppe hinunter in Richtung Lobby. Auf halber Strecke fiel ihm ein, dass die Bibliothek sich ja ebenfalls im ersten Stock befand. Er wollte gerade umdrehen, als er Traudel und Sigrid abfahrbereit in der Lobby sitzen sah. Beide hatten ihre Mäntel an, und ihre Koffer standen gepackt neben den Sesseln.

«Was macht ihr hier?», fragte er.

«Das sieht man doch. Wir fahren. Wir werden uns ein Taxi rufen», sagte Sigrid mit fester Stimme.

«Aber hier kommt kein Taxi hin.»

Traudels Augen füllten sich mit Tränen. «Ich will nach Hause ...»

Sigrid nahm ihre Freundin in den Arm. Und dann schluchzten beide.

«Vielleicht solltet ihr auf eure Zimmer gehen und euch beruhigen. Es geht einfach nicht. Keiner kann hier weg.»

«Wir werden alle umgebracht!» Traudels Schluchzen war in einen schrillen Diskant übergegangen, und Hölderling schaute sich um, ob nicht Conrad, immer für eine Ohrfeige gut, in Reichweite war. Aber es ging lediglich die Eingangstür auf, und Jürgen Zahn und Otto Lobenthal, angeführt von Annelies, stolperten mit Gretchens leblosem Körper und einer ganzen Fuhre Schnee in die Lobby. Traudel verstummte. Man hörte nur noch ein pfeifendes Keuchen, als sei sie kurz vorm Atemstillstand. Als die kleine Prozession die Treppe hinunter verschwunden war, sprangen Traudel und Sigrid auf, nahmen ihre Koffer und rannten die Treppe hinauf. «Wir werden das Zimmer nicht mehr verlassen! Sorg dafür, dass jemand Frühstück bringt!», schrie Traudel. «Ja, oder sorg dafür, dass die Bundeswehr mit Panzern kommt und uns hier rausholt. Oder die GSG 9 oder … oder … Ich werde noch wahnsinnig!»

Gar keine schlechte Idee, dachte Hölderling und holte sein Handy aus der Hosentasche, als die beiden verschwunden waren.

Bei Gruber meldete sich nur die Mailbox. Hölderling bat um Rückruf. Dann wählte er die private Telefonnummer von Frau Klingel. Auch da lief nur das Band, ebenso wie bei Zabel und Sophie Wackernagel. Bei Jobst musste er es gar nicht erst versuchen, der lag sowieso noch in Essig, wie jeden Samstagvormittag. Er schaute auf die Uhr. Um 9:30 Uhr in der Früh, an einem Samstag, war auf der ganzen Welt kein Trost zu finden. Was hätte er einem Anrufbeantworter anvertrauen sollen? Diese Dinger waren Sackgassen für Informationen. Sackgassen ohne Wendehammer. Er würde es später noch mal versuchen. Nach dem Frühstück. Falls davon überhaupt noch irgendetwas übrig war.

Aber da musste er sich keine Sorgen machen. Die Platten mit Wurst, Käse und Brot waren gänzlich unangetastet, als er in die

Bibliothek kam. Seine mühsam gerührten und geschüttelten Omeletts lagen blass und vertrocknet auf den Vorlegeplatten. Ferdinand Bundt zuckte bei seinem Eintreten die Schultern und machte ein missmutiges Gesicht. Hölderling nahm sich einen Kaffee, winkte Sonja zu sich und sagte leise: «Können Sie bitte den Damen Deitmers und Brandt ein Tablett mit Kaffee und Schnittchen bringen? Sie fühlen sich nicht wohl.»

Sonja nickte und sagte: «Das mache ich. Die Damen sind in Maui und Bali untergebracht.»

«Danke», sagte Hölderling und nahm einen Schluck Kaffee.

Conrad Faust, der halbnackt in einem Sessel fläzte, kicherte. «Maui und Bali für Krethi und Plethi ... ts ...»

«Was ist jetzt so lustig?», ereiferte sich Anton Witsch.

«Nix», sagte Conrad Faust. «Ich werde nur der Absurdität dieser Veranstaltung nicht mehr gerecht, fürchte ich.»

«So! *Absurd* nennst du das. Zwei Frauen sind tot, eine davon ist sogar deine. Ist dir das schon aufgefallen?», sagte Hanno Müller. «Ich glaube, wir haben hier ein echtes Problem. Sag du doch auch endlich mal was, Gregor!»

«Genau, müsste die Polizei nicht mal allmählich was tun?», setzte Anton nach.

«Und was, bitte, schlagt ihr vor?», sagte Hölderling und ließ sich auf einem Kanapee nieder.

Ferdi Bundt hatte einen Teller mit Rührei, Schinken und Brot beladen und brachte ihn Hölderling zur Liegestatt.

Conrad Faust sprang auf und brüllte: «Und wenn du jetzt einen Happen isst, Hölderling, dann prügel ich dir die Seele aus deinem fetten Leib ... und alle Zähne ... Dann kannst du nie wieder was essen! Glaub's mir!»

«Sieh an – die erste authentische Reaktion von dir», kam es von der Tür. Viktor trat ein und stellte sich schützend vor seinen Freund.

«Nicht nötig», sagte Hölderling kauend. «Dann sagt mir doch alle mal, was ihr letzte Nacht gemacht habt. Viktor und ich sind Streife gegangen im Haus. Wo wart ihr?»

Conrad ließ sich wieder in den Sessel fallen, und Müller & Witsch klappten die Münder zu.

«Im Gegensatz zu euch haben wir was getan. Auch wenn es offensichtlich nichts geholfen hat. Aber immerhin», sagte Viktor.

Hölderling kaute und wartete. Dann spülte er mit Kaffee nach.

«Conrad, du machst von allen Anwesenden und allen Mitarbeitern eine Namens- und Adressenliste. Das solltest du wohl im Büro im Computer haben, oder?»

Conrad Faust nickte.

«Hat Marielle noch Verwandte, die wir benachrichtigen müssen?»

Conrad schüttelte den Kopf.

«Und Gretchen?»

«Weiß ich nicht», sagte Faust. «Ich glaube, nicht. Von Mister Harrison ist sie ja schon seit Jahren geschieden.»

«Gut. Also, mach die Liste. Von allen, hast du verstanden? Gäste, Angestellte … alle. Und vorher kannst du mir mal erzählen, wie innig deine Beziehung mit Gretchen überhaupt war. Ich habe ihre E-Mails gelesen.»

Müller & Witsch klappten die Münder wieder auf. Der Koch schüttelte den Kopf und wandte sich ab. Er suchte Trost bei den Schinkenröllchen.

«Keine Beziehung, die zu irgendeiner Eifersuchts- oder sonst wie motivierten Tat reizen würde. Gretchen war eben Gretchen. Wenn ich in Bonn unterwegs war, hab ich sie halt besucht, und wir hatten unseren Spaß. Das war alles. Ich hab ihr tausendmal gesagt, sie soll nicht schreiben.»

«Wusste Marielle davon?»

Conrad unterzog seine nackten Füße einer eingehenden Betrachtung. «Marielle war über alles im Bilde. Das blieb ja wohl nicht aus. Dieses Haus hat Ohren und Augen. Und sie kannte mich …»

«Und …?»

«Nichts, und. Wir hatten uns arrangiert. Das macht man heutzutage so. Hier steht zu viel auf dem Spiel, verstehst du, wir hatten ein Business. Verbindlichkeiten. Das wirft man so schnell nicht über Bord.»

«Aha.» Hölderling versenkte seine Nase in der Kaffeetasse. Über den Rand hinweg guckte er Viktor an, der zum Zeichen des Verstehens nur kurz die Augen schloss. Offensichtlich wusste Conrad nichts von Marielles Scheidungsabsichten. Ganz im Gegenteil hatte er sich in dem – wie er es nannte – «Arrangement» ziemlich sicher gefühlt, so sicher, dass er, ohne Marielle zu informieren, über Umbaupläne nachdachte. Nun ja, die beiden hatten sich offensichtlich nichts geschenkt. In die eingetretene Stille hinein flog die Tür der Bibliothek auf, Otto Lobenthal und Jürgen Zahn kamen kreidebleich hereingewankt und stürzten sich auf die frisch aufgefüllte Spirituosenauswahl im Barschrank. Kurz darauf stand Annelies in der Tür und winkte Hölderling zu sich.

«Spieß?», fragte er leise.

«Spieß», bestätigte Annelies. «Ich habe Struck und Gruber auf die Mailboxen gesprochen. Die sollen notfalls mit Panzern kommen. Ich möchte nicht auf den Gebrauch von Spieß Nummer 3 und 4 warten.»

Hölderling nickte, dann sagte er zu Viktor: «Alle, wirklich alle, sollen hierherkommen. Du wirst sie bewachen, und ich durchsuche alle Zimmer. Das kann einige Zeit in Anspruch nehmen.»

«Aber natürlich. Setz mich ruhig dieser Horde Piranhas aus. Macht ja nichts, wenn von mir nichts mehr übrig bleibt …»

KAPITEL 8

Den Plan zu machen, sämtliche Zimmer zu durchsuchen, war nicht schwer gewesen, aber ihn in die Tat umzusetzen verlangte Hölderling alles an Geduld und Contenance ab, zu der er mit halbvollem Magen fähig war. Traudel und Sigrid mussten regelrecht aus den Zimmern gezerrt werden. Nur der Überredungskunst von Viktor war es zu verdanken, dass die beiden, jede mit ihrem Koffer in der Hand, in der Bibliothek erschienen. Sonja, das Zimmermädchen, unterbrach ihre Arbeit nur ungern und auch nur, weil Conrad Faust es schließlich regelrecht befahl. Ausnahmsweise machte er sich nützlich und schürte das Feuer in der Bibliothek. Wahrscheinlich nur, weil ihm in seinem Tarzan-Outfit allmählich kalt wurde. Keiner der Anwesenden bot ihm eine Jacke oder einen Pullover an. Müller & Witsch hätten durchaus mit einem Kleidungsstück aushelfen können, glänzten aber durch aufdringliches Schweigen. Hölderling fiel plötzlich ein, wie Annelies die beiden zu Schulzeiten immer genannt hatte: die Legos.

Als alle in der Bibliothek angekommen waren, sammelte Hölderling die Schlüssel ein und wollte sich auf den Weg machen, da fragte Traudel: «Wo ist das Krähenfüßchen eigentlich?»

Alle schauten sich um.

«War sie nicht auf ihrem Zimmer?», fragte Hölderling. «Ich hab sie vor einer Stunde noch gesehen.»

«Ich habe geklopft», sagte Viktor. «Ich dachte, ich hätte ein ‹Ich komme›, gehört. Ich kann mich aber auch täuschen.»

«Keiner rührt sich vom Fleck, bis wir zurück sind», sagte Hölderling und machte sich mit Viktor auf den Weg zu Krähenfüßchens Zimmer.

Die Tür zu Romeo & Julia war nicht abgeschlossen, und Hölderling zögerte einen Augenblick, die Hand auf der Klinke.

«Man erwartet ja schon das Allerschlimmste», sagte Viktor.

«Nützt ja nix», sagte Hölderling und ging hinein. Viktor folgte ihm. Die Orgia di Verona wirkte unberührt. Alles war penibel aufgeräumt. Das Bett gemacht, der Schrank leer. Petra Spieß' Koffer stand neben dem Bett. Von ihr selbst keine Spur. Hölderling klopfte an die Badezimmertür und schob sie vorsichtig auf. Das Bad war leer.

«Wo ist sie?»

«Noch im Haus unterwegs? Sie ist ja nicht so gut zu Fuß», gab Viktor zu bedenken.

«Aber wir müssten ihr doch begegnet sein.»

«Ich hasse es», sagte Hölderling und ging zum Fenster. Er suchte die Schneelandschaft nach Spuren ab.

«Glaubst du etwa, die ist weggelaufen?»

«Wenn hier einer die Nerven dafür hat, dann doch Petra. Egal, was mit ihren Füßen ist. Oder gerade deswegen. Die ist von einer bewunderungswürdigen Zähigkeit. Mir hat sie vorhin eine verpasst. Mann o Mann.»

«Wir schwärmen am besten im Haus aus und suchen sie. Da kriegen die anderen mal ein bisschen Bewegung. Das torpediert jetzt zwar deinen Plan, die Zimmer zu durchsuchen, aber ich glaube, eine vermisste Person geht vor.»

Gesagt, getan. Nach Viktors Aufruf bequemte sich die Gesellschaft in der Bibliothek mehr oder minder enthusiastisch auf die Flure und begann mit der Suche. Es wurde gerufen, Türen wurden auf- und zugemacht. Die Schritte der Suchtrupps waren im ganzen Haus zu hören. Es ging treppauf, treppab, und an den Knotenpunkten der Flure kam es zu stockendem Verkehr. Aber auch nach einer Stunde war das Krähenfüßchen unauffindbar. Traudel und Sigrid inspizierten die Wellnessoase, Lobenthal und Viktor stiegen zu den Dachstübchen hinauf. Hölderling besuchte Annelies im Kühlraum, aber sie war genauso redselig wie die in den Ecken lagernden Dosen mit Champignons, Tomaten und Thunfisch. Also hatte er sie mit ihrer Arbeit wieder allein gelassen. Unschlüssig, in welche Richtung er sich wenden sollte, stand er auf dem Flur im Küchentrakt und wünschte sich seinen iPod herbei. Nie war ihm das Geschenk von Jobst und Zabel zu seinem letzten Geburtstag wertvoller erschienen als jetzt, wo es im ersten Stock bei Heinrich dem Achten unter dem Kopfkissen lag. Jetzt ein wenig Mahler … Bevor Hölderling sich aufraffen konnte, in die erste Etage hinaufzugehen, schallte ein Ruf durchs Haus.

Anton und Hanno hatten sich die Wirtschaftsräume und weitere Lager im Untergeschoss vorgenommen, und nachdem sie die Waschküche, den Trockenkeller und den Weinkeller hinter sich gelassen hatten, war doch noch etwas zum Vorschein gekommen. Krähenfüßchens orthopädische Schuhe. Die standen akkurat auf einem Regal zwischen einer Armada von Skistiefeln der verschiedensten Größen.

«Fehlen also ein Paar Skistiefel?», fragte Hölderling, als er die Sache näher betrachtete. Conrad Faust kam in den Raum geschlurft. Er trug mittlerweile einen viel zu kurzen Bademantel mit dem aufgestickten Emblem des Romantikhotels, und an den Füßen hatte er weiße Frotteelatschen.

Ohne eine Reaktion auf die fragenden Gesichter von Anton, Hanno und Gregor schaute er sich kurz im Raum um und zeigte auf eine Lücke an der Wand, an der Skier der verschiedensten Längen aufgereiht standen. «Und ein paar Skier. Die ist doch nicht etwa mit ihren Hinkefüßen auf Skiern unterwegs?»

«Warum nicht? Weiß einer, ob sie Ski laufen kann?», fragte Anton.

«Ein Schlitten fehlt jedenfalls nicht. Wir haben fünf Leihschlitten. Sind alle noch da», sagte Conrad.

«Sie ist abgehauen», sagte Hanno Müller.

Hölderling betrachtete eine schmale Eisentür in der Wand, betätigte einen weißen Knopf neben der Tür und legte kurz sein Ohr daran. «Aha», sagte er und schob die Tür auf. Die kleine Aufzugkabine entließ einen kalten Lufthauch. Er beugte sich hinein und hielt wenig später einen pinkfarbenen Hello-Kitty-Wollhandschuh in der Hand. «Deshalb sind wir ihr nicht begegnet. Sie hat den Speiseaufzug benutzt, um hier runterzukommen.»

«Doof war die noch nie. Und sie hat sich den gangbarsten Weg ausgesucht, um hier wegzukommen. Hätten wir auch so machen sollen. Gibt's ein Paar Skistiefel in dreiundvierzig?», sagte Hanno.

«Was du den gangbarsten Weg nennst, kann tödlich enden», sagte Hölderling. «Aber bitte, ich halte niemanden auf, der es versuchen möchte.» Er breitete die Arme aus und wies auf eine Kellertür, deren Riegel zurückgeschoben war. «Da geht's raus.»

Conrad öffnete die Tür, und der Wind blies eine Ladung Schnee in den Kellerraum. Hölderling ging ein paar Stufen die vereiste Treppe hinauf. «Tatsächlich, Spuren von Skistiefeln, schneien langsam zu», sagte er.

Die beiden Architekten steckten ebenfalls ihre Nase hinaus, und Anton sagte: «Gregor hat recht. Die ist doch irre. Außerdem macht sie sich verdächtig! Wer anders als der Mörder könnte ein Interesse haben, hier unter allen Umständen verschwinden zu wollen?»

Mittlerweile drängte sich der gesamte Suchtrupp in dem kleinen Lagerraum. Alle hatten was zu dem Umstand, dass Petra

Spieß das Weite gesucht hatte, beizutragen. Und das meiste davon war nicht sehr freundlich.

«Okay, sind wir uns also einig, Kinder? Nicht nachmachen», rief Viktor über die Köpfe der anderen hinweg. «Das ist lebensgefährlich. Wahrscheinlich liegt sie schon da draußen irgendwo.»

«Sollen wir sie suchen?», fragte Lobenthal? «Wir nehmen ein paar Schaufeln mit und einen Schlitten und versuchen wenigstens im Umkreis, sie zu finden. Wenn die sich langgelegt hat, kommt sie doch nie wieder hoch.»

«Es gibt auch Schneeschuhe», sagte Viktor und öffnete einen Spind. «Wer hier den Eskimo geben will, kann sich gerne austoben. Ich komme nicht mit. Wenn die Spieß da draußen erfrieren will, ist das nicht mein Problem. Also, Freiwillige vor, oder sollen wir Streichhölzer ziehen?»

Anton, Hanno und Otto meldeten sich. Hölderling gab sich geschlagen und sagte: «Ihr bleibt zusammen. Nicht ausschwärmen. Ihr seid in zwei Stunden wieder zurück. Und keine Risiken eingehen. Verstanden?»

Die drei nickten.

«Und wenn sie abhauen? Wenn einer von denen der Mörder ist?», sagte Traudel.

«Dann sei doch froh, dass er weg ist», antwortete Conrad Faust. «Und wenn der Herr Kommissar erlaubt, werde ich mir jetzt mal was Anständiges anziehen.» Er streckte den Arm aus, und Hölderling legte den Schlüssel für Zimmer Nummer 3 in Conrads Hand. «Und denk an die Liste, bitte.»

«Ja, ja …» Conrad Faust schlurfte aus dem Lagerraum. Seine Miene sagte, dass er froh wäre, wenn alle auf der Stelle verschwinden würden. Jürgen Zahn murmelte: «‹Ja, ja› heißt ‹Leck mich am Arsch›.»

Wenig später durchkämmte Hölderling die Zimmer und verschaffte sich eher unfreiwillig einen Eindruck davon, womit sich seine ehemaligen Klassenkameraden in ihrer Freizeit beschäftigten. Müller & Witsch hatten zwei Mappen mit Zeichnungen dabei, die das Romantikhotel einmal als Tagungshotel und einmal als Schönheitsfarm zeigten, außerdem zwei Laptops im High-End-Design, ein paar DVDs mit Schwulenpornos und jede Menge Kondome. Nun ja, wenn die beiden auch nie ein Wort darüber verloren hatten, dass sie homosexuell waren, klar war es allen immer gewesen. In Bali und Maui fand er gar nichts, da Traudel und Sigrid schon gepackt hatten und in der Bibliothek wieder auf ihren Koffern saßen. Das einzig Private, das Jürgen Zahn dabeihatte, war das Manuskript zu seiner Doktorarbeit. Hölderling schaltete Jürgens Laptop ein, und auch dort fand er nichts als Zahlen, Formeln und Symbole, aus denen er nicht schlau wurde. Wie es aussah, strebte Graf Zahl nach höheren Weihen als denen eines Studienrates. Aber warum auch nicht? Wer wollte heutzutage schon im selben Gymnasium versauern, in dem man bereits die Schulbank gedrückt hatte? Da konnte jemand mit dem Intelligenzquotienten von Jürgen vom Leben tatsächlich Besseres verlangen.

Viktors Zimmer, in dem er selbst ja auch nächtigte, durchsuchte Hölderling nur oberflächlich – Viktor hatte ein paar Mandantenakten und Notizen zu bevorstehenden Prozessen auf dem Schreibtisch abgelegt. Daneben lag ein Hochglanzmagazin für Yachten, das wesentlich zerlesener war als sein Arbeitsmaterial. Vor der Zimmertür von Annelies blieb er stehen. Der eifersüchtige Ex-Lebensabschnittsgefährte in ihm verlangte, hineinzugehen und nachzugucken, was er über seine Verflossene in Erfahrung bringen konnte. Intime SMS oder E-Mails von Thomas Struck, die ihm auch noch das letzte Quäntchen Selbstachtung austreiben würden. Der andere Gregor Hölderling indessen setzte die

Füße in Bewegung und entfernte sich von Annelies' Zimmertür, um dem Eifersüchtigen gar keine Chance einzuräumen. Hölderling atmete auf – er hatte einen Sieg über sich selbst errungen, und er fühlte einen gewissen Stolz. Denn der kleine, unsichere und immer noch schwer verliebte Gregor in ihm machte ihm zu schaffen und war nicht so leicht im Zaum zu halten, wie er sich das wünschte. Seit Annelies ihn verlassen hatte, verstand Hölderling sogar einige seiner Delinquenten. Verbrechen aus Leidenschaft – wenn er nicht aufpasste, könnte ihm das auch passieren, hatte er sich eingestehen müssen. Die kleinen Fluchten, die er sich mit Zabel im Club der kleinen Lichter erlaubte, waren Kinderkram gegen das, was ab und zu in seinem Kopf herumspukte. Ein schwacher Moment, ein unbedachtes Wort, und aus ihm könnte ebenso ein Monster hervorschnellen, den Hals von Annelies oder den von Struck packen und zudrücken. Da würde eine Bestie wach, wie es einmal ein von ihm überführter Täter formuliert hatte, eine Bestie, die alle Knöpfe drückt. Da sei nichts mehr, hatte der Mann gesagt, nichts mehr als das weiße Rauschen im Kopf, das alles andere ausblendet. Und wenn man irgendwann wieder man selbst sei, dann hätte man viel zu bereuen. Bezeichnenderweise hatte der Mann nicht seine untreue Frau umgebracht, sondern den Wagen seines Nebenbuhlers mittels eines Vorschlaghammers zu Kleinholz gemacht. Leider hatte der Besitzer des Wagens hinter dem Lenkrad gesessen und war durch den Vorschlaghammer mehr oder weniger zufällig zu Tode gekommen. Hölderling hatte den Täter gefragt, ob er sich danach besser gefühlt habe, aber der hatte geantwortet: «Kann ich nicht sagen – ich war irgendwie gar nicht dabei, sonst hätte ich das Arschloch hinterm Steuer doch gesehen und mit Freude noch mal zugeschlagen.»

«Vielleicht haben Sie ihn ja gesehen? Und deswegen zugeschlagen», hatte Hölderling eingewandt.

«Kann sein, kann nicht sein. Und irgendwie ist das doch unfair, ich meine, dass ich das vorhatte mit dem Auto, war ja klar, sonst wäre ich nicht mit dem Hammer durch die halbe Stadt gefahren, aber jetzt habe ich keine richtige Erinnerung daran. Jedenfalls keine, über die ich mich die nächsten Jahre freuen kann.»

Wenn Hölderling jemals einen guten Rat bekommen hatte, dann wohl diesen. Im Dachgeschoss warf er einen Blick in Sonjas Zimmer und schreckte zurück. Wenn jemand mal ein heilloses Durcheinander braucht, dann ist es hier zu holen. So adrett und aufgeräumt, wie sie in offizieller Funktion über die Flure des Hotels huschte, so chaotisch schien ihr Innenleben zu sein. Jedenfalls sagte Sophie Wackernagel immer so etwas, wenn sie Hölderlings Auto sah. «Das da, im Fußraum, und diese Müllhalde da auf dem Rücksitz, *das*, Herr Hölderling, ist Ihr wahres Selbst. Darüber sollten Sie mal nachdenken. Und über die schreckliche Musik, die Sie immer hören, möchte ich lieber gar nicht reden. Darüber sollten Sie mit einem Therapeuten sprechen, wenn Sie mich fragen.»

Aber er fragte sie ja nie, die kluge Sophie, er ging lieber in seine Küche. Wenn er mal keinen Appetit hatte, was selten vorkam, dann sortierte er seine Gewürze. Die Müllhalde in seinem Auto würde das tun, was alle Müllhalden auf der Welt seit Jahren taten, und zwar von selbst: irgendwann kompostieren. Und das war ja auch irgendwie eine Heilung. Der Müll der letzten Jahre würde kompostieren, und mit viel Glück könnte Hölderling eines Tages ein neues Pflänzchen, das aus seinem Inneren spross, damit düngen. Er schob den Gedanken schnell beiseite, denn es klang ihm zu sehr nach «Krankheit als Chance».

Bei der oberflächlichen Untersuchung von Sonjas Zimmer fand er eine Mappe mit Fotokopien von Bewerbungsschreiben. Die junge Frau hatte sich in den letzten Monaten in mehreren großen Hotels beworben. Sehr weit weg von Bad Marienberg. Bislang ohne Erfolg, wie er aus den gesammelten Absagen ersehen konnte. Was kein Wunder war, sie hatte sich großspurig als Bankettchefin angedient. Er fragte sich, wo sie die Originale ihrer Zeugnisse aufbewahrte. Hatte Sonja überhaupt jemals eine Lehre gemacht oder eine Hotelfachschule besucht? Schließlich öffnete er noch die Schublade des kleinen Schreibtisches. Dort lag ein Umschlag, feinstes Büttenpapier. Er betrachtete die Briefmarke – Dubai. Dann drehte er den Umschlag um: Kempinski, Dubai. Der Umschlag war offen, und er holte den Briefbogen heraus. Die kleine Sonja hatte einen Job. Hölderling schüttelte den Kopf, nun ja, die würden dann schon sehen, wen sie eingestellt hatten, wenn Sonja erst mal da war. Insgeheim bewunderte er die Chuzpe der jungen Frau. Ob Marielle sie wohl unterstützt hatte? Oder war das alles Sonjas eigene Idee gewesen? Jedenfalls war wohl doch nicht alles so toll im Hause Faust, dachte Hölderling, sonst würde sie ja nicht wegwollen. Oder machte man das heute so? Solange man jung war, zog man durch die halbe Welt und machte seine Jobs. Sonjas Zwischenzeugnis, das er nach weiterem Suchen im Schreibtisch fand, ausgestellt von Marielle vor sechs Monaten, lobte ihre Mitarbeiterin in den höchsten Tönen: «*... Frau Sonja Keller ... stets und zu unserer vollsten Zufriedenheit ... etc. pp.*» Aber von einer Tätigkeit, die den Titel einer Bankettchefin rechtfertigte, war nicht die Rede.

Er legte den Brief und das Zeugnis an seinen Platz zurück und öffnete den Kleiderschrank. Viel war da nicht zu sehen. Ein paar alte Strickjacken, zwei Jeans, zwei Pullover und ein paar T-Shirts, drei weiße Blusen und zwei schwarze Röcke, ein ramponiertes Bastkörbchen mit frischen Socken und eine Schublade mit sauberer Unterwäsche. Alles erinnerte mehr oder minder an Altkleidersammlung oder Billigshop. Nur ihre Arbeitskleidung war neueren Datums. Im Nachttisch fand er neben ein paar zerlesenen Liebesromanen nur ein Buch, das nicht aus der Sammlung vergessener Bücher der Hotelgäste zu stammen schien: «Leading Hotels of the World», die neueste Ausgabe. Im Innenteil prangte der Stempel mit dem Wappen des Romantikhotels. Und das in Zeiten von Internet und Google, dachte Hölderling. Aber im Zimmer fand er keinen Computer. Vielleicht durfte sie den an der Rezeption oder in Marielles Büro benutzen? Er schaute sogar unterm Bett nach, aber von dort grüßten nur ein paar derbe Winterstiefel und ein vergessenes Schokoladenpapierchen einer Schweizer Luxusmarke. Hölderling entfloh der Tristesse eines Lebens aus zweiter Hand. Geborgte Bücher, Secondhandklamotten, ein Hotelbuch, um sich fortzuträumen in die nobelsten Häuser der Hotellerie, und ab und zu die milde Gabe eines Gastes in Form eines Pralinés, das pro Stück mehr kostete, als Sonja vermutlich in der Stunde verdiente. Die anderen Dachzimmer waren alle leer. Sonja war die Einzige vom Personal, die hier ständig wohnte. Die anderen hatten ein eigenes Zuhause im Städtchen Bad Marienwald oder in der Umgebung.

Hölderling verließ das Dachgeschoss, holte den Koffer aus Petra Spieß' Zimmer und suchte Lobenthals Suite auf. Ich wusste es doch, dachte Hölderling – ein Klemmi. Die Schuhe so akkurat in einer Reihe, als hätte Otto ein Lineal angelegt. Selbst in den Schubladen lag alles im rechten Winkel ausgerichtet. Hölderling verschob aus reinem Übermut einen Kugelschreiber, machte die Tür hinter sich zu und ging in die Bibliothek. Die Gespräche verstummten, als er eintrat. Schließlich sagte Traudel: «Was gefunden, Herr Kommissar?»

«Bis jetzt noch nicht. Eure Koffer, bitte.»

Die Hände von Traudel und Sigrid fanden sich sofort, und in ihrer beider Augen standen schon wieder Tränen.

Ferdinand Bundt, der hinter dem Frühstücksbuffet Wache schob, sagte: «Ich würde jetzt gerne abräumen und in meine Küche gehen. Ich denke, ich sollte das Mittagessen vorbereiten, wenn das okay ist. Und Sonja muss mir beim Spülen helfen …»

Hölderling nickte, und die beiden gingen mit dem voll beladenen Servierwagen hinaus.

«Wo ist Conrad?», sagte Hölderling, als er sich Traudels Koffer vornahm und die Schlösser aufschnappen ließ.

«Er wollte sich doch umziehen», sagte Sigrid und schniefte. «Und im Übrigen – in unseren Koffern ist nichts, was dich interessieren könnte.»

«Ich finde, das ist eine Unverschämtheit von dir», sagte Sigrid mit tränenerstickter Stimme. «Dass du uns verdächtigst. Wir haben nie einer Fliege was … Und überhaupt, ich möchte meinen Anwalt anrufen, das wird noch ein Nachspiel haben, Gregor.»

Aus den Tiefen eines Ohrensessels kam Viktors Stimme: «Dein Anwalt, meine Liebe, ist hier. Und bislang kann ich an Gregors Vorgehen keinen Makel finden. Vielleicht beruhigt ihr euch alle mal, Gregor tut, was er kann. Und Annelies auch.»

«Ja, das sieht man. Gretchen und Marielle tot und das Krähenfüßchen alleine da draußen in der Wildnis in einem Schneesturm. Wahrscheinlich hat sie Panik bekommen und ist kopflos geflüchtet. Na, immerhin hat sie Mumm genug bewiesen, hier abzuhauen, anstatt sich wie ein dummes Schaf abschlachten zu lassen.»

«Bist du fertig?», sagte Viktor.

Hölderling hatte sich dem zweiten Koffer gewidmet und auch dort neben dem üblichen Kram, den Frauen so in ihren Koffern haben, nichts weiter Interessantes gefunden als Sigrids Tagebuch. Als er es anfasste, sprang Sigrid auf ihn zu und riss es ihm aus der Hand.

«Nein!»

«Ich wollte doch gar nicht …», sagte Hölderling.

«Untersteh dich!»

«Was steht denn drin?», fragte Viktor und machte Anstalten, nach dem Buch zu greifen. Sigrid flüchtete sich hinter eine Couch und presste es an ihre Brust.

«Bestimmt nichts weiter als Vogonenlyrik», sagte Viktor. «Oder lesbische Lyrik, was ungefähr aufs selbe hinausläuft.»

Hölderling ignorierte seinen Freund, klappte den Koffer zu, stellte ihn beiseite und öffnete den von Petra Spieß.

«Du bist ein Widerling, Viktor Liebermann. Ein ausgemachter, arroganter Widerling!», sagte Sigrid.

«Uhhh, du siehst aus wie eine Klapperschlange, wenn du Gift spuckst. Das macht aber nichts, ich weiß, dass du das warst, die jedes Jahr ein rotes Herzchen im Klassenbuch hinter meinen Namen gemalt hat. Manchmal waren es sogar zwei.»

Sigrids Gesicht lief rot an, und Traudel bedachte ihre Freundin mit einem Blick, als sehe sie sie zum ersten Mal. «Ist das wahr, Sigrid?», stammelte sie.

Sigrid schüttelte den Kopf, aber ihr Gesicht erzählte das genaue Gegenteil.

Traudel stand vom Sofa auf und suchte sich einen Sessel weit entfernt von der Stelle, an der Sigrid stand. Viktor lachte. «Jetzt dreht mal nicht durch, Mädels. Nicht zuletzt verdanke ich euren romantischen Verwirrungen meine schönsten Scheidungen, ich meine das generell. Und schließlich bewahrt es mich davor, mich verehelichen zu wollen. Ich habe viel von euch gelernt. So! Alles wieder gut? Ihr dürft euch wieder in den Arm nehmen.»

Traudel und Sigrid schnappten sich ihre Koffer und wollten hinausstürmen. Aber Hölderlings «Oh, oh …» ließ sie innehalten.

«Was?», sagten alle drei gleichzeitig.

«Was gefunden?», wollte auch Jürgen Zahn wissen, der sich an der ganzen Diskussion nicht beteiligt, sondern dösend auf einer Chaiselongue gelegen und geraucht hatte.

Hölderling zeigte auf die Stofftasche im Deckel des Koffers. Alle kamen näher und warfen einen Blick hinein.

«Was ist das?», fragte Jürgen.

«Das sind Schaschlikspieße, Graf Zahl», sagte Viktor. «Die Tatwaffen. Also die, die offensichtlich noch zur Verwendung kommen sollten. Sieht so aus, als hätte Petra kalte Krähenfüßchen bekommen und ist geflohen, bevor sie ihre Mordserie beenden konnte. Sie hatte Angst aufzufliegen. Vermutlich hat sie nicht mit dem Wetter gerechnet und dass wir hier alle festsitzen ... Das ist wie bei Agatha Christie. Mein Gott, wenn ich jetzt Schriftsteller wäre ...»

«Viktor!», sagte Hölderling. «Wenn dir langweilig ist, dann geh in die Küche und hilf beim Spülen.»

«Aber er hat doch recht. Sie hat Gretchen und Marielle umgebracht! Und jetzt ist sie abgehauen. Oh wie grauenvoll. Petra ist eine Mörderin, und wir haben ... Tür an Tür mit ihr ... geschlafen. Sie hätte auch jederzeit uns ...», Traudels Stimme brach, und sie fiel vor Petra Spieß' Koffer beinahe auf die Knie. Sigrid fing sie in letzter Sekunde auf und zerrte sie auf die Füße. Traudel stieß ihre Freundin zur Seite und rannte hinaus. Keiner hielt sie auf.

Jürgen räusperte sich und sagte: «Wenn man das logisch betrachtet, sind das hier keine Tatwaffen. Dies sind Schaschlikspieße, die in einem Koffer liegen. Sie sehen so aus wie die Tatwaffen, die zum Einsatz kamen, wenn ich das jetzt alles richtig verstanden habe. Es gilt zu klären, wie sie da hingekommen sind.»

«Na, Petra hat die da versteckt, ist doch klar!», sagte Sigrid.

«Natürlich», sagte Viktor. «Auf dem Präsentierteller.»

«Ach, eben hast du aber noch was anderes gesagt.»

«Ich habe eben Freude am Formulieren.»

Hölderling klappte den Koffer zu und setzte sich in einen Ohrensessel. «Danke, Graf Zahl. Besser hätte ich es auch nicht ausdrücken können.»

«Willst du damit sagen, Gregor, dass ... dass ... du das gar nicht ernst nimmst?» Sigrid hatte die Arme vor der Brust verschränkt.

«Genau. Es beweist gar nichts. Null. Und Jürgen ist ein Genie, und Viktor kann schön formulieren. Aber das wussten wir ja immer schon. Ist da eigentlich noch irgendwo Kaffee?»

«Willst du denn jetzt gar nichts unternehmen?», rief Sigrid, «Otto und Hanno und Anton sind da draußen ... Und wenn sie Petra finden, dann ist sie vielleicht gefährlich. Sie könnte sie auch umbringen.»

«Na, klar. Das Krähenfüßchen killt drei Männer im Schnee. Im Handumdrehen. Die ist nicht gerade das, was ich eine russische Top-Agentin aus einem Bond-Film nennen würde. Und nicht zu vergessen: Ihre Waffen sind ja hier im Koffer», feixte Viktor. Dann wandte er sich an Hölderling und fragte: «Soll ich die drei anrufen und warnen, damit unsere Damen keinen Herzinfarkt kriegen?»

«Nicht nötig, da sind sie schon.» Hölderling guckte auf die Uhr. «Ihr seid viel zu spät. Ich hatte gesagt: zwei Stunden.»

Die drei stapften in die Bibliothek und hinterließen Schneespuren auf dem Teppich.

«Wir haben uns verlaufen», sagte Anton.

«Und?»

«Nix gefunden. Es gab Spuren von Skiern, denen sind wir gefolgt. Aber es schneit und schneit und schneit, und irgendwann waren sie nicht mehr zu sehen. Sie waren einfach weg! Dann sind wir umgekehrt», sagte Otto Lobenthal.

«Vielleicht hat sie es geschafft, bis nach Bad Marienburg runter. Jedenfalls war das ungefähr die Richtung. Aber ihr könnt euch nicht vorstellen, wie es da draußen aussieht. Alaska ist nichts dagegen. Man kann die Hand kaum vor Augen sehen.»

Jürgen kritzelte etwas auf eine Serviette und sagte: «Sie muss sich direkt nach dem Fund von Gretchens Leiche auf den Weg gemacht haben. Geht ja nicht anders.» Er hielt Gregor die Serviette hin, auf der viele Zahlen standen.

«Ist das die Menge Schnee pro Minute oder Stunde oder was?», fragte der.

«Ja», strahlte Jürgen. «Ein Mittelwert nur, aber immerhin.»

«Graf Zahls Gespür für Schnee … darf ich mir das einrahmen?», fragte Viktor.

«Das hätte ich dir auch ohne Formel sagen können. Ich hab sie ja noch im Zimmer von Gretchen gesehen, als ihr alle schon weg wart. Und sie war ziemlich aufgebracht. Und nun ist sie offensichtlich abgehauen», sagte Hölderling.

Jürgen verzog das Gesicht. «Ich wollte nur helfen.»

«Danke.»

«Seid froh, dass ihr sie nicht gefunden habt. Sie ist gefährlich. Sie ist die Mörderin. Gregor hat die Tatwaffen gefunden!», platzte es aus Sigrid heraus.

«Glaubt ihr kein Wort», sagte Viktor.

Die drei erschöpften Männer schüttelten die Köpfe, und Otto Lobenthal sagte: «Das könnt ihr uns hinterher erzählen. Wir gehen jetzt mal kurz in die Sauna. Es ist scheißkalt da draußen. Wir müssen uns aufwärmen.»

Hölderling nickte und entließ den Suchtrupp. Sigrid nahm ihren Koffer und stolzierte hinterher. Jürgen Zahn schnappte sich die Serviette und sagte: «Ich schließe mich dem Sauna-Team an. Bis später.»

«Ja, bis später», sagte Hölderling und goss sich noch einen

Kaffee ein. «Ich weiß gar nicht, warum ich den trinke, der ist schon kalt.»

«So was machst du nur, wenn du verzweifelt bist», sagte Viktor und nahm sich auch eine Tasse. «Vergiss nicht, wir haben in der Nacht kein Auge zugemacht. Und wir sind nicht mehr die Jüngsten.»

Hölderling zog sein Handy aus der Tasche und erreichte endlich seinen Bonner Kollegen Gruber. Der versprach, nach dem Krähenfüßchen zu suchen, sobald es die Witterungsverhältnisse erlaubten, und beendete das Gespräch mit: «Wenn ich nicht wüsste, dass du du bist, dann würde ich das Ganze für eine ausgemachte Räuberpistole halten, Gregor. Ich ruf dich an, wenn wir was in Erfahrung gebracht haben. Hast du schon versucht, sie auf dem Handy zu erreichen? Ich meine, das Einfachste fällt einem ja meistens nicht ein.»

«Viktor, hat Petra ein Handy?»

Viktor nickte. «Haben wir schon probiert. Und auch bei ihr zu Hause angerufen. Nix. Handy ist aus, noch nicht mal die Mailbox ist an, und bei ihr zu Hause ist niemand rangegangen, auch kein AB.»

«Hast du gehört, Gruber? Wir tun, was wir können.»

«Ich weiß. Für morgen sind wärmere Temperaturen angesagt. Vielleicht schaffen wir es zu euch.»

«Wäre wünschenswert. Die sauberen Unterhosen werden knapp.»

Hölderling klappte das Handy zusammen und steckte es in seine Hosentasche.

«Wollen Sie mich nicht loben, Herr Kommissar? Ich war nicht untätig.»

«Lob», sagte Hölderling. «Reicht das?»

«Danke. Man wird als Dr. Watson immer so schnell übergangen. Wo ist eigentlich Annelies?»

«Na, wo wohl? Im Kühlhaus bei ihren Leichen. Sie wollte nicht gestört werden. Muss ich jetzt aber. Ich bringe ihr Petras Koffer runter. Beweismaterial.»

«Glaubst du, Petra war's?»

«Nicht für fünf Sekunden, Viktor.»

«Und? Was glaubst du, was hier vor sich geht?»

Hölderling zog die Nase kraus. «Ich kann mir nicht helfen, ich habe den Eindruck, hier ist jemand, der nicht hierhergehört.»

«Unsichtbar», stellte Viktor fest.

«Bis jetzt jedenfalls.»

«Ich hab's befürchtet. Darf ich jetzt auch in die Sauna?»

«Du darfst. Es wär auf jeden Fall besser, wenn ab jetzt alle zusammenbleiben würden.»

«Und du hol dir in Annelies' Gegenwart keine Frostbeulen.»

KAPITEL 9

«Nein … tun Sie das nicht … ich flehe Sie an», rief Hölderling und machte Anstalten, sich auf Ferdinand Bundt zu stürzen. Der rannte im Zickzack durch die Bibliothek, stoppte, hielt ihm das zerfledderte Manuskript des Kölner Kochbuchs entgegen und lachte diabolisch, dass das Echo von den hohen Wänden widerhallte. Kaum war Hölderling so nahe, dass er nach seinem Manuskript greifen konnte, da zerfetzte der Koch Seite um Seite und warf die Schnipsel in die Luft. Mit einer schnellen Bewegung schob er den Rest der Arbeit von Jahren in den Kamin, und die Flammen schlugen hoch.

Hölderling wachte schweißgebadet auf. Er fand sich auf einem Bett kniend wieder, unschlüssig, wo er war. Sein Hemd war zerknittert und feucht. Auf dem Boden lag seine Weste, die Schuhe hatte er während des Kampfes mit dem Koch durchs Zimmer gekickt. Er hatte nur ein paar Minuten dösen wollen, denn Schlaf nachholen zu können war sowieso illusorisch. Aber ein kleines Nickerchen hätte geholfen, wenn es denn ohne Albtraum gewesen wäre. Hölderling rollte sich vom Bett und ging unter die Dusche.

Kurze Zeit später klappte er seinen Koffer auf und betrachtete das letzte von Sophie gepackte Päckchen. Obwohl es ihn ärgerte, dass sie es gewagt hatte, eine Jeans, ein weißes Hemd und einen schwarzen Kaschmirpullover einzupacken, samt passender schwarzer Socken und einem kurzen grauen Schal, konnte er nicht umhin, sie dafür zu bewundern, wie sorgsam seine Garderobe verstaut war. Alles, was für einen Tag zusammengehörte, war gebügelt und fein säuberlich gestapelt in einem dafür vorgesehenen Baumwollbeutel mit der Aufschrift des jeweiligen Wochentages untergebracht. Nichts kullerte durch den Koffer, nichts verrutschte oder konnte knittern. An Sophie war ein Butler verlorengegangen – obwohl ein Butler es nie gewagt hätte, seiner Herrschaft Kleidungsstücke einzig nach des Butlers Gusto einzupacken. Wäre ein echter britischer Butler mit Hölderlings Erkenntnis konfrontiert worden, hätte er fast unmerklich eine Augenbraue gelüpft und ein «Very good, Sir» gemurmelt, wäre hinausgegangen, um für den nächsten Lacher im Dienstbotentrakt zu sorgen.

Hölderling fand Jeans und diese Pullovermode für sich nicht passend. Er bestand auf Anzügen mit Weste und Jackett. Im Winter aus Tweed und im Sommer aus einer leicht aufgerauten Baumwolle. Ein dicker Mann, dessen *embonpoint* über den Hosenbund einer Jeans hinausragte, was ja mit keinem Pullover der Welt zu kaschieren war, sah einfach immer noch dicker aus, wohingegen eine gut geschnittene Weste einer männlichen Erscheinung jedweder Ausformung Würde verlieh.

Und so war es auch nicht verwunderlich, dass Viktor, als Hölderling in die Bibliothek kam, sagte: «Hey, du siehst aus wie ich!»

«Was schon rein physiologisch nicht sein kann. Wo du konkav bist, bin ich konvex. Außerdem trage ich grad keinen weißen Saunamantel so wie du. Ich bin vollständig angezogen.»

«Aber das Hemd und der Schal könnten von mir sein. Und übrigens, dieses graue Tweed-Jackett macht aus dir einen wahren Gentleman. Ich glaube, deine Sophie arbeitet an einem Imagewechsel für dich.»

«Das schafft sie nicht. Wenn ich zurück bin, werde ich mich bei ihr beschweren. Ich weiß gar nicht, woher dieser Kram kommt. Ich kann mich nicht erinnern, jemals so einen Pullover gekauft zu haben. Und diese Hosen! – Ich sehe …»

«Zehn Jahre jünger aus, wenn du mich fragst. Aber du fragst ja nicht.»

«Genau. Hat der Koch sich schon mit dem Mittagessen blicken lassen?»

«Nein. Er brütet wahrscheinlich noch immer über dem verschmähten Frühstück und dem verschmähten Festdinner … ich meine, wenn das so weitergeht, kommt er sich doch total … na ja, verschmäht eben und zurückgewiesen vor.»

«Du bist so zutraulich, Viktor. Woher kommt diese neue Tendenz, dich in die Stimmungen anderer Leute einzufühlen?»

Plötzlich wurde Viktor ernst. «Situationsbedingt. Findest du nicht, dass wir in einer heiklen Lage stecken? Geradezu gefährlich. Und ich muss gestehen, ich mache mir ein wenig Sorgen – nicht um alle, aber um einige. Und der Koch gehört dazu. Ich finde ihn so … praktisch. Er erinnert mich an den Koch, den mein Vater mal eingestellt hatte. Ich mochte den Kerl irgendwie. Der war aus Ungarn und konnte Palatschinken machen. So dünn, dass man die Zeitung dadurch lesen konnte, jedenfalls bevor er sie überbacken hat.»

«Mochtest du ihn lieber als dein Kindermädchen?»

«Ähhh, nein. Aber mehr als meine Schwestern und meinen Reitlehrer … und alle anderen.»

«Wie tröstlich, dass auch du im Angesicht von Todesgefahr ans Essen denkst. Wir sollten Blutsbrüderschaft schließen.»

Hölderling und Viktor flachsten für gewöhnlich, dass die Tapeten von den Wänden fielen, aber beide wussten trotzdem immer, wie es um den anderen wirklich bestellt war. Der Rest der 13 / I, bis auf Annelies, wusste das nicht – für seine Mitschüler war Viktor ein arroganter Fatzke, geboren mit einem goldenen Löffel im Mund. Für Hölderling war er alles andere als das. Die beiden hatten sich im Gymnasium angefreundet, als Viktor in der Unterprima plötzlich in die Klasse gekommen war und sich mehr schlecht als recht integrieren konnte. Für Viktor war der Fall aus einem Internatsnest in der Schweiz mitten hinein in ein Kölner Gymnasium zunächst so etwas wie der Weltuntergang gewesen. Viel schlimmer als der Tod seines Vaters und der dazugehörige finanzielle und gesellschaftliche Abstieg der Witwe samt ihren Kindern. Viktors Vater hatte, gelinde gesagt, ein Desaster hinterlassen – inklusive einer zweiten Familie, von der Mutter Liebermann in zwanzig Jahren Ehe nichts geahnt hatte. Die Mutter, samt Viktor und seinen beiden jüngeren Schwestern, waren in die Domstadt geflüchtet, wo keiner sie kannte.

Viktor hatte damals zwar perfekt in Englisch und Französisch parliert, aber noch nicht einmal die Alltagssprache der kölschen Kids verstanden. Im ersten Halbjahr hatte er so gut wie kein Wort über die Lippen gebracht. Jedenfalls so lange nicht, bis Gregor und Annelies ihn eines Tages einfach mitgeschleppt hatten in die Kneipen der Südstadt, Altstadt und des Friesenviertels, was für Viktor ungefähr einer Weltreise inklusive Kulturschock gleichkam. Dort war er von Hölderling mit allen Köstlichkeiten der Welt abgefüllt worden, und als er danach willenlos war, hatte Annelies ihn auf die Tanzfläche im Blue Shell geschubst. Danach waren die drei unzertrennlich gewesen, bis zum heutigen Tag. Viktors Mutter hatte auf Vermittlung von Gregor als Korrektorin im Verlag von Hölderlings Vater gearbeitet und damit erst aufgehört, als die letzte Bastion des korrekten Schriftdeutsch von der Rechtschreibreform überrannt worden war. Außerdem war die Dame auch schon weit über das Pensionsalter hinaus – aber darauf durfte man sie auf gar keinen Fall ansprechen. Ihre preußische Haltung zu allem verbot eine Pensionierung geradezu – man hatte zu arbeiten, bis der Sargdeckel zufiel. Bevor das allerdings passieren konnte, proklamierte der

Duden, dass es zukünftig Delfin statt Delphin und Fotograf statt Photograph heißen sollte, und noch weiteren Quatsch in dieser Richtung. Elisabeth Virgilia Liebermann, geborene Gumbpolt, hatte daraufhin ihren Faber Castell B2 aus der Hand gelegt und statt rechtschreibschwacher Autoren fortan ihre Kinder terrorisiert. Viktors Schwestern hatten sich schließlich ins benachbarte Ausland, nach Amsterdam und Brüssel, geflüchtet, Viktor nach Sarkasien, das gefährlich nah an Zynisien lag, wie er es zu beschreiben pflegte.

«Was wirst du jetzt also tun, Gregor? Außer in meiner Kindheit herumzuwühlen? Ich meine, wenn es hilft, den Täter zu finden, bitte sehr, aber ich glaube, dass wir da nicht weit kommen.»

«Egal, was ich hier tue, wir werden nicht weit kommen. Das, was ging, haben wir schon getan. Alles durchsucht – nichts wirklich Erhellendes gefunden. Annelies kommt auch nicht weiter ohne ihr Labor-Brimborium. Wir können weder Fingerabdrücke vergleichen noch DNA-Tests machen ...»

«Wie wäre es mit Folter? Irgendeiner wird schon gestehen.»

Hölderling lachte. «Hast du es noch mal beim Krähenfüßchen zu Hause versucht? Und auf ihrem Handy?»

«Hab ich. Nichts. Und mit Verlaub, auch ich habe etwas geschlafen, hier, auf der Chaise. Für die Sauna sollte man fit sein ... ich werde mich gleich auf den Weg machen.»

«Was haben Sigrid und Traudel gemacht?»

«Sich eingeschlossen. Vermutlich schreiben sie blutrünstige Verse in ihre Poesiealben ... Ach ja, bevor ich es vergesse: Hier ist die Liste von Conrad. Er wollte sich hinlegen und hat sich fürs Mittagessen abgemeldet.» Gregor nahm zwei engbedruckte Seiten Papier entgegen, die er zusammenfaltete und in die Hosentasche seiner Jeans steckte. «Hauptsache, die beiden Heulsusen bringen keinen um. Gehen wir runter und gucken bei

Annelies vorbei und bei Ferdi Bundt. Ich habe Lust, ihm etwas zur Hand zu gehen. Vielleicht kann ich mir irgendeinen Trick abgucken.»

«Wenn du gestattest, werde ich mich nicht anschließen, sondern die Sauna beehren und dann bei Heinrich dem Achten vorbeischauen. Die Nachmittagsgarderobe, du verstehst. Ich sehe aus wie ein Urlauber.»

«Möchtest du schon mal ein Handtuch auf einen der Stühle am Esstisch legen?»

«Nein, wie vulgär. Ich würde viel lieber mein Mittagessen auf dem Zimmer einnehmen. Du kannst mir ja servieren, als kleines Dankeschön.»

«Wofür hab ich denn zu danken?», fragte Hölderling.

Viktor zog ein Handy aus der Tasche des Frotteemantels und hielt es hoch. Hab ich vorm Kühlhaus gefunden – es ist von Annelies, und rate, wer bis jetzt vergeblich gefühlte achtzigmal auf die Mailbox gequatscht hat …?»

«Viktor! Wenn Annelies das merkt, bringt sie dich um.»

Viktor schlang den Bademantel fester um sich und schritt wie ein Opernheld in Richtung Tür. «*Dem Tage! Dem Tage! Dem tückischen Tage, dem härtesten Feinde Hass und Klage! Wie du das Licht, o könnt' ich die Leuchte, der Liebe Leiden zu rächen, dem frechen Tage verlöschen!*»

«Ich hasse Wagner», sagte Hölderling und folgte seinem Freund hinaus. Als Viktor die Treppen in Richtung Wellnessoase hinabschritt, sagte er: «Ich kann auch Carpendale, wenn dir das lieber ist … *Bis man die ganze Wahrheit versteht, ist es nicht selten zu spät. Da bin ich nun, was kann ich tun? Deine Spuren im Sand, die ich gestern noch fand …* »

Um Viktors Geträller zu entgehen, machte Hölderling einen Umweg über den Flur im Parterre und blieb vor Zimmer Nummer drei stehen. Er zögerte. Dann klopfte er doch und drückte die Klinke, ohne ein «Herein» abzuwarten. Er fand Conrad Faust auf dem Bett hockend, den Kopf in die Hände vergraben.

«Stör ich?», fragte Hölderling.

«Natürlich», antwortete Conrad Faust und drehte sich um. Conrads Augen waren geschwollen und sein Gesicht nass von Tränen. «Was guckst du so? Glaubst du, der Tod von Marielle lässt mich kalt? Wir hatten unsere Momente, das kannst du mir glauben ...»

«Ich kann mich noch an eure Hochzeit erinnern.»

«Du warst doch gar nicht da», sagte Conrad.

«Ja, eben. Ich war mit Annelies in Argentinien, bei irgendeinem forensisch-anthropologischen Ereignis für Experten. Deshalb erinnere ich mich ja so gut. Wir hatten uns damals schon gefragt, warum ausgerechnet ihr beiden geheiratet habt.»

Conrad seufzte. «Es ergab sich irgendwie. Wir mochten uns eben. Wir haben uns nie was vorgemacht. Marielle wusste, was sie bekam – und ich auch.»

«Hm ... du hast dich doch nie für Hotels interessiert, ich meine, in dem Sinne. Marielle war das in die Wiege gelegt, und sie hat das Unternehmen ja auch geerbt ...»

«Worauf willst du hinaus? Als Marielles Eltern kurz hintereinander starben, stand sie mit all dem hier alleine da. Und ich hatte im selben Jahr mein Studium geschmissen. Da ist es eben passiert. Wir hatten uns zufällig wiedergesehen ... Du weißt, dass ich sie unter anderem auch wegen der Kohle und diesem antiken Kasten hier geheiratet habe. Aber nicht nur. Und ich habe keinen Grund gehabt, sie wegen der Kohle, die ja übrigens so gut wie weg ist, und wegen dieses antiken Kastens hier umzubringen. Ich bin ein abgebrochener Philosophie- und Germanistikstudent. Ich neige nicht zu Gewalttätigkeit.»

«Glaube ich sofort», sagte Hölderling. «Aber wie steht es mit Gift?»

«Ich hau dir gleich eine rein, Gregor.»

«Sagt der gewaltfreie Philosoph. Lass mich ausreden. Ich meine, stand es zwischenzeitlich so schlimm zwischen euch, dass Marielle dich eventuell loswerden wollte? Hat sie irgendwas über dich herausgefunden, das das Fass zum Überlaufen gebracht hat? Gibt es etwas, das sie hätte herausfinden können?»

«Wenn man andere über mich reden hört, ja, wohl eine Menge. Und wenn schon ... Kann sein, dass ich es verdient hätte. Wieso fragst du?»

«Nur so. Ich geh dann mal wieder. Und ... mein Beileid, Conrad.»

«Danke, Gregor. Ist für dich ja gerade auch nicht leicht ...»

«Kann man wohl sagen. Ach, sagt dir der Name Constanze Mauerberg irgendwas?»

«Nicht wirklich ... Irgendeine aus der Schule. Ich hab irgendwas mit Ibiza im Kopf, aber bitte frag mich nicht, wieso oder ob das korrekt ist ...»

«Hm ...»

«Was, hm?»

«Gretchen hatte diesen Namen gegoogelt. Warum hier und warum jetzt?»

«Langeweile? Ist noch was, oder kann ich mich jetzt wieder hinlegen?»

«Hast du irgendeine Idee, wer Marielle und Gretchen so sehr hasste ...»

«Nein, Himmel noch mal! Ich weiß es nicht.»

«Versteh mich richtig: Die bislang einzig mir bekannte Verbindung zwischen diesen beiden Frauen bist du.»

«Wie bitte?»

«Denk mal drüber nach.»

«Einen Teufel werd ich. Also, tu, was du tun musst. Vielleicht findest du den Mörder, vielleicht auch nicht. Und erwarte hier keine öffentlich zur Schau gestellte Trauer von mir.»

«Empfindest du denn Trauer? Nicht öffentlich?»

Conrad senkte den Kopf und flüsterte: «Das weiß ich noch nicht. Bis jetzt bin ich nur verzweifelt und durcheinander. Vermutlich hab ich das alles noch gar nicht richtig kapiert.»

Hölderling trat verwirrt den Rückzug an.

Der Kühlraum war abgeschlossen. Hölderling klopfte an Ferdinand Bundts Tür. Der Koch öffnete, der Kommissar trat samt Koffer ein und schnupperte. «Sauerbraten! Rheinischer Sauerbraten!»

«Ist das etwa Ihre Interpretation von ‹Schnüffler›? Ich denke, Sie suchen einen Mörder?»

«Im Augenblick suche ich was zu essen. Oder besser gesagt, ich suche auch Ihre Gesellschaft. Hätten Sie Zeit und Lust, sich mit mir bis zur Garage durchzugraben?» Hölderling stellte Petras Koffer unter Bundts Esstisch ab.

«Sie geben wohl gar keine Ruhe, was? Ehrlich gesagt, nein. Ich hab zu tun. Bin grad beim Dessert.»

Hölderlings Interesse war sofort geweckt, und er fragte: «An was hatten Sie gedacht?»

«Milchreis, vielleicht.»

«Wie wäre es mit Palatschinken? Können Sie die? Mit Eier-Sahne-Walnuss-Vanille-Quirl überbacken.»

«Wollen Sie wen beeindrucken?»

«Nein, jemand hat sich das verdient.»

«Doch nicht etwa die schöne Leichenfledderin?»

«Die isst alles, was man ihr vorsetzt, nein, nein, die sind für meinen Freund Viktor.»

«Na, dann. Ich bin froh, wenn überhaupt jemand was isst. Ich hab keine Lust, all die schönen Sachen wegzuwerfen. Allmählich krieg ich so 'n Hals auf den Mörder. Kann der die Leichen nicht nach dem Essen liefern?»

«Schön gesagt. Nun ja, was macht Sie so sicher, dass es ein Er ist?»

«Nichts. Ich dachte nur, wegen der Spieße und so, da braucht man doch Kraft.»

«Nicht direkt. Ich lasse das mal offen. Ich glaube, es geht hier um eine gewisse Form der Heimtücke. Die ich allerdings eher bei Frauen verorten würde. Männer sind vorzugsweise brutal. Von vorne. Wenn Sie verstehen, was ich meine.»

«Also, diese Frau Spieß, die da verschwunden ist. Würden Sie ihr das zutrauen? Immerhin hat sie den passenden Nachnamen.»

«Zutrauen auf jeden Fall, aber die war das nicht.»

«Was macht Sie so sicher?»

«Die wollte nur weg. Hat ihren Koffer hiergelassen und ihre orthopädischen Schuhe. Wissen Sie, was die kosten? Petras zweiter Vorname ist Geiz. Ich glaube, sie war einfach nur in Panik. Bloß weg. Das war alles.» Hölderling betrachtete fasziniert, wie Ferdi Bundt im Akkord beidhändig Eier am Rand einer großen Metallschüssel aufschlug. «Ich hab's Reißen im Knie. Das Wetter schlägt um», sagte der Koch. «Mehl, bitte. Und sieben.»

Hölderling tat wie geheißen und schüttelte Mehl durch ein Sieb in die Schüssel, während Ferdinand Bundt quirlte, was das Zeug hielt.

«Wo ist Sonja, ich dachte, sie wäre hier bei Ihnen?»

«Hab sie aufs Zimmer geschickt. Die hat mir das frisch gespülte Geschirr vollgeheult.»

«Ah, ja ... Ist sie so eine Mimose?»

«Irgendwie ja. Nah am Wasser gebaut und immer so verhuscht. Hat keinen Humor, wenn Sie meine Meinung hören wollen. So 'ne Streberin ... Frau Faust hier, Frau Faust da ... so etwa. Mädchenträume, wenn Sie verstehen, was ich meine. Blättert in Hotelführern herum, wenn keiner hinguckt, und träumt von der großen weiten Welt. Wenn Conrad in der Nähe ist, wird sie besonders wieselig. Aber bei dem hat sie keine Chance – zu mausig für ihn, das dürre Ding.»

Dem Koch stand bereits der Schweiß auf der Stirn, aber er rührte unverdrossen in gleichbleibender Geschwindigkeit weiter.

«Waren Sie mal verheiratet?», fragte Hölderling.

«Nie. Ich bin zur See gefahren, das gibt bei den Damen Minuspunkte. Und ich bin Koch, das ist schon der nächste, Nachtarbeit und Stress. Und außerdem habe ich gerne meine Ruhe, was eine Frau im Haus schon mal per se ausschließt. Und Sie? Hatten Sie mal was mit der schönen Frau Doktor Seydelbast? Ich meine, wenn ich mal fragen darf ...»

Hölderling nickte und schüttelte zu heftig. Das Mehl stäubte auf seine Hose. Er hatte vergessen, sich eine Schürze umzubinden.

«Na, na, das scheint Sie ganz schön aus der Bahn zu werfen.»

«Nun ja ... tut es», sagte Hölderling, klopfte das Mehl von der Hose und verteilte es dadurch zielsicher auf seinem Tweed-Jackett und dem schwarzen Pullover.

«Sie sollten was Exquisites für die Dame kochen, das haut die Frauen doch immer um.»

Hölderling blieb stumm.

«Oh, verstehe», sagte Ferdi Bundt. «Das hatten Sie schon versucht. Blumen? Musik? Oper? Reisen?»

Jedes Mal schüttelte Hölderling den Kopf.

«Ja, was denn dann? Womit ist die Dame denn zu beeindrucken?»

«Marathon», sagte Hölderling und verzog das Gesicht, als

er daran dachte, wie er eines Morgens, kurz nachdem Annelies ausgezogen war, ein Bild vom Zieleinlauf des Köln-Marathon im *Express* gesehen hatte. An vorderster Front das Asketengesicht von Struck und daneben Annelies mit einer Decke in der Hand, die ihren Helden in Empfang nahm.

«Also, wenn Sie mich fragen, ich würde Sie nehmen», sagte der Koch. «Marathonläufer haben sie doch nicht mehr alle.»

«Und sie mag Tote. Vielleicht würde sie mich wieder nehmen, wenn ich auf ihrem Seziertisch läge. Das wäre meine größte Chance auf ein klärendes Gespräch», sagte Hölderling.

«Man darf keine Gelegenheit auslassen», sagte der Koch.

«Sie sind mir ein wahrer Trost, Ferdinand Bundt. Wenn Sie wollen, können Sie mich ja heiraten. Rein platonisch, versteht sich.»

Der Koch lachte und kam beim Rühren aus dem Takt. «Ich glaube, Sie brauchen dringend was zu essen, Ihr Hirn läuft offensichtlich auf der letzten Kalorie. Da sagt man Sachen, die man hinterher bereut.»

Während sich der Koch um die Palatschinken bemühte, setzte sich Hölderling an den Küchentisch und verputzte eine große Portion Sauerbraten mit Klößen. «Ich hab nicht nachgedacht – wo überbacken wir die Dinger eigentlich?», sagte Hölderling.

«Kein Problem, Sonja hat mir dieses Dingsda aus der Personalteeküche vorbeigebracht. Was es heute so alles gibt?» Er zeigte auf einen kleinen Backofen, auf dem auch noch zwei kleine Herdplatten obenauf integriert waren. Bundt hatte damit die letzte freie Ecke in der Küche belegt.

«Single-Haushalte eben. Und die Leute kochen auch gar nicht mehr. Die tauen nur noch auf.»

«Sie sagen es. Aber jetzt hilft es enorm.»

Als eine Stunde später das Tablett für Viktor fertig war, war auch der Kommissar eigentlich bereit für eine zweite Portion. Aber er blieb standhaft, denn der Hosenbund seiner neumodischen Jeans klemmte bereits, und so trug er stattdessen das Tablett nach draußen. Petra Spieß' Koffer ließ er in der Obhut des Kochs. Für den Fall, dass Annelies wieder ins Kühlhaus gehen würde, sollte Ferdi ihr das Beweismaterial aushändigen.

Als Hölderling an der Kühlhaustür vorbeikam, sah er Annelies' Handy davor liegen, als sei es nie weggewesen. Viktor, dieses Schlitzohr! Er warf einen Blick darauf und sah fünf weitere Anrufe, vermutlich von Struck. Am liebsten hätte er das kleine Telefon zertreten, aber diesmal siegte sein Verantwortungsgefühl, das er für das gute Essen empfand, und das auf keinen Fall kalt werden durfte. Hölderling wandte seinen Blick starr geradeaus und ging die Treppe hinauf.

Vor Heinrich dem Achten angekommen, versuchte er, mit dem Ellenbogen die Klinke zu drücken, und wäre beinahe ins Zimmer gefallen, weil im selben Augenblick die Tür von drinnen aufgerissen wurde. Er blickte in die schreckgeweiteten Augen von Jürgen Zahn, der im wehenden Bademantel und mit dem Ruf «Wir brauchen heißen Tee!» an ihm vorbeistürmte. Hölderling traute seinen Augen nicht, denn auf dem mit einem großen Baldachin überdachten Bett saß Annelies in Decken gehüllt, Wasser tropfte aus ihrem nassen Haar, und ihre Zähne schlugen aufeinander. Viktor rubbelte ihren Rücken ab, während Otto Lobenthal Annelies' rechtes Handgelenk hielt und angestrengt auf seine Armbanduhr starrte. Wenigstens haben die beiden ihre Bademäntel korrekt zusammengeschnürt, dachte Gregor und brachte ein halbwegs verständliches «Was?» hervor.

Annelies sah Gregor, und plötzlich flossen die Tränen.

Viktor sagte: «Es ist nicht das, wonach es aussieht, Gregor.»

Lobenthal ließ Annelies' Handgelenk los und sagte: «Wieder normal. Gott sei Dank.» Er kam auf Gregor zu, nahm ihm das

Tablett aus der Hand und stellte es auf dem Schreibtisch ab. Endlich erwachte Hölderling aus seiner Starre. Er stürzte aufs Bett zu, als wolle er Annelies aus Viktors Armen reißen. Lobenthal sagte: «Ich glaub, ich bin dann hier wohl überflüssig.»

«Nein, nein», sagte Hölderling. «Was ist passiert? Annelies, geht's dir gut? Jetzt sag doch mal einer was!»

«Es ist gar nicht so schlimm», schniefte Annelies. «Ich bin nur nass geworden.»

«Totale Untertreibung», mischte Viktor sich ein.

«Das war Rettung in letzter Minute», pflichtete Lobenthal bei.

Jürgen Zahn stand mit einer großen Tasse, aus der es dampfte, plötzlich wieder im Zimmer, und Annelies winkte ihn heran. «Danke, Jürgen.»

Er reichte Annelies den Tee, den sie beinahe auf dem Bett verschüttete, weil ihre Hände so sehr zitterten.

Hölderling drückte sie fest an sich und sagte: «Erzähl. Erst Annelies, dann ihr.»

Jürgen Zahn machte die Tür zu und setzte sich aufs Fußende des Bettes.

«Ich war im Pool. Im Kühlhaus war es eben kalt. Und irgendwann dachte ich, es wäre eine gute Idee, eine Runde zu schwimmen, um mich wieder aufzuwärmen.» Zwischen den Sätzen gab Hölderling Annelies immer wieder einen Schluck heißen Tee, den sie widerspruchslos trank. Ihre Stimme wurde kräftiger, das Zittern hörte auf, und sie erzählte den Rest ohne Unterbrechung. «Ich bin ein bisschen getaucht, ihr wisst schon. Noch mal auf den Startblock und dann mal gucken, wie weit man kommt. Ich schaffe immer noch die ganze Bahn ... Und als ich wieder hoch wollte, also aus dem Wasser, da hat etwas meine Haare gepackt und meinen Kopf nach unten gedrückt. Ich hab um mich geschlagen, aber nichts zu fassen gekriegt. Und irgendwann ... war alles schwarz …» Annelies nahm Hölderling die Tasse aus der Hand und trank.

«Und dann?», fragte er.

«Wir drei waren noch in der Sauna, Anton und Hanno waren schon wieder auf ihrem Zimmer. Wir wollten noch einen letzten Gang machen. Otto und Jürgen sind zum Abkühlen in den Schnee. Mir war das zu kalt, und ich dachte, ich schmeiß mich in den Pool, und dann nix wie raus. Anziehen, Mittagessen. Und da komme ich durch die Tür, die den Poolbereich von der Sauna trennt, und sehe Annelies auf dem Wasser treiben. Im selben Moment kommt Otto aus dem Schnee zurück, und wir haben Annelies aus dem Wasser geholt. Otto hat sie wiederbelebt.»

Annelies verzog das Gesicht. Hölderling klopfte ihr tröstend auf den Rücken und fragte dann mit einem Blick auf Otto: «Musstest du Herzmassage machen? Oder Mund-zu-Mund-Beatmung?»

«Nicht nötig», erwiderte der und klang etwas enttäuscht. «Als wir sie aus dem Wasser gezogen haben, hat sie gehustet, und dann dauerte es nicht lange, und ihre Atmung war wieder normal.»

Annelies schlug die Augenlider nieder. So sieht Erleichterung aus, dachte Hölderling und war trotz der besorgniserregenden Ereignisse amüsiert über Annelies' Reaktion auf einen möglicherweise entstandenen, allzu intimen Körperkontakt mit Otto.

«Wir haben sie erst mal hierhergebracht. Da ist sie am sichersten.»

«Viktor, hast du irgendwas gesehen? Irgendwas, irgendwen? Etwas gehört?»

Viktor schüttelte den Kopf. «Nein.»

«Und die Hände, Annelies? Was waren das für Hände? Große? Kleine …?»

«Zwei», sagte Annelies. «Mehr weiß ich nicht, ich hatte

was anderes zu tun ... Es waren zwei Hände, irgendwie ... ich weiß auch nicht. Auf meinem Kopf, ich wollte mich noch vom Beckenrand abstoßen, aber die Person hatte meine Haare gepackt ... Ich konnte gar nichts machen. O Gott, wie absurd.»

«Absurd nennst du das?», sagte Hölderling.

«Ja, es war absurd. Ich meine, du springst auf der einen Seite ins Wasser, willst nach zehn Metern wieder hoch und hast das Gefühl, als hätte ... hätte ... jemand einen Deckel auf den Pool gestellt. Wie eine Mauer, und du weißt, da ist jemand, der will, dass du stirbst, Gregor!»

«Wo warst du überhaupt?», fragte Lobenthal und schaute Gregor dabei herausfordernd an.

«Unterwegs», sagte Hölderling, und Annelies ergänzte: «In der Küche vermutlich, wo sonst? Und danke an alle. Aber ich möchte jetzt in mein Zimmer, allein.»

«Nichts da», sagte Viktor und kam Gregor zuvor, weil er wusste, dass Annelies sowieso nicht auf ihn hören würde. «Du, meine Liebe, gehst hier in diesem Haus nirgendwo mehr alleine hin. Nur über meine Leiche.»

«Viktor hat recht. Du bleibst bei uns», sagte Hölderling und nickte seinem Freund dankbar zu.

«Und wir?», fragte Jürgen Zahn.

Gregor Hölderling stand vom Bett auf, ging zum Schreibtisch und spießte mit der Gabel einen Knödel auf. Viktor wollte protestieren, aber Hölderling hob die Hand. «Wo das herkommt, gibt es noch viel mehr davon. Wir essen alle zusammen in der Bibliothek. Später. Und wir werden dort die Nacht verbringen. Alle zusammen! Alle. Wir werden Wache halten, reihum. Verstanden? Und keine Widerrede. Zuvor können Jürgen und Otto helfen, Annelies' Sachen in unser Zimmer zu bringen. Und trommelt Anton und Hanno raus: Wir bringen die Matratzen in die Bibliothek.»

Otto Lobenthal schnaubte: «Willst du nicht vorher Conrad fragen?»

Gregor schüttelte den Kopf.

«Wieso das denn?», sagten Jürgen und Annelies gleichzeitig.

«Gregor hat recht. Wenn alle zusammenbleiben, sind wir sicher. Keiner geht alleine aufs Klo», sagte Viktor. «Okay, ich hole jetzt Traudel, Sigrid und Sonja. Wir machen mit dem Koch das Essen klar, und ihr anderen kümmert euch um die Hardware.»

«Viktor, ich möchte, dass du hierbleibst. Otto kann mit Sonja, Traudel und Sigrid gehen, Jürgen holt Anton, Hanno und Conrad. Wir ...», Hölderling zeigte auf Annelies und Viktor, «haben hier noch was zu besprechen. Und zwar entre nous. Wir kommen später mit unseren Matratzen nach und kümmern uns um Annelies' Gepäck.»

Es sah beinahe so aus, als wollten die Männer vor Gregor salutieren. Aber sie nickten nur und gingen hinaus.

«Und was willst du mit uns besprechen?», fragte Viktor, als sich die Tür hinter den Männern geschlossen hatte.

«Könnte ich erst mal trockene Sachen bekommen?», sagte Annelies etwas kleinlaut.

«Aber natürlich», sagte Viktor und sprang vom Bett. «Bin gleich wieder zurück. Und Gregor, lass die Finger vom Essen, ich sterbe vor Hunger, und du hattest bestimmt schon eine Portion.»

Viktor nahm auf dem Weg zur Tür einen Umweg am Tablett vorbei und stutzte. «Gregor ... Palatschinken! Also ...»

«Trockene Kleidung», sagte Annelies, und ihre Stimme hatte wieder die alte Kraft und Schärfe zurückgewonnen.

Viktor nahm den Teller mit dem Dessert und eine Gabel mit.

«Du hast ihn infiziert», sagte Annelies.

«Wie ich sehe, geht's dir schon besser», antwortete Hölderling. «Einen Kloß auf den Schrecken?»

Annelies saß unter dem Deckenberg wie ein nasses Vögelchen in seinem Nest, das auf Fütterung wartet, und riss den Mund auf. Für Hölderling der schönste Anblick des Tages. Und er konnte sich vor Glück kaum halten, als Annelies mampfend sagte: «Wie geht noch mal das Kloßgedicht? Das du damals in Bayern gemacht hast … Als ich mir die Diarrhoe eingefangen hatte und Bill Bass verpasst habe, du weißt schon, den Gründer der Leichenfarm in Amerika. Ich war so enttäuscht …»

«Weiß nicht mehr.»

«Doch, doch, du weißt schon, das mit den Pazifisten und der Diät.»

«Ach, dass du dich daran noch erinnerst … Ich kann es nicht mehr aufsagen. Und jetzt iss.»

Annelies tat wie ihr befohlen, und Hölderling deklamierte im Geiste:

Die Erd ist rund – der Knödel auch. Wie tu ich ihn vermissen:
Ich sitze schwach und auf Diät mit Mayrbrot in Füssen.
Ich kaue links, ich kaue rechts, hab schon ganz viele Falten,
von Brühe, Brot und Nulldiät und ständigem Enthalten.

In meinen Träumen ach, da warten Braten und auch Soße,
auf einem Teller warm und flach, sich zu vermählen
mit dem Kloße.
Im Hungerwahn ich schlag in Kissen viele Falten,
vor lauter Zorn auf Nulldiät und ständiges Enthalten.

Mein Knödelchen, du liebstes Laster,
du bist bei Gram das beste Pflaster,
mir Trost auf Seele und auf Magen,
ess ich dich auf mit Wohlbehagen.

In Suppe, Pfanne oder Soße,
aus Grieß, Kartoffeln, kleine, große.
Schmiegst dich in meiner Wange rund –
bin ich gerettet und gesund.

Mach Frieden mit der Welt und ihrem Mist
Wer Knödel isst, ist rund – und Pazifist.

KAPITEL

10

«Und jetzt zu dir, Annelies. Ich glaube, du hast uns was zu erzählen», sagte Hölderling, als Annelies fertig angezogen aus dem Badezimmer kam. Auch Viktor hatte sich angekleidet, und er und Gregor sahen nun tatsächlich aus wie ungleiche Brüder mit demselben Schneider.

Annelies guckte die beiden an und zuckte die Schultern. «Ich wüsste nicht ...»

Hölderling klopfte mit der flachen Hand auf das Bett und sagte: «Sitzen machen, bitte. Und keine Widerrede.»

Annelies suchte mit ihren Blicken Hilfe bei Viktor, aber der nickte nur und sagte: «Wenn der große Gregor es befiehlt. Es wird schon Sinn haben. Bitte, Gregor, klär uns auf, was dich zu dieser dir sonst nicht eigenen Strenge veranlasst.»

«Frauen», sagte Hölderling. «Hier geht es um irgendwas, das euch Frauen aus der Klasse betrifft. Und ich glaube, dass du mir was dazu sagen kannst, Annelies. Was verbindet dich, Marielle, Gretchen und das Krähenfüßchen und eventuell auch noch eine von den hier anwesenden Damen miteinander, über das wir Jungs nicht Bescheid wissen? Hm? Ich fand das Fragment einer Nachricht von Gretchen an dich ... auf den Schreibblock des Romantikhotels gekritzelt: *Liebe Annelies, ich weiß ...* Das muss sie nach Marielles Tod geschrieben haben. Sie hat nicht weiterschreiben können, weil es sie ebenfalls erwischt hat. Und der oder die Täterin hat den Zettel mitgenommen. Ich konnte ihn allerdings nirgends finden, vermutlich ist er längst im Kamin gelandet. Also, was hat Gretchen gemeint oder gewusst? Und noch etwas: Ich fand in ihrem Laptop Hinweise darauf, dass sie nach einer Constanze Mauerberg gegoogelt hat.»

«Was?!» Mehr sagte Annelies nicht. Hölderling wartete. Viktor guckte angestrengt auf seinen leeren Dessertteller. Wenn Annelies Seydelbast sprachlos war, dann konnte das den Weltuntergang bedeuten.

«Ach du liebe Scheiße!», sagte Annelies plötzlich und ließ sich aufs Bett plumpsen. «Das kann ich nicht glauben.»

«Könntest du uns bitte an dem Unglaublichen teilhaben lassen, meine Liebe?», sagte Viktor, der die Spannung nicht mehr aushielt. «Ich kenne den Namen Mauerberg irgendwie, aber ich vermute, das könnte vor meiner Zeit am Gymnasium gewesen sein.»

«Richtig», antwortete Annelies und sah Gregor zum ersten Mal direkt an. «Ein dunkles Kapitel der Schulzeit und meiner Zeit als Präsidentin der Blue Socks.»

Viktor und Hölderling guckten sich an. «Blues Socks? Hattet ihr eine Rockband?»

Annelies schüttelte den Kopf. «Nein, keine Band, aber einen Geheimbund, so wie Skull & Bones. Jedenfalls hatten wir das vor.»

«Abgesehen davon, dass Skull & Bones weit weniger beängstigend klingt wie Blue Socks ... Wer gehörte dazu?», fragte Gregor, als Annelies sich sehr viel Zeit ließ fortzufahren.

«Das Krähenfüßchen, Marielle, Gretchen und ich. Ich war die Präsidentin. Das Aufnahmeritual war sehr ... speziell. Wer reinwollte, hatte so gut wie keine Chance, das war ja der Sinn der Sache.»

«Ich glaube, ich muss nicht raten: Constanze Mauerberg wollte rein», sagte Viktor. «Und vor allem würde mich interessieren, warum.»

«Warum? Ich hatte die Originale für die nächste Arbeit des Biologie-Leistungskurses im Kopierer gefunden und für uns sichergestellt. Es war kurz vor der Versetzung in die Unterprima.»

«Aber du hast doch jede naturwissenschaftliche Arbeit sowieso mit Eins plus gemacht, du hattest das doch gar nicht nötig», sagte Hölderling.

Annelies malte Kringel auf die Bettdecke. «Sportsgeist? Vielleicht wollte ich auch mal was Unwissenschaftliches machen?»

«Okay, okay … Und dann?», fragte Viktor.

«Constanze hatte irgendwie Wind davon bekommen. Sie wollte unbedingt ein Blue Sock werden und ließ nicht locker. Also dachten wir uns was Fieses aus.»

«Wie fies?», sagte Hölderling und wünschte sich, im Erdboden zu versinken. Ihm war klar, dass er noch etwas erfahren würde, das er lieber auch nicht hören wollte. Etwas, das Annelies' Ansehen, das sie bei ihm genoss, eventuell erschüttern würde. Hölderling fürchtete geradezu, dass ihm in den nächsten Minuten der Himmel auf den Kopf fallen könnte. Viktor saß kerzengerade auf seinem Stuhl und dachte dasselbe. Annelies guckte ihre beiden besten Freunde an und sagte: «Ich weiß, was ihr denkt. So schlimm ist es allerdings nicht. Also bringen wir es hinter uns: Constanze musste die Nacht im Keller einer leerstehenden Fabrik verbringen. Sie bekam eine Schachtel Zigaretten und eine Flasche Wodka, das war's. Wir haben sie mit verbundenen Augen hingeführt, und das Krähenfüßchen musste draußen in unserem Hauptquartier Wache halten. Das war ein runtergekommener Eisenbahnwaggon. Petra war noch kein vollwertiges Mitglied, und das war eben ihre Abschlussprüfung. Sie sollte gucken, ob Constanze sich an die Regeln hält … Am nächsten Tag sind Gretchen und ich wieder hin, und da war Constanze nicht mehr da. Krähenfüßchen gab zu, dass sie eingeschlafen ist und nichts wusste. Sie meinte, dass Constanze vielleicht aus einem

Hinterausgang raus sei, ohne dass sie es bemerkt hat. Nun ja … In der Schule dann haben wir Constanze gesagt, dass sie nicht bestanden hat. Sie war stinksauer und hat rumgebrüllt, sie würde uns verraten, was die Klausur angeht. Aber wir haben nur gelacht – das hätte sie erst mal beweisen müssen, da saßen wir am längeren Hebel. Kurze Zeit später ist sie ja von der Schule abgegangen, und wir haben nie wieder was von ihr gehört. Das ist die ganze Geschichte. Jedenfalls, so wie ich sie kenne. Und, mein Gott – wir waren Teenager mit spinnerten Ideen im Kopf.»

Hölderling und Liebermann atmeten auf. Dass allerdings Annelies jemals den Eindruck erweckt hatte, ein spinnerter Teenager gewesen zu sein, daran konnten sie sich nicht erinnern.

«Was genau hat Constanze damals gesagt? Vielleicht kann uns das weiterhelfen? Es sieht so aus, als sei das die Verbindung zu euch.»

«Sie hat gesagt, dass uns das noch leidtun wird. Was man eben so sagt, wenn man nicht bekommt, was man haben will. Meine Güte, das ist doch Jahre her. Glaubst du, die ist hier irgendwo und nimmt die Gelegenheit wahr, Rache zu üben? Für eine unbequeme Nacht in einer kalten Fabrik mit Zigaretten und Wodka und eine verhauene Bio-Klausur?»

«Weißt du, was mir auffällt, Annelies?», sagte Viktor.

«Was?»

«Gregor hat recht. Es ist der einzige Anhaltspunkt, der eine Verbindung zu euch herstellt. Falls es nicht noch eine andere Geschichte gibt, die du hier grad nicht erzählen willst.»

Annelies schüttelte den Kopf. «Krähenfüßchen war die Wache für die Nacht. Um fünf war Constanze aber nicht mehr da, so wie verabredet, also war die Prüfung nicht bestanden.»

«Eben. Du weißt nichts über den Rest der Nacht», sagte Viktor. «Vielleicht hat das Krähenfüßchen euch nicht die Wahrheit gesagt.»

«Also glaubt ihr jetzt ernsthaft, dass Constanze Mauerberg so viele Jahre wartet, um ausgerechnet beim Klassentreffen durch die Gänge zu schleichen? Ich hätte sie doch sehen müssen, irgendeiner hätte sie sehen müssen. Ich meine, so riesig ist dieses Gemäuer jetzt auch wieder nicht.»

«Wir kämmen einfach das Haus noch mal von oben nach unten durch», sagte Viktor.

«Wir müssen Petra Spieß finden», sagte Gregor. «Eventuell steht sie auch auf der Abschussliste.»

«Ihr seid ja verrückt», sagte Annelies. «Das glaube ich jetzt alles nicht. Constanze ist weggezogen. Irgendwohin ...»

«Wir werden ja sehen», sagte Gregor und wählte auf seinem Handy die Nummer von Gruber, um ihm den nächsten Auftrag zu erteilen. Er konnte sein Anliegen nur der Mailbox seines Bonner Kollegen anvertrauen und schaute missmutig drein.

«Ich rufe Thomas an», sagte Annelies. «Wo ist überhaupt mein Handy?»

Viktor und Gregor zuckten die Schultern, und Hölderling beeilte sich, Annelies zu erklären, dass noch ein Koffer in der Küche von Ferdi Bundt der Sicherstellung harrte. Der Koffer von Petra Spieß, in dem sich zwei präparierte Schaschlikspieße befanden.

Nach dem Mittagessen verkündete Hölderling, dass er das Haus noch einmal durchsuchen würde und dass in dieser Nacht alle zusammen in der Bibliothek nächtigen müssten. Aus Sicherheitsgründen. Zumindest bei Traudel und Sigrid löste das Erleichterung aus. Nach dem Kaffee machten sich die Männer auf den Weg, um das gesamte Haus noch einmal zu durchkämmen, allen voran Conrad Faust, der Türen auf- und wieder abschloss, jede Kammer, jedes Lager – einfach alles an Räumlichkeiten, die zu erreichen waren. Sie schauten aus den Fenstern, um mögliche Fußspuren im Schnee zu entdecken, konnten aber nichts finden, außer einem Hinweis darauf, dass die Temperatur allmählich stieg und es anfing zu tauen.

Die Untersuchung des Hauses war eben abgeschlossen, als Ferdinand Bundt verkündete, dass es Zeit sei, das Abendessen einzunehmen. Er war der Einzige, der sich an der Suche nicht beteiligen musste.

Als die Männer in die Bibliothek zurückkamen, wo die Frauen bereits das Matratzenlager aufgebaut hatten, herrschte dort dicke Luft. Es wurde ein sehr schweigsames Abendessen, das nur durch das Knistern der Holzscheite im Kamin unterbrochen wurde, bei dem Sigrid und Traudel jedes Mal zusammenzuckten.

«Vielleicht sollten wir was singen. Conrad, wo ist deine Klampfe?», schlug Viktor vor und erntete einen hasserfüllten Blick von Sigrid. «Was denn? ‹Siebzehn Mann auf des toten Kerls Kiste› vielleicht?»

«Ich dachte, das löst die Spannung. Apropos Rum, ist noch was in der Bar?» Viktor stand auf und öffnete den Barschrank. Binnen kurzem lagen alle auf den Matratzen und hatten volle Gläser in ihren Händen. Conrad Faust hatte die Musikanlage eingeschaltet und auf Geheiß von Viktor eine Best of Procol Harum eingelegt. Man ließ alles auf dem Tisch stehen und liegen, wie es gerade war. Niemand hatte Lust, etwas ab- oder aufzuräumen. Als Sonja sich daranmachen wollte, sagte Conrad nur: «Lass stehen, Sonja. Das läuft nicht weg.» Und Sigrid bedeutete dem Zimmermädchen, sich neben sie auf die Matratze zu setzen. Widerstrebend gab die junge Frau nach, es war ihr sichtlich unangenehm, an dieser Pyjamaparty teilzunehmen. Ferdinand Bundt fläzte sich entspannt auf ein Sofa und schloss die Augen.

«Wisst ihr, woran mich das erinnert?», sagte Annelies, als «A Whiter Shade of Pale» verklungen war. «An unsere Klassenfahrt nach Paris, in der Oberprima.»

Anton und Hanno wechselten einen vielsagenden Blick, und Traudel kicherte. «Du hast versucht, aus den Katakomben einen Schädel mitgehen zu lassen, erinnerst du dich? Wenn Viktor nicht gewesen wäre, mit seinem perfekten Französisch, wärst du heute noch in Haft bei Kommissar Maigret.»

Annelies trank einen Schluck Rotwein und prostete Viktor zu. «Ab dem Moment war dein Werdegang vorgezeichnet. Ich wollte das Ding für meine Sammlung, da lagen ja genug herum.»

«Ich kann mich gar nicht mehr erinnern. War es nicht so, dass Gregor und ich am Tag der Rückfahrt beinahe den Bus verpasst hätten, weil wir am Montmartre verschüttgegangen waren?»

«Genau genommen hat unser Lehrer euch aus einem Haufen von Müllsäcken gezogen», sagte Jürgen Zahn. «Ich war dabei. Ihr habt nach Absinth gestunken und Dada-Verse deklamiert. Ich hab unseren Pauker von einem Telefon in einem Bistro angerufen, weil ihr partout nicht mitkommen wolltet.»

Ferdinand Bundt lachte. «Ihr wart vielleicht Früchtchen.»

«Jugend ist keine Entschuldigung, höchstens strafverschärfend», sagte Anton und lachte aus vollem Hals. «Und wisst ihr noch? Gretchen hat auf dem Père Lachaise drei Tage lang nach dem Grab von Jim Morrison gesucht.»

«Und du nach dem von Oscar Wilde», entgegnete Hanno. «Ich habe von Paris eigentlich nichts anderes gesehen als diesen dämlichen Friedhof.»

«Na, komm … wir waren verliebt und fühlten uns wie Oscar und Bosie. Was hast du eigentlich gemacht, Otto?»

«Ich? War ich überhaupt dabei? Ich kann mich an nichts erinnern, außer einer Metrostation. Traudel war bei mir – warum, weiß ich nicht. Sie hat sich jedes einzelne Bild von jedem einzelnen Straßenmaler angeguckt und mir was von Bohème vorgeschwärmt ... Surreal, irgendwie.»

«Ach, ja ... Und dann ist aus der Künstlerin, die nach Paris wollte, am Ende nur eine Kindergärtnerin geworden, die sich mit den Schmierereien kleiner klebriger Biester befassen muss, nicht wahr, Traudel?», feixte Conrad Faust.

Traudel warf ihm einen vernichtenden Blick zu. «Aber aus dir ist Gunter Sachs geworden, wie man sieht. Ich hoffe, dein Chalet in der Schweiz macht dir nicht zu viele Schwierigkeiten ...» Sigrid kicherte. «Gott, was wir für Sachen im Kopf hatten. Gretchen wollte Groupie werden. Ich hab monatelang überhaupt nicht gewusst, was das ist.»

«Aber es klang zumindest abenteuerlich, oder? Ich glaube, wir hatten Absinth getrunken, angeblich den echten, mit der grünen Fee drauf ...», sagte Otto Lobenthal und leerte sein Glas.

«Wie wir alle übrigens», erklärte Annelies. «Ich glaube, das war der Sinn und Zweck der Reise. Absinth-Verkostung.»

«Marielle wollte unbedingt auf den Eiffelturm. Ich hab ihr gesagt, der wäre geschlossen, wegen Renovierung. Aber sie ist trotzdem hin. Alleine.»

«Und wo warst du derweil, Conrad?», fragte Annelies.

«Da ich wusste, was sie vorhatte, nämlich eine Verlobung mit mir, habe ich mich abgesetzt. Ich glaube, ich wollte mir das Centre Pompidou angucken.»

«Nee, nee», sagte Sigrid. «Das Krähenfüßchen und ich und Dieter Buttlar – Prost, Dieter, übrigens – waren im Moulin Rouge, verbotenerweise natürlich, und wen sehen wir da, mit einer bezaubernden Tänzerin am Arm? Unseren Conrad.»

Alle Augen richteten sich auf Conrad. Der zuckte nur die Schultern und sagte: «Ich hab sie im Centre Pompidou kennengelernt. Sie war verrückt nach moderner Kunst – und nach mir.

Was sollte ich machen? Außerdem war sie fast so groß wie der Eiffelturm, und ihre Besteigung war eine wahre Freude.» Conrad prustete los und verschluckte sich an seinem Wein. Keiner lachte mit.

Traudel sagte: «Ich hoffe, sie hat dir einen Tripper angehängt.»

«Worauf du Gift nehmen kannst», rief Conrad.

Sigrid schüttelte den Kopf. «Wer weiß, was er der Dame damals gezahlt hat.» Sie nickte Sonja zu, die mit großen Augen ihren Chef anschaute.

«Und Sie, mein Kind, wo waren Sie schon?», wechselte Sigrid abrupt das Thema.

«Nirgends», sagte Sonja. «Mal auf Fuerteventura, da hab ich im Hotel gearbeitet, und in der Türkei. Aber das ist uninteressant.»

«Ach was, erzähl ihnen doch mal von den betrunkenen Russen am Pool», sagte Ferdinand Bundt.

Leider hatte Sonja nicht einen Hauch von Erzähltalent und kam nur mühsam zu dem eigentlich lustigen Ende der Geschichte, in der ein Russe, den der Hotelarzt für tot erklärt hatte, einen Tag später im Leichenschauhaus aus seinem Wodkakoma wieder erwacht war und fröhlich pfeifend am Hotelpool erschien, um seine goldbehängte Gattin in den Armen eines anderen zu finden. Alle waren sich einig, dass – hätte der Kellner die nächste Flasche Wodka schneller gebracht – der arme Mann keinen tödlichen Herzinfarkt erlitten hätte. Ferdinand Bundt half Sonja ein wenig beim Erzählen, und die Gruppe lachte höflich. Sonja lief rot an und sagte: «So lustig war das doch gar nicht.»

So plätscherte das Gespräch dahin, und jeder vermied es, die Sprache wieder auf die 13 / I zu bringen.

Gregor Hölderling hatte sich nicht am Aufwärmen alter Geschichten beteiligt. Er lag auf seiner Matratze, die Ohrhörer seines iPod in den Ohren, und lauschte Mahlers Zweiter Symphonie. Irgendwann war das Feuer heruntergebrannt, und er schlief ein. Das Letzte, was er spürte, war Annelies' Hand auf seiner Brust und ihr Atem an seinem Hals. Paris, ja, so wie damals in Paris. Kurz bevor sie ihm mitgeteilt hatte, dass sie fürs Studium für längere Zeit ins Ausland gehen würde … Was der Grund dafür gewesen war, dass er einen Tag später von Jürgen auf einem Müllhaufen wiedergefunden wurde. Den treuen Viktor an seiner Seite, von dessen Seelenschmerz er noch nicht einmal ahnte, weil ihm seiner – Abschied von Annelies nehmen zu müssen – beinahe den Verstand geraubt hatte.

Als die beiden Freunde im Bus Richtung Deutschland wieder erwacht waren, hatte die grüne Fee ganze Arbeit geleistet, und die beiden konnten sich an die letzten sechsunddreißig Stunden nicht mehr erinnern. Vor allem nicht daran, warum sie sich mit der kleinen grünen Dame eingelassen hatten. Seit dieser Absinth-Taufe war Hölderling immun gegen die Auswirkungen des Alkohols und Viktor gegen die Heiratsabsichten sämtlicher Frauen. Er war nicht ganz ehrlich gewesen, als er vor ein paar Stunden Sigrid und Traudel gefoppt hatte.

Irgendwann waren alle eingenickt, und einzig Viktor saß als Nachtwache auf seiner Matratze, starrte in die immer schwächer werdende Glut im Kamin und lauschte dem Schnarchen seiner Schulkameraden. Er horchte auf die Geräusche des Windes, der in den Baumwipfeln wütete und den Schnee von den Zweigen fegte. Warmfront, dachte er – Tauwetter. Er warf einen Blick auf den schlafenden Gregor und seine Annelies, die genau so dalagen wie weiland in der Jugendherberge in Paris. Ich muss mit dem Weinen fertig sein, bevor ich Gregor zu seiner Wachstunde wecke, dachte er noch, dann war er eingeschlafen.

Als Thomas Struck in den frühen Morgenstunden des neuen Tages in Erwartung einer Blutorgie die Tür zur Bibliothek aufschob, denn die Zimmer hatte er samt und sonders leer vorgefunden, bot sich ihm nicht ganz das Bild, das er erwartet hatte. Statt der Überreste von Guernica sah er sich einem Dornröschenschloss gegenüber.

Grad, wo sie gestanden und gewerkelt hatten, waren sie hingesunken in einen Tiefschlaf, aus dem sie hundert Jahre lang nicht aufwachen würden …

Ferdinand Bundt schlug als Erster die Augen auf – als ehemaliger U-Boot-Insasse hatte er einen sehr leichten Schlaf. Er sah einen fremden Mann in der Tür, der im Begriff war, auf Zehenspitzen in die Bibliothek zu gehen. Dann ein Schrei, ein Aufspringen und ein Frontalangriff. Ferdi hatte von seiner Nahkampfausbildung nichts vergessen. Er nagelte Thomas Struck regelrecht an die Wand, drückte ihm mit einer Hand die Kehle zu und warf den Überrumpelten mit einer eleganten Bewegung zu Boden.

Viktor schreckte hoch, sah, wie der Koch bereits über dem Lebensabschnittsgefährten von Annelies lag und zum Schlag ausholte, und rief, obwohl er es nicht für richtig hielt: «Aus! Ferdi! Sitz!»

Annelies schlug die Augen auf und sagte schlaftrunken: «Thomas, es ist nicht das, wonach es aussieht.»

«Ich glaube, doch», sagte Viktor. «Der Koch wollte grad den Mops kaltmachen.»

Ferdinand Bundt ließ Thomas Struck los und zog ihn auf die Füße. «'tschuldigung. Ich dachte, Sie wären der Mörder.»

Struck zurrte sich den Anzug zurecht, fasste sich an die Kehle und marschierte ohne ein Wort zum Matratzenlager.

Annelies stand auf und rannte auf ihn zu, umarmte ihn und sagte: «Das hat aber gedauert.»

«Vielleicht hatte der Prinz Schwierigkeiten, mit seiner Kürbiskutsche an den Wölfen vorbeizukommen», sagte Viktor und erntete einen giftigen Blick von Struck.

Viktor hätte am liebsten Gregor die Augen zugehalten. Aber es war bereits zu spät. Gregor war längst wach, hatte Struck gesehen und gehofft, dass Ferdinand Bundt für ihn erledigte, wovon der Club der kleinen Lichter seit Jahren träumte. Dann hatte er getan, was er für das Beste hielt: sich auf der Matratze umdrehen und so tun, als hätte er nichts gehört. Nur Viktor hatte es gesehen, und er bewunderte Gregor für seine Umsicht. Er verschafft sich Zeit, um sich zu sammeln, dachte Viktor. Guter Junge.

Die anderen waren mittlerweile auch wach und hörten mit großer Erleichterung, wie Thomas Struck sagte: «Gruber und sein Team sind auch gleich da. Die Straßen sind weitestgehend wieder befahrbar.»

Binnen kürzester Zeit war das Lager abgeräumt, Frühstück auf dem Tisch und Annelies dabei, Gruber und seinen Männern das Beweismaterial samt Leichen zu übergeben. Ihr Kollege aus der Rechtsmedizin Bonn bedankte sich und versprach, Annelies über alles auf dem Laufenden zu halten. Sie war so beschäftigt, dass sie gar nicht bemerkte, wie Thomas Struck ihre Sachen in seinen Wagen verlud. Als der damit fertig war, holte er sie wie das letzte Gepäckstück ab und verfrachtete sie auf den Beifahrersitz.

Hölderling gab Gruber beim Frühstück einen vollständigen Bericht über die Ereignisse und verpasste, wie der böse Prinz die holde Annelies entführte, ohne dass sie sich voneinander hätten verabschieden können.

Am späten Nachmittag waren alle Aussagen gemacht, notiert und unterschrieben. Da endlich bemerkte Hölderling das Fehlen seiner Angebeteten und machte sich mit Todesverachtung durch Schnee und Matsch auf den Weg zur Garage. Er setzte sich in seinen kalten Wagen, stellte den CD-Player an und ließ die «Kindertotenlieder» von Mahler durchs alte Gemäuer dröhnen. Er war so nah dran gewesen, so nah wie schon lange nicht mehr, und kam sich vor wie ein Hund, dem – den Knochen bereits vor der Nase – der Boden unter den Füßen weggezogen worden war. Es hatte keinen Sinn, die Stelle abzusuchen, wo der Knochen noch vor wenigen Stunden gewesen war. Vergiss Paris, dachte Hölderling. Vergiss es.

Als er aus seinen Gedanken wiederauftauchte, waren seine Hände blau gefroren, und er erinnerte sich daran, was er eigentlich hatte tun wollen – sein Manuskript für das Kochbuch aus dem Wagen holen und Ferdinand Bundt übergeben. Und dann würde er so schnell wie möglich nach Hause fahren, sich aufs Sofa legen und mehrere Tage verstreichen lassen, so viele Tage, wie nötig waren, um aus dem Häufchen Elend, zu dem er unweigerlich schrumpfen würde, wieder einen Menschen zu machen. Hölderling spürte mit jedem Kilometer, den Annelies sich von ihm entfernte, wie das Leben aus ihm entwich. Sein Freund und Vorgesetzter Zabel würde das verstehen. Hatte doch auch er gelitten in den letzten Tagen, vermutlich war er sogar von Neid zerfressen worden, dass ihm die Nerven von den bleichen Knochen hingen. Hölderling wusste genau, dass Zabel nichts lieber getan hätte, als an dem Klassentreffen teilzunehmen. Aber die Macht des Schicksals hatte ihn seinerzeit in die Parallelklasse gespült, sodass er natürlich keine Einladung bekommen hatte. Er konnte nur hoffen, dass Frau Klingel mit ihrem Kirschstreusel das Schlimmste hatte verhindern können. Dass Struck zu verhindern wusste, dass Annelies sich von den anderen und vor allem von ihm und Viktor hatte verabschieden können, daran konnte er ablesen, dass Zabel in den letzten Tagen Struck als Blitzableiter benutzt hatte. Vermutlich hatte er ihm sogar Dienste aufgedrückt, zu denen er gar nicht eingeteilt gewesen war. Aber all das würde er bei einem Abendessen bei Jobst Freitag noch früh genug erfahren. Wenn er denn wieder bereit war, am Leben teilzunehmen.

Als Hölderlings Handy klingelte, waren seine Finger so klamm, dass er kaum in der Lage war, das kleine Telefon zu bedienen. Was ihm letztendlich die nötige Energie dazu verlieh, war der Name, der auf dem Display erschienen war: Schneckchen. Er hielt das Handy in seiner zitternden Hand, nahm den Anruf aber nicht an – in der Hoffnung, dass Annelies ihm eine Nachricht auf der Mailbox hinterließ, die er niemals löschen würde, damit er sie sich immer wieder anhören konnte. Er wartete das Piepsen ab, mit dem das Telefon einen entgangenen Anruf ankündigte, und hörte die Mailbox ab. Und schon der erste Satz von Annelies zauberte ein Lächeln auf sein Gesicht, dass ein Honigkuchenpferd vor Neid blass geworden wäre: «*Wir waren so schnell weg. Ich fand das Wochenende mit dir trumpf. Ich halte dich über die Obduktionsergebnisse auf dem Laufenden. Natürlich nur, wenn du willst ...* »

Trumpf – besser ging es ja gar nicht! Natürlich wollte er auf dem Laufenden gehalten werden, und er schickte eine SMS mit dem zweideutigen Wortlaut: Ja, ich will.

Als er wieder aufschaute, stand Viktor neben Hölderlings Wagen. Der ließ die Scheibe herunter und sagte: «Wie lange stehst du schon da?»

«Lange genug, um zu wissen, dass du einen großen Fehler machst, mein Freund. Mir hat sie auch so eine Nachricht hinterlassen. Es bedeutet nichts. Verstehst du, NICHTS. Sie wollte nur nett sein.»

«Annelies ist nie nett, weil es die gesellschaftliche Konvention erfordert.»

«Ich glaube, der Struck indoktriniert sie. Er dreht sie um. Mit Gehirnwäsche. Er sozialisiert sie. Ich hasse ihn dafür», sagte

Viktor und saß im nächsten Augenblick zwischen Tupperdosen und CD-Hüllen auf dem Beifahrersitz. «Annelies ist eine Künstlerin. Ihre Seele braucht keine gesellschaftlichen Konventionen. Dieser Spießer wird sie unglücklich machen. Annelies braucht ihre Energie für ihre Arbeit, sonst kann sie nicht blühen. Sie muss egoistisch sein und fern der Welt ...»

Hölderling schaute seinen Freund an, und zum ersten Mal seit Jahren dämmerte ihm, was in Viktor vorging. Bevor der seinen Seelenstriptease später bereuen würde, sagte Hölderling schnell: «Danke, du bist ein echter Freund. Du bist in der Lage, innerhalb von Sekunden eine Seifenblase zur Explosion zu bringen. Wer könnte dich dafür nicht lieben?»

Viktor biss sich auf die Unterlippe, zündete sich eine Zigarette an und sagte: «So bin ich zu dir. Aber nun zu uns. Was machen wir mit der angebrochenen Woche? Doch nicht etwa arbeiten?»

Hölderling klappte das Handschuhfach auf. Eine Zellophantüte mit feinster Konfiserie purzelte heraus. Handgemachte Pralinés aus Brüssel. Viktor betrachtete die Tüte von allen Seiten. «Schade, angelaufen. Was für ein Unglück.»

Hölderling steckte sich ein Praliné in den Mund. «Geht noch hervorragend. Die sind nur kalt geworden.» Dann holte er den Reiseführer, den Sophie Wackernagel ihm zugesteckt hatte, aus dem Handschuhfach und schlug die markierten Seiten auf. «Du hast die Wahl. Immerhin drei Sterne-Restaurants in unmittelbarer Umgebung. Such dir eins aus.»

«Du wirst Ferdi untreu?»

«In jeder guten Beziehung braucht es ab und zu ein wenig Abstand», sagte Hölderling. Viktor bemerkte das dicke Manuskript, das Hölderling unter seinen Mantel geschoben hatte, und sagte: «Ach, ich verstehe. Du gibst echt nicht auf, was? Weißt du, mir ist nicht klar, was schlimmer ist, ein toter Vater oder einer, der lebt. Du wirst dir an diesem Ödipuskomplex – oder wie auch immer man das nennt – noch die Zähne ausbeißen.»

«Und wennschon. Eine Meditation in Schmerz hat noch keinem geschadet.»

«Perversling. Ich will in die Blaue Traube. Aber wir fahren mit meinem Wagen. In diesem hier ist mir zu viel Indien.»

Und nachdem Hölderling Ferdinand Bundt das Manuskript zu treuen Händen gegeben und Conrad darüber informiert hatte, dass die beiden Freunde gedachten, noch drei Tage länger die Gastfreundschaft des Romantikhotels in Anspruch zu nehmen, schoss der schwarze Porsche mit Viktor Liebermann am Steuer in Richtung Blaue Traube, wo, wie er bereits telefonisch in Erfahrung gebracht hatte, heute gespickter Rehrücken auf der Speisekarte stand.

KAPITEL

11

Was Viktor und Hölderling am jeweils anderen sehr schätzten, war die Gabe, beim Essen schweigen zu können. Dies brachte ihnen die uneingeschränkte Bewunderung des Maître d' ein, der sich oft einem Publikum ausgesetzt sah, das ein mehrgängiges Sternemenü komplett zu Tode quatschte. Dass man sich ein Essen in der oberen Preisklasse leisten konnte, hieß ja nicht, dass man es auch zu würdigen wusste. Umso mehr freute er sich über diese beiden Herren, die dem, was auf dem Teller war, ihre uneingeschränkte Aufmerksamkeit schenkten.

Erst als der Oberkellner auf Anweisung des Restaurantchefs eine beinahe unbezahlbare Flasche Cognac mit den Worten «Die Herren mögen sich bitte selbst bedienen – eine Einladung des Hauses» an den Tisch der Freunde brachte, sagte Viktor: «Gregor, was hast du vor?»

Hölderling bedankte sich zunächst artig beim Kellner und nickte dem Maître d' zu, bevor er den Cognac in die Gläser gab, eines vor Viktor abstellte und eines in seine große Hand nahm, um das edle Gesöff anzuwärmen. Der Ober sah es mit Wohlgefallen und ging lächelnd davon.

Nach mehreren Minuten befand Hölderling, dass der Cognac nun die richtige Temperatur hatte, und trank einen Schluck. Dann sagte er: «Ich habe vor, den Mörder von Marielle und Gretchen zu finden.»

«Was veranlasst dich zu diesem wilden Aktionismus? Ist doch sonst nicht deine Art?», entgegnete Viktor.

«Kann ich dir sagen. Weil ich glaube, dass Annelies und auch das Krähenfüßchen noch lange nicht aus dem Schneider sind. Und weil Annelies im Augenblick fern, das Krähenfüßchen aber unter Umständen sehr nahe ist, schlage ich vor, wir statten der Flüchtigen einen Besuch ab. Was hältst du davon? Ich hab ihre Schuhe in deinen Kofferraum gelegt. Wir kommen also in friedlicher Absicht.»

Viktor nippte vom Cognac, schloss genießerisch die Augen und murmelte nach ein paar Sekunden: «Wer lässt hier Seifenblasen platzen? Mein Gott, ich werde hierbleiben und mir die ganze Flasche geben … Hol mich irgendwann wieder ab, wenn du mit Petra fertig bist.»

«Viktor …»

«Ich lasse mir eine Leitung von diesem Gesöff direkt vom Fass in meine Vene legen … Könntest du bitte dem Ober …»

«Viktor …»

«Und mein Büro bitte anrufen. Der Chef ist verhindert, noch weit über seinen geplanten Urlaub hinaus …»

Hölderling schwieg und sah seinen Freund an. Die Augenäpfel unter den geschlossenen Lidern waren alles andere als ruhig. «Viktor, du hast Schiss.»

Liebermann riss die Augen auf. «Natürlich hab ich Schiss. Was denkst du denn? Was, wenn diese oder dieser Irre, nehmen wir mal an, es ist diese ominöse Constanze Mauerberg, Annelies was antut?!»

«Dann möchtest du lieber hier im Cognacrausch liegen?»

«Dann möchte ich an diesem Cognac bereits gestorben sein, verstehst du? Ich bin kein Held. Ich bin Anwalt.»

Und noch etwas bemerkte Hölderling am Verhalten seines Freundes und sprach es auch sogleich aus. «Du knibbelst mit deinen Händen die Leinenserviette kaputt – wie soll ich das deuten? Schlechtes Gewissen?»

«Was?»

«Du hast mich schon verstanden. Ich vermute, weil du während deiner Nachtwache weggepennt bist. Was da alles hätte passieren können!»

«Hundert Punkte, Herr Kommissar. Es tut mir leid. Wie gut, dass der Koch so einen leichten Schlaf hatte. Und deswegen sage ich: Ich bin kein Held und für so was nicht zu gebrauchen.»

«Und ich?», fragte Hölderling. «Seh ich etwa aus wie ein Held?»

«Du bist Polizist. Du hast eine Waffe.»

«Die liegt in Köln im Präsidium.»

«Hätte ich das gewusst, wäre ich in den letzten Tagen etwas nervöser gewesen.»

«Und ich wollte dir schon die Tapferkeitsmedaille verleihen, Herr Anwalt. Du hast dich eigentlich hervorragend geschlagen zwischen den Leichen. Ich meine – für einen Scheidungsanwalt.»

«Das war, weil ... ach, egal ... ich eben dachte, dass du deine Waffe dabeihast.»

«Viktor, du lügst. Du hast den Coolen gespielt, weil Annelies da war.»

Viktor guckte seinen Freund an, warf die Serviette auf den Tisch und fuhr sich durch die Haare. Er fühlte sich ertappt. Hölderling sagte nichts, sondern hielt Viktors Blick stand, bis der die Augen niederschlug und sagte: «Nein. Das hat damit gar nichts zu tun ... Aber theoretisch bist du ein Beschützer von Witwen und Waisen und überhaupt ... Du hast die Staatsmacht hinter dir. Ich habe gar nichts außer einem Doktortitel, der besagt, dass ich befähigt bin, Rosenkriege zu beiderseitiger Zufriedenheit zu beenden. Ich bin der Kofi Annan der Scheidungsgerichte ... Und vor Petra Spieß habe ich mich schon immer gefürchtet.»

Hölderling beschloss, nicht weiter auf der Sache herumzureiten, und nahm den Richtungswechsel des Gesprächs dankbar an. «Dann warte ab, bist du ihren Vater siehst.»

«Werden wir das überleben, Gregor?»

Hölderling zuckte die Schultern und fragte sich, welchen von den Kriegsschauplätzen sein Freund wohl meinte, schenkte die Gläser noch einmal voll und bedeutete dem Ober, die Rechnung zu bringen.

«Ich kaufe die ganze Flasche …», sagte Viktor Liebermann.

«Die Geburtsstunde eines wahren Helden», erwiderte Hölderling und klopfte Viktor freundschaftlich auf die Schultern.

Wenig später saßen die beiden Freunde rauchend im Auto, und Viktor versuchte, sich in den vorbeirauschenden Verkehr einzufädeln. Nachdem die Leute zwei Tage lang ihre Autos nicht hatten bewegen können, mussten prompt alle Vehikel an die frische Luft gebracht werden.

«Wohin fahren wir?»

«Nach Seelsberg. Das ist kurz hinter Bad Marienberg. Vom Romantikhotel eigentlich nur ein Katzensprung, wenn man querfeldein und durch den Wald geht. Da wohnt der Vater vom Krähenfüßchen. Falls er noch lebt, meine ich. Aber auf jeden Fall hat die Familie da ein Haus. Wohin sollte Petra sonst ausgebüxt sein?»

Endlich sah Viktor eine Lücke im Verkehr und gab Gas. Der Porsche schlingerte, verfehlte um Haaresbreite einen entgegenkommenden Lastwagen und fuhr dann endlich geradeaus. Ein Hupkonzert begleitete die Aktion. Viktor lachte. «Mal sehen, was dein Freund Gruber dazu sagt, offensichtlich hast du ihm eine Information vorenthalten.»

«Womit bewiesen wäre, dass Wissen Macht ist. Der hat genug zu tun. Fingerabdrücke, Obduktionsberichte und so weiter. Sobald wir mit Petra gesprochen haben, werde ich ihm Bericht erstatten. Ich sehe durchaus, dass sich das Motiv und die daraus resultierenden Schlussfolgerungen auf sehr dünnem Eis bewegen. Warum also Gruber mit ungelegten Eiern belästigen?»

«Stimmt. Wer macht sich schon gerne lächerlich?»

Hölderling lotste seinen Freund durch zwei kleine Ortschaften, ließ ihn im pittoresken Dorfkern von Seelsberg scharf links in einen Feldweg abbiegen, der nach einer Haarnadelkurve steil in einen Tannenwald hineinführte.

«Herrje, Gregor. Wir hätten im Dorf einen Traktor mieten sollen.»

«James Bond fährt nie Traktor.»

«James Bond war auch nie auf der Suche nach Petra Spieß! Oh, oh ...»

Der Wagen schlingerte, Matsch spritzte, und Viktor schaffte es nur mit Mühe, den Motor nicht abzuwürgen. Er nahm die nächste Kurve mit knapper Not und sah sich prompt einem neuen Hindernis gegenüber. Der Wagen bremste scharf ab, und die Räder schaufelten sich in den aufgeweichten Boden. «Was?!»

«Was, was?»

«Hier ist die Welt zu Ende, Gregor. Was wollen wir hier?»

«Aussteigen. Durchs Gatter gehen und hallo sagen.»

Die beiden Freunde bereuten in der nächsten Minute, den Wagen verlassen zu haben, denn sie standen bis zu den Knöcheln in Schmelzwasser und graubraunem Matsch.

Viktor hob einen Fuß. «Ich bringe das Krähenfüßchen um. Der Anzug ist ruiniert.»

«Tut mir wirklich leid ums gute Stöffchen», sagte Hölderling.

«Ja, ja. Das nächste Mal wäre eine kleine Vorwarnung, dass nach dem Sternemenü noch eine Bergwanderung ansteht, durchaus willkommen.»

Hölderling ignorierte Viktors Kritik, nahm die Plastiktüte

mit Petras Schuhen aus dem Kofferraum, schob das windschiefe Gatter auf und marschierte voraus. Sein Freund warf einen besorgten Blick in den steingrauen Himmel, an dem sich schon wieder Schneewolken türmten. «Wenn jetzt noch ein Käuzchen ruft, falle ich tot um.»

«Kuckuck wäre gefährlicher», sagte Hölderling.

Im nächsten Augenblick peitschte ein Schuss durch den Wald, und Viktor lag der Länge nach auf dem Waldweg. Hölderling drehte sich nicht einmal um, sondern sagte nur: «Selbstschussanlage. Der alte Spieß lebt also noch. Kommst du?»

«Gregor! Jetzt guck mal, wie ich aussehe! Mein Mantel, Herrgott ...»

«Hör auf zu jammern. Deine Reinigung kriegt das wieder hin. Da vorne ist das Haus.» Hölderling zeigte auf einen dunkelgrauen Flachdach-Bungalow. Die Fensterläden waren heruntergelassen, und das Gebäude machte einen gänzlich unbewohnten Eindruck. Viktor klopfte sich den Schlamm vom Mantel und atmete heftig aus. «Toll. Keiner zu Hause.»

«Das täuscht. Guck mal nach oben: Der Kamin qualmt, und die Krähen sitzen auf dem Dach. Was sagt mir das? Hier wird geheizt. Also ist jemand zu Hause.»

«Ich knie im Matsch, durch den Sie laufen, Mister Holmes», sagte Viktor mit echter Bewunderung in der Stimme.

Hölderling ging direkt auf die Eingangstür zu und klopfte. Dann warteten sie. Viktor versuchte, die klebrigen nasskalten Hosenbeine von seinen Waden fernzuhalten.

«Was wird das? Lord of the Dance?», fragte Hölderling beim Anblick seines herumzappelnden Freundes.

Bevor Viktor antworten konnte, waren Schritte im Inneren des Hauses zu hören, die sich der Haustür näherten. Dann wurde eine Klappe im oberen Teil der Tür aufgerissen und der Lauf eines Jagdgewehrs sichtbar. Viktor stand auf der Stelle still.

Hinter dem Gewehrlauf erschien das runzelige Gesicht eines alten Mannes, umrahmt von einem wirren weißen Haarkranz. Das Gewehr wurde durchgeladen. Hinter Hölderlings Rücken murmelte Viktor: «Ich hasse dich, mein Freund.»

«Guten Tag, Herr Spieß. Erkennen Sie mich noch? Ich bin Gregor Hölderling, ein Schulfreund Ihrer Tochter Petra.»

«Wer deine Fresse jemals gesehen hat, wird sie wohl nicht vergessen, Tintenpisser», bellte der alte Mann und schob das Gewehr weiter durch die Klappe, bis der Lauf auf Gregors Kopf zielte.

«Ist Petra da?», fragte Hölderling, als wolle er seine Klassenkameradin nur mal eben zum Spielen abholen.

«Nein. Ist sie nicht.»

«Wie schade. Dürfen wir mal reinkommen? Wir haben eine lange Fahrt hinter uns ... und ich müsste mal, also, austreten, bitte.»

«Bist du wahnsinnig?», flüsterte Viktor.

«Der Wald ist groß genug. So viel kannst du gar nicht pissen, dass dem das was ausmachen würde. Also, verpfeift euch, Bengels, bevor ich meine Hunde loslasse.»

«Wie schön, er will uns wenigstens nicht mehr erschießen», flüsterte Viktor.

Hölderling ließ die Plastiktüte fallen, packte den Gewehrlauf, zog mit einem heftigen Ruck daran und hatte die Waffe im nächsten Augenblick in der Hand. «Herr Spieß, ich bin nur ungern unhöflich. Wir müssen dringend mit Petra sprechen. Es dauert auch nicht lange. Außerdem weiß ich, dass sie da ist. Die Skier, die sie im Romantikhotel gestohlen hat, stehen hier vor der Tür.»

Viktor guckte sich um. Da war zwar jede Menge Zeugs auf der schmutzigen Terrasse, ausrangierte Gartenstühle, die vor sich hin rosteten, ein wackeliger Tisch, ein auf dem Kopf stehender

Grill, der seine geknickten Beine in die Luft streckte, und eine modernde Markise, die einmal grün-weiß gestreift gewesen war, aber von Skiern keine Spur.

Die Tür wurde aufgerissen, und der ganze Mann dahinter wurde sichtbar. Petras Vater stand im Jagddress da. Grüner Wollpullover, braune Knickerbocker, dicke Socken und Filzpantoffeln an den Füßen. Neben ihm kauerte ein altersschwacher Dackel, der, eines Bellens schon nicht mehr mächtig, alarmierend hustete, als er die beiden Fremden sah. Hölderling ging in die Hocke und sagte: «Adolf, dass du noch lebst.»

«Lass den Köter in Ruhe», sagte Herr Spieß und schlurfte in Richtung Wohnzimmer. Hölderling nahm den Dackel auf den Arm und betrat den Flur. Viktor hob die Plastiktüte mit Petras Schuhen auf und putzte sich die Füße auf der Matte ab, bevor er eintrat. Im Haus roch es erstaunlich gut nach einem frischgebackenen Apfelkuchen. Im Esszimmer fanden die beiden Freunde Petra Spieß in eine Decke gehüllt auf einem kleinen abgeschabten Sofa, dessen Farbe man mit viel Enthusiasmus als Greige bezeichnen konnte. Als sie Gregor und Viktor sah, stieß sie ein kleines Quieken aus.

«Hallo, Petra», sagte Hölderling und setzte den Dackel sanft auf dem Teppich ab. Der dankte es ihm mit einem Knurren und flüchtete in sein Körbchen.

«Hallo», sagte auch Viktor.

«Papa, würdest du uns bitte alleine lassen», sagte Petra Spieß. Der Alte packte den Dackel am Halsband und zog ihn hinter sich her, als er grummelnd das Esszimmer verließ. Ein paar Sekunden später dröhnte nebenan der Fernseher.

Viktor ging zum Sofa und händigte Petra die Schuhe aus. «Wollten wir dir bringen.»

«Danke», sagte sie. «Habt ihr meinen Handschuh auch gefunden?»

«Ja, im Speiseaufzug. Der ist bei den Beweismitteln», antwortete Hölderling.

«Und wo ist mein Koffer?»

«Der ist auch bei der Polizei. Aus verschiedenen Gründen. Einer davon ist, dass in deinem Koffer Schaschlikspieße waren.»

Petra stieß ein beleidigtes «Ph!» aus. «Ich hab die da nicht reingepackt.»

«Aber du hättest sie reinpacken können.»

«Jeder hätte, Gregor, jeder. Sogar du. Der Koffer stand unbeaufsichtigt in meinem Zimmer. Wahrscheinlich stundenlang. Das sollte selbst dir und deinen Polizeikollegen klar sein.» Petra kaute an ihren Fingernägeln.

«Und wen hältst du für den wahrscheinlichsten Spießverstecker?», fragte Hölderling.

«Conrad Faust, wen denn sonst? Der hat die beiden Frauen, die ihm am meisten zu schaffen gemacht haben, aus dem Weg geräumt. Wenn hier einer verdächtig ist, dann doch wohl der. Mein Gott, Marielle hätte ihn in Paris vom Eiffelturm schubsen sollen! In puncto Männer war die Madame Oberschlau leider eine Niete.»

«Das war deutlich», sagte Viktor. «Warum bist du überhaupt zum Klassentreffen gekommen, wenn du die ganze Bagage sowieso nicht leiden kannst – und Marielle und Conrad schon gar nicht?»

Petra Spieß guckte angestrengt in Richtung Fenster, obwohl es da wegen der heruntergelassenen Rollos gar nichts zu sehen gab. Schließlich sagte sie: «Soll ich jetzt mit aufs Revier kommen, weil ich eine Verdächtige bin? Bist du deshalb da, Gregor?»

«Ich verdächtige dich nur einer Sache, und zwar dass du weißt, wer es getan hat. Oder zumindest ahnst, worum es bei der ganzen Sache geht. Und wenn ein schlechtes Gewissen jemals ein Gesicht hatte, dann sah es aus wie du jetzt. Und ich fürchte, es hat mit Conrad gar nichts zu tun.»

«Ich verstehe nicht, worauf du hinauswillst.»

«Ich glaube, für höfliches Herumgetänzel ist es zu spät. Zwei Frauen sind tot, und wenn es wirklich was mit den Blue Socks zu tun hat, dann könnten es noch zwei mehr werden. Hab ich recht?»

Petra zog sich die Wolldecke bis zum Kinn und rief: «Papa, mach bitte den Fernseher leiser!»

Viktor zuckte zusammen, als die Antwort von nebenan kam: «Du musst nicht so brüllen, ich bin ja nicht taub!»

Hölderling zog sich einen Stuhl heran und pflanzte sich direkt vor das Sofa. Viktor nahm in sicherer Entfernung von Petra am Esstisch Platz.

«Wenn du die Blue Socks erwähnst, Gregor, dann kennst du die Geschichte ja.»

«Ich kenne eine Version davon, die von Annelies. Und jetzt möchte ich gerne noch deine hören. Der Vollständigkeit halber.»

«Das hat doch gar nichts mit den Morden zu tun. Das ist lächerlich.»

«Warum bist du dann abgehauen?»

«Weil man blöde ist, wenn man in einem Haus bleibt, in dem zwei Frauen umgebracht wurden. Ganz egal, wer das war oder warum es passiert ist. Man muss nur eins und eins zusammenzählen.»

Hölderling hatte den Eindruck, in dem kleinen Zimmer wären es plötzlich 35 Grad. Er zog seinen Mantel aus, auch als Zeichen für Petra, dass er nicht weichen würde, bis er ihre Version der Geschichte gehört hatte. «Du bist ja nicht ganz im Bilde, Petra, aber auf Annelies ist auch ein Anschlag verübt worden.»

«O nein! Ist sie …?»

«Es ist glimpflich ausgegangen», erklärte Viktor. «Wir haben sie in letzter Sekunde retten können.»

«Hat jemand versucht, sie zu erstechen? Wie Marielle und Gretchen?»

«Nein, der Täter hat seine Methode geändert, weil er seine Tatwaffen bereits in deinem Koffer entsorgt hatte», sagte Viktor. «Er wollte Annelies im Pool ersäufen.»

Petra hielt sich den Kopf. «Das ist … das kann nicht … das kann einfach nicht wahr sein.»

«Das waren schon drei Blue Socks. Und du bist die vierte. Also, ich höre …», sagte Hölderling.

Und dann begann Petra Spieß zu erzählen. Im Grunde genommen hörte sich die Geschichte genau so an wie die, die Annelies erzählt hatte, aber als Petra berichtete, dass sie in der Nacht der Prüfung eingeschlafen war, stockte die Erzählung, und Petra nestelte an den Knöpfen ihrer Strickjacke herum. «Ich kann mich auch nicht mehr genau erinnern», sagte sie. «Das ist alles so lange her.»

«Das ist es. Aber offensichtlich ist es trotzdem noch nicht vorbei. Könnte ich jetzt bitte die ganze Wahrheit hören? Was hast du in der Nacht gesehen, Petra? Ich hoffe, du verstehst, dass das kein Kinderspiel mehr ist und keine Dummheit von Teenagern. Und wenn es hier um Constanze Mauerberg geht, dann bist du auch nicht mehr sicher. Hast du das kapiert?»

Petra nickte und zupfte an der Wolldecke herum.

«Würdest du dich selbst belasten? Ist es das, Petra?», fragte Viktor.

«Bist du jetzt mein Anwalt?»

«Ich will dir nur helfen.»

«Wirst du es Annelies sagen?», fragte Petra und schaute Hölderling an.

«Nicht, wenn ich nicht muss. Was spielt das überhaupt für eine Rolle? Ich denke, das ist alles Jahre her.»

«Also, Krähenfüßchen, jetzt hör mal – dein Ruf ist längst genau so ruiniert wie meiner und Gregors und überhaupt. Erzähl einfach, was für ein Scheiß damals passiert ist. Ich will nämlich mal in trockene Klamotten, wenn du das verstehst.» Viktor war ungehalten. Ihm ging die Enge des Hauses auf die Nerven und die Ziererei von Petra schon lange. Er fand an diesem Quiz nicht den geringsten Gefallen. Außerdem fürchtete er, dass die im Wagen zurückgelassene Flasche Cognac bei den niedrigen Temperaturen Schaden nehmen könnte, und verfluchte sich selbst, sie nicht mit ins Haus genommen zu haben.

«Also: Wir haben Constanze in die Fabrik geführt – alles wie geplant. Annelies und Gretchen sind dann weggegangen. Ich hab in dem alten Bauwagen Wache gehalten. Ich hatte Kaffee, einen Schlafsack und eine Taschenlampe dabei. Und dann habe ich gesehen, wie Constanze Herrenbesuch bekam. Dieter Buttlar ist aufgetaucht, mit einem Picknickkorb in der Hand und einem Schlafsack unter dem Arm. Mit dem lief wohl was, vielleicht erinnert ihr euch daran. Oder zumindest du, Gregor. Das war ja vor Viktors Zeit ... Na ja, hab ich damals gedacht – Prüfung nicht bestanden, wenn die glaubt, sie kann uns übers Ohr hauen? Bitte schön! Ich war schon dabei, mir meinen Bericht zurechtzulegen, das könnt ihr glauben. Annelies und Gretchen würden Augen machen ... Und dann fing es an zu regnen. Aus Kübeln, wie die Sintflut. Und der Bauwagen war nicht dicht. Innerhalb von Minuten war mein Schlafsack nass, ich war nass, und dann wurde es richtig kalt. Dieter und Constanze saßen wesentlich trockener in der Fabrik als ich in dem Bauwagen. Außerdem konnten sie sich ja schön aneinanderkuscheln, was ja wohl der Zweck des Besuchs gewesen war.»

Petra pellte sich aus ihrer Decke und holte einen Schuhkarton aus einem Schrank. Sie warf ein paar Bilder auf den Esstisch. «Da ist Dieter, und das da ist Constanze ... Das war vor dem ganzen Drama.»

«Was passierte dann?», sagte Viktor und pfiff durch die Zähne, als er das Bild von Constanze betrachtete. «Die sieht aber gut aus.»

«Hat ihr nix genützt, ich hatte manchmal den Eindruck, ihr gutes Aussehen hat dafür gesorgt, dass so einiges schiefgelaufen ist in ihrem Leben.»

«Wie meinst du das?»

«Ich meine damit, dass vom Mathepauker bis hin zum Hausmeister allen die Zunge raushing, wenn sie vorbeiging. Kein Wunder, dass sie sich am Ende die Trantüte Dieter geschnappt hat. Als Freund ... Der hatte wenigstens den Anstand, nicht jeden Tag so auszusehen, als würde er mit den Eiern denken ... Das kannst du doch verstehen, Viktor, nicht wahr? Du bist ja auch kein Kostverächter ... oder sollte ich sagen, geiler Bock?»

Viktor atmete tief durch und sagte: «Ich weiß nicht, was dir über die Leber gelaufen ist, aber lass es bitte nicht an mir aus. Ich mag Frauen, ich liebe sie sogar so sehr, dass genug für alle da ist. Aber das geht offensichtlich über deinen Horizont.» Er guckte auf die heruntergelassenen Rollläden, und Petra schluckte die Kröte und fuhr fort: «Ich bin jedenfalls in der Nacht nach Hause, im Bauwagen konnte ich nicht bleiben, da stand das Wasser zentimeterhoch. Ich bin am nächsten Morgen kurz vor fünf wieder da gewesen und hab so getan, als würde ich schlafen. Dann habe ich Annelies und Gretchen meine ... etwas geschönte Geschichte aufgetischt, als ich merkte, dass Constanze nicht mehr da war. Ich hatte gedacht, wenn sie durchgehalten hat, dann sag ich nix über Dieter, weil ich ja jetzt selbst nicht so ganz korrekt gewesen war. Aber als sie weg war ... na ja, hatte sie sich eben selbst rausgekegelt.»

«Und weißt du, warum sie die Schule verlassen hat?», fragte Viktor.

«Zwei Monate nach der Blue-Socks-Prüfung hat Dieter wohl mit ihr Schluss gemacht, oder sie mit ihm ... Später ging das Gerücht, sie wäre schwanger.»

«Von Dieter Buttlar?»

«Keine Ahnung. Ist aber das Wahrscheinlichste.»

«Und dann?»

«Nix und dann. Wir haben nie wieder was von ihr gehört.»

«War irgendjemand näher mit ihr befreundet? Traudel oder Sigrid vielleicht?», wollte Viktor wissen.

«Eigentlich Gretchen. Die beiden Hübschen hatten so ihre Flausen im Kopf ... Aussteigen und so, weg von der Piefigkeit ... Von den Jungs war es eben Dieter Buttlar. Aber der ist ja tot und Gretchen auch ...» Petra fing an zu weinen, und Hölderling reichte ihr ein Taschentuch.

«Das ist alles so schrecklich. Ich glaube das nicht, dass Constanze wie ein Geist auftaucht und Leute umbringt. Die war zwar immer ein bisschen schräg, aber doch nicht so verrückt.»

Angesichts von Petras Tränen wünschte sich Viktor einmal mehr die Flasche Cognac herbei. Und sein Wunsch wurde erhört. In der nächsten Sekunde polterte Petras Vater herein und schwenkte die Kostbarkeit in der Hand. Die Flasche war bis auf zwei Zentimeter Bodensatz leer. «Dank den Herren für die milde Gabe», lallte er. Petra sprang auf, hinkte erstaunlich schnell zu ihrem Vater und riss ihm die Flasche aus der Hand. «Papa! Was hast du gemacht?»

«Nichts ... Peti, nichts ... Der Wagen war offen, und da hat mich diese Flasche angelacht ... Die Herren haben doch nichts dagegen?»

Petra schob ihren Vater aus der Tür. Zurück blieb der Dackel, der auf die sich schnell verändernden Umstände gar nicht mehr reagieren konnte und mitten im Zimmer stehen geblieben war. Viktor schüttelte den Kopf, und Hölderling lachte. «Mach dir nichts draus ... Ich lade dich heute Abend ein. Dem Alten kann ich nix übel nehmen.»

«Woher kennst du den denn?»

«Ein Jagdkollege von meinem Vater. Von früher. Mein Vater hat es irgendwann drangegeben, mit Gewehren auf lebende Wesen zu schießen. Petras Vater gehört der ganze Wald hier drum herum, und er kann es nicht lassen, den Jägersmann raushängen zu lassen. Ich fürchte, der trifft auf fünf Meter keinen Möbelwagen mehr.» Hölderling ging in die Hocke und zeigte dem desorientierten Dackel den Weg zu seinem Körbchen. Adolf knurrte, trabte dann aber zu seiner Liegestatt.

«Dafür geht er aber sehr enthusiastisch mit seiner Flinte um. Und dieses Tier – das ist doch scheintot. Außerdem stinkt der Hund ...»

«Du hättest dein Auto abschließen sollen – der alte Spieß glaubt ja, dass alles, was sich hier bewegt oder auch nicht, ihm gehört.»

«Ich dachte, so kommen wir schneller weg, wenn es brenzlig wird. Am liebsten hätte ich den Motor laufen lassen.»

«Dann hättest du jetzt keinen Wagen mehr», sagte Petra, die ins Esszimmer zurückkam. Die Flasche in ihrer Hand war nun völlig leer. «Der ist saugut», sagte sie und wischte sich mit dem Ärmel ihrer Strickjacke den Mund ab.

«Das war ein Louis Royer Extra Grand Champagne ...»

«Mir ist egal, wie der heißt. Hauptsache, der war teuer, Viktor, und du hast ihn bezahlt.»

«Worauf du Gift nehmen kannst», sagte Viktor und stand auf. «Ich fahre dann jetzt. Mit meinem teuren Auto ohne meinen teuren Cognac, wenn der Plebs es erlaubt. Gregor, möchtest du mit?»

«Aber sicher, Viktor. Und danke, Petra, für deine Offenheit.»

«Was mache ich denn jetzt? Bin ich in Gefahr? Was ist, wenn …»

«Wenn was? Doch Angst vor Constanze Mauerberg?», sagte Viktor und schob hinterher: «Du kannst ja die Skier nehmen, wenn sie hier auftaucht. Aber …»

Er wurde von Hölderling unterbrochen. «Ich sage Kommissar Gruber aus Bonn Bescheid. Der braucht sowieso noch deine Aussage. Er sucht dich seit Stunden. Sorg bitte dafür, dass er nicht von deinem Vater erschossen wird. Ansonsten steht nicht zu befürchten, dass irgendjemand weiß, wo du bist. Außerdem passt dein Vater ja gut auf dich auf. Ich lasse dir meine Handynummer hier, für alle Fälle.»

«Meldest du dich? Ich meine, wenn ihr sie gefunden habt?»

«Werde ich. Und geh an dein Handy, wenn ich dich anrufe.»

«Das kann ich nicht. Es ist weg.»

Hölderling machte große Augen. «Wie, weg?»

«Ich dachte, ich hätte es irgendwo im Zimmer liegen lassen. Ich habe es aber nicht gefunden, als ich abgehauen bin. Es ist weg.» Petra ballte die Fäuste. «Vielleicht hat es der Mörder, Gregor! In dem Handy sind alle möglichen Adressen und Nummern gespeichert … um Himmels willen.»

«Die hat Conrad, dein Hauptverdächtiger, doch sowieso», sagte Viktor. «Ihr Frauen seid immer so unlogisch.»

Bevor Petra Viktor eine Ohrfeige verpassen konnte, fragte der: «Auch diese Adresse hier?»

«Nein. Nur die Telefonnummer.»

«Hat jemand hier angerufen?»

«Es hat zweimal geläutet, gestern. Aber wir sind nicht rangegangen.»

«Gut. Ich frage Gruber, ob er noch jemanden von seinen

Leuten im Romantikhotel hat, der soll noch mal nachgucken. Was für ein Handy ist es?»

«Ein iPhone … mit Hello-Kitty-Schale.»

Viktor lachte. «So kindisch, das Krähenfüßchen.»

Petra hob die Flasche, als wolle sie Viktor damit eins überziehen, aber der sagte nur: «Heb die mal lieber auf, für den Fall, dass der große Unbekannte kommt. Es ist bestimmt ganz schön unheimlich hier in der Nacht … wenn der Wind ums Haus pfeift und die Zweige knacken.»

«Viktor, was hältst du davon, wenn du zum Schutz von Petra hier bleibst?», sagte Hölderling.

«Alles, bloß das nicht», kam es unisono von Petra und Viktor.

«Na, dann. Ich dachte nur, es wäre eine gute Idee.»

KAPITEL 12

Kaum hatte Viktor in der Auffahrt des Romantikhotels gebremst, flog die Eingangstür auf, und Conrad Faust kam herausgestürmt. Er fuchtelte mit den Armen in der Luft herum und schrie irgendetwas. Hölderling verstand nicht, was Conrad ihnen mitteilen wollte. Der Reaktion von Viktor aber konnte er entnehmen, dass der zumindest ahnte, worum es ging. Viktor legte krachend den Rückwärtsgang ein und preschte zurück. Conrad blieb stehen. Der Porsche ebenfalls.

Conrad machte ein paar Schritte auf den Wagen zu, und Viktor gab wieder Gas. Dann machte der Herr des Hauses auf dem Absatz kehrt und rannte ins Haus. Die beiden Freunde blieben im Wagen sitzen, gespannt, was als Nächstes passieren würde. Sie mussten nicht lange warten, denn das Fenster im ersten Stock, in der Suite Heinrich der Achte, wurde geöffnet, und Viktors Koffer flog in hohem Bogen durch die Luft, gefolgt von einer Tirade, die Hölderling so deutete: Lass dich hier nie wieder blicken!

«Was meint er?», fragte Hölderling seinen Freund, der mit gerunzelter Stirn durch die Frontscheibe auf das Fenster blickte. Plötzlich riss Viktor die Fahrertür auf, stieg aus und schrie: «Wenn du mein Laptop aus dem Fenster wirfst, bist du ein toter Mann, Conrad!»

Prompt erschien Viktors schwarze Laptop-Ledertasche im Fenster. Mit einem «Du kannst mich mal!» nahm auch diese den Weg nach unten. Der Computer fiel krachend in den Kies.

Dann war es ruhig, aber nur für wenige Sekunden, denn Conrad erschien wieder im Türrahmen und stürmte mit gesenktem Kopf und brüllend wie ein Verteidiger beim Football auf Viktor zu, der gerade die Laptop-Tasche aufheben wollte. Conrad prallte frontal in ihn hinein und warf ihn zu Boden.

Der Kopf von Ferdinand Bundt erschien im Küchenfenster im Souterrain. Hölderling stieg aus und winkte dem Koch zu, während Viktor und Conrad sich durch den Kies wälzten, diverse Schwinger zu platzieren versuchten und sich dabei Verbalinjurien an den Kopf warfen.

Wenige Minuten später hatte sich ein Kreis um die kämpfenden Männer gebildet. Otto Lobenthal, Anton und Hanno, Hölderling und der Koch standen vor dem Knäuel, aus dem ab und an geballte Fäuste sichtbar wurden. Erst als Viktor anfing, blau anzulaufen, weil Conrad ihm das Knie in die Kehle drückte, kam Bewegung in die Zuschauer, und die Männer packten, was sie zu fassen kriegten, und zerrten die beiden Kontrahenten auseinander. Schwer nach Atem ringend, saßen Viktor und Conrad auf dem nassen Kies.

«Möchte irgendjemand eine Erklärung abgeben?», sagte Hölderling.

Viktor stand auf und klopfte sich den Dreck von seinen Kleidern. «Das ist heute schon das zweite Mal», knurrte er. Er hob die Ledertasche auf und öffnete den Reißverschluss. Was herausfiel, war einmal ein Laptop gewesen, aber auch nur, wenn man die Einzelteile mit sehr viel Wohlwollen betrachtete. Er drehte sich um und wollte sich auf Conrad stürzen, aber Ferdinand Bundt ging dazwischen und drängte Viktor ab.

Endlich ergriff Otto Lobenthal das Wort. «Er hat vor kurzem erfahren, dass er nicht erbt.»

«Aha?», sagte Hölderling. «Kann ich das etwas genauer haben, bitte?»

«Dieses Arschloch hat es gewusst. Viktor hat es gewusst, und er hat mir nichts gesagt!» Conrad zeigte mit ausgestrecktem Finger auf Hölderlings besten Freund. Seine Hand zitterte, und er war kaum in der Lage, alleine aufrecht zu stehen. «Marielle hatte die Scheidung eingereicht, schon vor Wochen! Und dieses Arschloch hat es gewusst! Und ist auch noch so dreist, sich hier an meinen Tisch zu setzen!»

Hanno Witsch verdrehte die Augen. «Also, Gregor: Vorhin kam der Postbote mit den Scheidungspapieren ... Erklär du es, Viktor. Ich hab von dem ganzen Kram keine Ahnung.»

«Ja, erklär das mal, wenn du kannst!», schrie Conrad. «Immer raus mit der Sprache!»

Gregor Hölderling nickte seinem Freund zu. «Wenn es der Sache dient, würde ich das auch gerne hören.»

«Also gut. Marielle war vor ein paar Monaten bei mir und trug sich mit Scheidungsabsichten. Ich hatte sie gebeten, sich das noch einmal zu überlegen. Das hat sie auch gemacht, aber letztendlich blieb sie bei ihrer Entscheidung. Marielle bat mich, die Scheidung in die Wege zu leiten. Das hab ich gemacht. Warum sollte ich Conrad was davon sagen? Ich bin Marielles Anwalt, nicht seiner. Was soll der Quatsch also?»

«Und stimmt es, dass er nun nicht mehr erbberechtigt ist?», fragte Otto Lobenthal. «Das ist, glaube ich, die Tatsache, die ihn so auf die Palme bringt. Er hat vorhin mit seinem Anwalt telefoniert, kurz nachdem der Postbote das Einschreiben gebracht hatte.»

«Warum wollt ihr das so genau wissen? Was geht euch das an?», fragte Viktor und riss plötzlich die Augen auf. «Ach so! Ich verstehe. Ihr habt also schon über euren Plänen für dem Umbau des Romantikhotels gesessen.»

«Genau», sagte Otto. «Aber wenn Conrad nicht erbt, dann verschwenden wir hier unsere Zeit. Ich werde nicht investieren, und Hanno und Anton müssen nichts planen. Was ja wohl verständlich ist.»

«Dann kann ich euch sagen, dass ihr getrost nach Hause fahren könnt. Mein Anwaltskollege wird Conrad wohl nichts anderes erzählt haben. Feine Freunde seid ihr ...», sagte Viktor und wandte sich direkt an Conrad. «Die Unterlagen für die Scheidung waren offensichtlich vor Marielles Tod im Familiengericht, sonst hättest du heute die Papiere nicht bekommen. Insofern kannst du dir das Erbteil abschminken. War das deutlich genug? Und so, wie du dich hier aufführst, könnte man ja wirklich denken, du hättest Marielle auf dem Gewissen. Ist es so? Du hattest Mittel und Gelegenheit und ein Motiv wohl auch. Hast du dem Krähenfüßchen die Spieße in den Koffer gelegt? Vielleicht hatte Petra ja recht – du hast dir auf einen Streich die beiden Frauen vom Hals geschafft, die wie die Kletten an dir hingen und dich bei deinen Plänen behindert haben! War es so? Und du hast versucht, Annelies zu töten, weil sie die Einzige ist, die dich entlarven könnte! Und jetzt – läuft alles schief. Du erbst keinen Pfennig!»

Conrad wollte wieder auf Viktor losgehen, aber diesmal packten Otto und Hölderling zu und schoben ihn weg.

«Tut mir leid für dich, aber deine Frau hatte ihren eigenen Kopf. Im Grunde genommen stand sie dir in nichts nach. Eigentlich seid ihr in puncto Geiz, Habgier und Intrigantentum ein Arsch und ein Eimer! Frag Hanno und Anton, die hatten für Marielle schon Pläne nach ihren Wünschen entworfen. Nicht wahr? Ihr feigen Buxen?»

Die beiden Architekten gingen ein paar Schritte rückwärts. «Wir haben damit nichts zu tun», sagte Hanno.

«Dafür ist euer Kritzelmäppchen aber schön voll. Zeigt doch mal eure tollen Entwürfe», sagte Viktor, sammelte seinen Koffer und das, was von seinem Laptop noch übrig war, ein und warf alles in den Kofferraum seines Porsche. Dann ging er ins Haus und rief: «Ich hole nur noch meine restlichen Sachen, oder hast du die schon durch den Reißwolf geschickt, Conrad?»

Hölderling folgte seinem Freund. Als er an der Gruppe vorbeiging, zischte Conrad: «Und du, Gregor, gehst am besten auch gleich. Ihr seid doch die größten Arschgesichter unter der Sonne!»

Hölderling drehte sich plötzlich um und packte Conrad am Schlafittchen. «Wag es nicht, Conrad Faust, oder du wirst mich kennenlernen.»

«Jetzt habe ich aber Angst, Hölderling», sagte Conrad spöttisch und stieß ihn zur Seite. «Ich habe gar nichts gemacht, außer eine Zukunft geplant – Marielle war nicht mehr ganz bei Trost mit ihren Plänen für ein Tagungshotel. Das braucht heute keiner mehr – im Zeitalter von Videokonferenzen und elektronischen Büros! Und jetzt macht, dass ihr wegkommt, alle! In einer halben Stunde will ich hier keinen mehr sehen! Keinen.» Er ging drohend auf Ferdinand Bundt zu. «Und ich meine damit wirklich alle! Dich will ich hier schon lange nicht! Du bist gefeuert! Alle sind gefeuert!»

Wenig später fuhren die Wagen von Otto Lobenthal, Anton Witsch und Hanno Müller aus der Garage. Bei Heinrich dem Achten packten Viktor und Hölderling in aller Ruhe ihre restlichen Sachen zusammen. Viktor hatte geduscht, seine blauen Flecken und seinen Kiefer untersucht und saubere Kleidung angezogen. Hölderling hatte sich seinen Gaskocher aus der Küche geholt und noch einen Espresso gemacht. Der Duft des Kaffees zog durch die Suite, als die beiden Freunde die Deckel ihrer Koffer zuschnappen ließen.

«Schade», sagte Hölderling, während er eine SMS an Annelies ins Handy tippte, um sie vor Constanze zu warnen. «Eigentlich ist es ganz nett hier.»

«Wie oft hast du Annelies jetzt schon eine SMS geschickt?»

«Erst die zweite. Sie meldet sich ja nicht. Könnte sie wenigstens machen.»

«Vielleicht sitzt Struck mit seinem drahtigen Hintern auf den Tasten.»

«Darüber kann ich nicht lachen.»

«Weiß ich, deshalb sag ich es ja. Und was diese zauberhafte Umgebung angeht: Wenn es dir so gut gefällt, dann kauf den Kasten doch. Dann kann der Koch bleiben, ihr hockt den ganzen Tag im Keller und brutzelt rum. Für den Rest gibt es ja Personal, das dann nicht gefeuert werden müsste.»

«Du hast Ideen, Viktor. Ich bin kein Geschäftsmann. War ich nie und werde ich nie sein. Was glaubst du, warum mein Vater so froh ist, dass ich den Verlag nicht übernehme.»

«War nur eine Idee ... Ich komm einfach nicht über Conrad Faust hinweg. Der war schon immer das Super-Ego. Aber wie der hier sein eigenes Süppchen gekocht hat ... und kommt sich dabei Gott weiß wie schlau vor. Marielle war schon längst dahintergekommen. Sie hatte es einfach satt, dass er ihr Geld ausgibt.»

«Und du meinst wirklich, dass sie ihm nicht gesagt hat, dass sie die Scheidung will?»

«Seine Reaktion spricht doch Bände.»

«Oder er ist ein guter Schauspieler. Wer weiß? Noch ist er als Verdächtiger nicht aus dem Schneider. Aber um die Indizien kümmert sich ja Gruber. Wenn es etwas gibt, was man Conrad nachweisen kann, dann wird er es finden.»

«Hat Gruber dir eigentlich schon was erzählt?»

Hölderling hatte seinen Kollegen während der Rückfahrt von Krähenfüßchens Domizil angerufen und über alles, was bei dem Gespräch herausgekommen war, informiert, auch darüber, dass Petra Spieß' Handy abhandengekommen war. Gruber hatte versprochen, sich auf die Suche nach dem Handy und Constanze

Mauerberg zu begeben, um auch diese mögliche Spur nicht zu vernachlässigen. Und Petra Spieß würde wohl einen etwas unangenehmen Besuch von ihm bekommen, sobald er sich aus Bonn würde loseisen können.

«*Laborergebnisse gibt es noch keine. Das dauert. Wir sind nicht im Fernsehen,* hat er gesagt.»

«Dann wird er sich ja freuen, dass es noch einen hochgradig Verdächtigen gibt. Ruf ihn an. Immerhin hat Conrad mich bedroht. Sachbeschädigung und tätlicher Angriff.»

«Willst du ihn etwa anzeigen?»

«Überleg ich mir noch.»

Die beiden wollten eben das Zimmer verlassen, als Ferdinand Bundt in der Tür stand, einen Seesack auf dem Rücken und fertig zur Abreise. Er hielt Hölderlings Manuskript in den Händen. «Ich wollte Ihnen das zurückgeben. Wir werden wohl keine Gelegenheit haben, daran zu arbeiten. Wie es aussieht, muss ich mir erst mal einen neuen Job suchen.»

Hölderling nahm das Manuskript entgegen und stopfte es in einen seiner Koffer. «Das tut mir leid für Sie», sagte er. «Und schade ... Wir können ja vielleicht später ...?»

«Ich bin Kummer gewohnt. Wenn Sie mir Ihre Visitenkarte geben, dann rufe ich Sie an, sobald ich aus dem Gröbsten raus bin.»

Hölderling reichte ihm seine Karte. Viktor gab dem Koch ebenfalls eine. «Für den Fall, dass Sie einen Arbeitsrechtsanwalt brauchen, ich habe ein paar sehr fähige Kollegen, die sich freuen würden, Conrad Faust den Stinkefinger zu zeigen.»

«Danke», sagte der Koch, «aber ich glaube, das kann ich mir nicht leisten.»

«Doch, doch», sagte Viktor. «Den Spaß gönne ich mir. Also, rufen Sie mich an.»

«Danke», sagte Ferdi Bundt. «Darf ich Sie fragen, ob ... ich meine, ich hab kein Auto, und ich muss hier irgendwie weg … Nur bis zur nächsten Bushaltestelle oder zum Bahnhof.»

«Aber natürlich. Wo ist eigentlich das Zimmermädchen? Die wird ja wohl auch nicht hierbleiben», sagte Viktor.

«Die hat der feine Herr Faust vor zwei Stunden schon aus dem Haus gejagt. Die ist mit dem Postwagen ins Dorf gefahren.»

«Wie kam's?», fragte Hölderling in beiläufigem Tonfall.

«Erst hat sie ihre Aussage bei den Bonner Polizisten gemacht. Dann saß sie heulend bei mir in der Küche und hatte mit den Zimmern noch gar nicht angefangen. Conrad kam reingefegt, hat sie mit in sein Büro genommen, und dann gab es wohl einen Riesenkrach. Das war bis in die Küche zu hören. Das war, als dieser Gruber und seine Leute grad weg waren. Und dann kam Sonja aus dem Büro, hat noch mehr geflennt und ist mit Sack und Pack raus. Wie gesagt, der Postbote kam, Conrad rastete total aus, und dann ist sie ins Postauto gesprungen. Weg war sie.»

«Ts!», machte Viktor. «Wenn Sie sich bei Ihnen melden sollte, dann sagen Sie ihr, sie soll mich anrufen. Wäre ja noch schöner, wenn man Conrad alles durchgehen ließe, nicht wahr?»

«Hast du heute Morgen einen Samariter gefrühstückt?», fragte Hölderling, als die drei Männer die Suite verließen.

«Hast du nicht gesagt, du lädst mich ein?», erwiderte Viktor.

«Heute schon?»

«Ausnahmsweise bin ich mal schneller mit ‹Ich habe Hunger›. Also, wohin?»

«Wenn ich etwas vorschlagen darf? Die Kleine Glocke, kurz hinter Seelsberg. Praktisch die Konkurrenz von der Traube. Das liegt auf dem Weg zum Bahnhof. Bestellen Sie dem Chef einen schönen Gruß von mir. Dann kann nix schiefgehen», sagte Ferdi Bundt.

«Wollen Sie uns nicht Gesellschaft leisten?», sagte Hölderling.

«Danke für das Angebot, aber ich fahre erst mal nach Bonn zu einem Kumpel und leg die Füße hoch. Ich hab ’n Hals von hier bis da.»

«Wir sollten einen Club gründen», feixte Viktor.

Als sie vor der Tür standen, war von Conrad weit und breit nichts zu sehen, lediglich aus dem Büro hörte man seine gedämpfte Stimme durchs geschlossene Fenster. Offensichtlich flirtete er nicht.

«Vermutlich ruft er seinen Anwalt an», sagte Viktor und lachte. «Da wird er sich die Zähne ausbeißen. Also, bis gleich in der Glocke.»

Viktor wollte eben in seinen Porsche steigen, als Hölderlings Handy piepste. Er guckte sich Annelies’ Antwort an: *«Keine Sorge, Möpschen. Constanze ist seit Jahren tot. Und Gespenster gibt’s keine. Info von Gruber. LG A.»*

Bevor Hölderling irgendetwas sagen konnte, klingelte sein Handy, und er nahm den Anruf an. «Gruber! Wie, Constanze Mauerberg ist tot? Ich stell dich mal auf Laut, damit Viktor mithören kann.»

Hölderling legte das Handy auf das Dach des Wagens.

«Okay. Wollte ich dir eben mitteilen. War Annelies schon wieder schneller. Es gibt also kein Phantom im Romantikhotel.»

«Was für ein Phantom denn?»

«So haben sie es grad in den Nachrichten genannt.»

«Hattest du eine PK anberaumt?»

«Nein. Bewahre. Du kennst das ja – irgendeiner kräht immer rum. Vermutlich war es der feine Herr Faust selbst, die Reporter standen schon bei uns vor der Tür. Aber egal. Eigentlich müsste die Journaille längst auf dem Weg nach Bad Marienberg sein. Macht bloß, dass ihr da wegkommt. Und jetzt weiter im Text. Tut mir leid, Alter, aber diese Geschichte mit den Blue Socks war sowieso hart an der Romantikgrenze, findest du nicht?»

«Immerhin war es eine Geschichte. Hast du Zeit, mir ein paar Eckdaten zu nennen?»

«Gestorben vor zweieinhalb Jahren an Leberzirrhose in einem Bonner Krankenhaus. Schlimme Geschichte. Alkoholismus und Drogen. Hat ein paar Jahre auf Ibiza verbracht in so einer Kommune, dann Rückkehr nach Deutschland. Mit ihrer unehelichen Tochter, getauft auf den Namen Susan-Moon. Muss wohl die Hippiephase gewesen sein. Versuch einer bürgerlichen Existenz. Hat geheiratet, ist aber total schiefgegangen. Scheidung nach drei Jahren, dann der totale Absturz. Wie's geendet ist, hab ich ja schon gesagt. Ihre Adresse gibt es aber noch. Es scheint, dass ihre Tochter da noch lebt. Susan-Moon Mauerberg.»

«Kannst du mir alles aufs Handy schicken?»

«Wozu?»

«Bitte, lass mich nicht betteln.»

«Hölderling!»

«Hast du dir die Tochter mal angeguckt?»

«Warum sollte ich?»

«Vielleicht ist sie hübsch. Also, krieg ich das Dossier?»

«Schon unterwegs. Und jetzt tschüs. Ich hab hier zwei Morde und einen Mordversuch aufzuklären.»

Hölderling klappte das Handy zusammen und steckte es in seine Manteltasche.

«Also, alles wieder auf Anfang, wie der Lateiner sagen würde», sagte Viktor.

«Mach mir Mut, mein Freund. Bis gleich dann. Wir treffen uns in der Glocke. Ich hab hier noch was zu erledigen.» Hölderling drehte sich auf dem Absatz um und ging wieder ins Hotel.

«Bist du irre? Was willst du noch hier?»

«Erzähl ich dir später. Halt mir einen Platz warm.»

Viktor und der Koch bestiegen kopfschüttelnd den Porsche und fuhren davon.

Hölderling indessen ging hinter den Empfangstresen in der Lobby und wollte an die Bürotür klopfen, als Conrad die Tür aufriss. «Hab ich dir nicht gesagt, dass du verschwinden sollst? Was willst du?»

«Mit dir reden, Conrad. Und zwar in einer erträglichen Lautstärke, wenn es dir nichts ausmacht.» Hölderling schob Conrad Faust zurück ins Büro und schloss die Tür hinter sich. «Jetzt atme mal durch. Die Presse wird gleich hier sein.»

«Was hab ich mit denen zu schaffen?»

«Jetzt tu mal nicht so. Du hast die doch angerufen.»

Conrad Faust zuckte mit den Schultern. «Und wenn schon?»

«Genau. Ich wollte eigentlich was ganz anderes von dir wissen. Wer hat diese Party wirklich bezahlt?»

«Was? Dieter Buttlar. Hab ich doch laut und deutlich verkündet.»

«Hast du Beweise dafür?»

«Ich und Beweise? Glaubst du, ich hab Geld, um euch einzuladen?»

«Ich glaube gar nichts, Conrad. Ich will nur ganz unschuldig wissen, ob das Geld für die Party wirklich von Dieter kam oder von jemand anderem.»

Conrad Faust riss ein paar Schubladen im Schreibtisch auf, fand nicht, was er suchte, und zerrte wütend an einem Ordner im Aktenschrank. «Wenn es der Sache dient! Bitte, ich hab ja nichts anderes zu tun, als für dich einen Kontoauszug zu suchen!»

Hölderling schwieg beharrlich und beobachtete, wie Conrad den Ordner auf den Schreibtisch warf, dass die Blätter flogen. «Hier, hier. Da ist der Kontoauszug.»

Hölderling nahm das Blatt entgegen und studierte es. Fünfzehntausend Euro. Die ausgebende Bank war die Credit Suisse. Der Verwendungszweck lautete: *Von Dieter Buttlar für seine Schulklasse.*

«Hast du einen Brief von seiner Witwe bekommen? Irgendetwas, das beweist, dass das wirklich von Buttlar ist?»

«Ich habe nicht danach gefragt. Ich hab gedacht, das kommt von seinem Nachlassverwalter oder so ... Marielle hat irgendwo noch einen Brief gehabt ... ich weiß nicht.» Conrad Faust blätterte durch den Ordner. «Ich hab den auch gesehen. Da war eine Adresse aus Frankfurt von einem Anwalt drauf. Notar ... Hier!» Er hielt triumphierend eine schmale, bedruckte Karte in die Höhe. «Wiepenrecht, Notar und Anwalt ... With Compliments ... Nimm es.»

«Danke. Hast du dich bei Dieters Witwe gemeldet? Deinen Dank ausgesprochen?»

«Das ist Marielles ... war ...» Conrad Faust ließ sich auf den Schreibtischstuhl fallen und stützte seinen Kopf in die Hände. «Hätte ich noch gemacht ... Ehrlich.»

«Und wie? Wenn du keine Telefonnummer oder eine Adresse hast.» Hölderling hielt Viktor die Karte vor die Nase. «Dies ist mehr oder weniger eine Grußkarte, Conrad. Mit der Maschine geschrieben und einem unleserlichen Schnörkel als Unterschrift. Nicht mal eine Telefonnummer drauf.»

«Wer sagt denn, dass ich die nicht habe?» Conrad Faust holte einen weiteren Ordner aus dem Schrank, auf dessen Rücken 13 / I stand. «Hier, das ist Dieters letzte Adresse und seine Telefonnummer. Ruf an, wenn du dich bedanken willst.»

«Das werde ich.» Hölderling steckte den Kontoauszug, die Karte und das Blatt mit Dieter Buttlars Adresse ein. Conrad Faust protestierte nicht und sagte auch nicht auf Wiedersehen, als Hölderling hinausging. Vielmehr trat er mit voller Wucht gegen den Schreibtisch. Und als er einmal damit angefangen hatte, konnte er nicht mehr aufhören. Das Krachen des splitternden Holzes hörte Hölderling noch, als er schon im Auto saß und den Motor anließ. Ohne einen Blick zurückzuwerfen, fuhr er davon.

Das Käuzchen, mittlerweile der Aufregung gänzlich überdrüssig, breitete seine Schwingen aus und flog davon, um sich in den Wäldern rund um Bad Marienberg eine ruhigere Unterkunft zu suchen.

Als Hölderling den Wald hinter sich gelassen und das Tor des Faust'schen Anwesens passierte, hatte er bei der Auskunft bereits erfahren, dass es einen Anwalt Wiepenrecht in Frankfurt und Umgebung gar nicht gab. Und er nahm sich auch noch die Zeit, kurz hinter Bad Marienberg auf einen Parkplatz zu fahren und die Witwe von Dieter Buttlar anzurufen, die aus allen Wolken fiel, als sie hörte, dass Dieter angeblich fünfzehntausend Euro für ein Klassentreffen gespendet haben sollte – noch dazu aus seinem Nachlass, der aus allem Möglichen bestanden hatte, aber Bargeld, wie sie mit belegter Stimme sagte, war nicht dabei. Und schon gar kein Konto bei der Credit Suisse mit der Nummer, die Hölderling ihr nannte.

«Erlauben Sie mir bitte noch eine Frage», sagte Hölderling im sanftesten Tonfall. «Was hat Dieter seinerzeit in der Schweiz überhaupt gemacht?»

«Er sollte einen Auftraggeber treffen. Dieter stand ... uns und der Firma stand das Wasser bis zum Hals ... Der Termin ist geplatzt, und auf dem Rückweg ist er verunglückt ...», sagte die Witwe mit zitternder Stimme. «Ich durfte ihn vor der Bestattung noch nicht einmal mehr sehen. Der Sachverständige hat gesagt, er wäre mit überhöhter Geschwindigkeit gefahren und hätte die Kontrolle über den Wagen verloren.»

«Haben Sie das geglaubt?»

«Dieter ist immer defensiv gefahren, aber ich dachte, nach der Enttäuschung ... vielleicht war er wütend ... Ich weiß es nicht. Das Geld aus der Lebensversicherung hat gerade so gereicht, den Konkurs abzuwickeln.»

«Das tut mir leid», sagte Hölderling, bedankte sich und beendete das Gespräch.

Dieter Buttlar war tatsächlich tot und begraben, was er über Constanze Mauerberg allerdings nicht so recht glauben konnte. Es war Zeit, ein paar Worte mit Frau Klingel zu wechseln. Und während Hölderling seinem Abendessen entgegenrauschte, verteilte er per Telefon ein bisschen Arbeit.

Wie Ferdinand Bundt es prophezeit hatte, wurden die beiden Freunde, nachdem sie den Chefkoch von Ferdi hatten grüßen lassen, aufs fürstlichste umsorgt.

«Schade, dass du diesen Ferdi wieder losgeworden bist. Ihr habt so gut zusammengepasst.»

«Konzentrier dich aufs Essen, Viktor», mahnte Hölderling.

Das Handy in seiner Jackentasche piepste.

«Du gehst da jetzt nicht ran», sagte Viktor.

«Doch, das ist bestimmt Frau Klingel.»

«Und das hier auf dem Teller sind die feinsten Jakobsmuscheln.»

«Tut mir leid. Frau Klingel gewinnt.»

Viktor war alarmiert. Wenn Frau Klingel vor Jakobsmuscheln ging, dann war etwas im Busch.

«Was hast du gemacht?»

«Erklär ich dir später.»

Hölderlings Augen wurden beim Anblick der Textnachricht immer größer. Im nächsten Moment stand er vom Tisch auf, ließ das Menü im Stich und lief hinaus. Die Minuten vergingen – Viktor aß weiter, dann war sein Teller leer, und er verging sich an Hölderlings Portion.

Der Oberkellner beobachtete das Gebaren der beiden Herren mit Argwohn. Viktor bemerkte es und lächelte dem Mann gequält zu. «Bringen Sie bitte noch eine Portion für meinen Freund. Das darf er nicht verpassen.»

Der Maître d' nickte und verschwand in Richtung Küche. Die Minuten verrannen, und Viktor hielt es kaum mehr auf seinem Stuhl. Was um Himmels willen machte Hölderling da draußen? Mittlerweile kam der Ober mit der neuen Portion Jakobsmuscheln an den Tisch. Im selben Augenblick kehrte Hölderling zurück. «Tut mir leid, Viktor. Wir müssen los.»

«Wohin denn? Wir sind doch noch gar nicht ...»

Der Kellner stand unschlüssig mit dem Teller in der Hand neben seinen beiden Gästen.

«Wir müssen nach Bonn, sofort.»

«Können Sie die bitte einpacken?», sagte Viktor zum Kellner. «Und stornieren Sie bitte in der Küche den Rest des Menüs. Wir kommen ein andermal wieder ...»

«Wie bitte, der Herr?»

«Doggybag – einpacken.»

«Das dauert zu lange», sagte Hölderling, aber der Duft der Jakobsmuscheln stieg ihm in die Nase. «Ich nehme den Teller mit und bringe ihn später zurück. Ich bin Polizist. Keine Sorge.»

Er schnappte sich seinen Mantel und den Teller. Viktor warf eine Kreditkarte auf den Tisch und sagte zu dem konsterniert dreinschauenden Ober: «Die hole ich wieder ab, wenn wir den Teller zurückbringen.»

«Du fährst, Viktor. Wir nehmen deinen Wagen.»

«Also, Gregor! Was wollen wir in Bonn?!»

«Die Wohnung von Constanze Mauerberg besichtigen.»

Die beiden stiegen in den Porsche. «Klecker nicht die Sitze voll!»

«Fahr anständig, dann passiert auch nichts.»

«Sieht man ja an deinem Wagen ...» Viktor löste die Handbremse und fuhr los. Hölderling brauchte nur so lange mit den Jakobsmuscheln, bis sie die Autobahnauffahrt nach Bonn erreicht hatten. Er wischte die Gabel und den Teller mit einem Taschentuch ab und stellte alles in den Fußraum. Dann sagte er: «Wir hätten noch einen Cognac mitnehmen sollen.»

«Wie konnte ich das bloß vergessen?», antwortete Viktor und schüttelte den Kopf. «Und jetzt bitte – ich höre. Und ich wäre dir sehr dankbar, wenn du mir eine Zigarette anzünden würdest. Ich bin, zugegeben, etwas nervös.»

Hölderling tat wie ihm geheißen. «So, wenn du jetzt mal zuhören könntest: Ich hatte Frau Klingel gebeten, mit Zabel ein paar Recherchen von Köln aus zu machen. Und siehe da ... Ich weiß, wer Sonja ist.»

«Das Zimmermädchen.»

«Ja, Zimmermädchen ist sie auch. Aber sie ist auch noch etwas: die Tochter von Constanze Mauerberg.»

«Was, was, was ...? Ich komme nicht mehr mit.»

«Das glaube ich gern. Als das Krähenfüßchen uns das Foto gezeigt hat, das alte Schulfoto, ja? Es ist mir erst hinterher aufgefallen. Die Ähnlichkeit zwischen den beiden Frauen. Nur, das Zimmermädchen macht mächtig einen auf mausig, lausig und unscheinbar. Sie sieht aus wie gerade mal achtzehn geworden, ist aber schon fünfundzwanzig Jahre alt. Im Grunde genommen, wenn man sich das Schüchterne und Geduckte wegdenkt, dann sieht man beinahe Constanze vor sich.»

«Und das kannst du? Dir was wegdenken?»

«Ja, sicher. Und Frau Klingel hat alle möglichen Daten überprüft, nachdem ich ihr das Dossier von Gruber geschickt hatte. Susan-Moon Mauerberg taucht irgendwann einfach nicht mehr auf. Nirgends. Aber eine Sonja Keller hat die Bestattung von Constanze Mauerberg bezahlt. Und Keller hieß der Mann, mit dem Constanze in Bonn für ein paar Jahre verheiratet war. Und die Klingel hat sich die Ausweisdaten genauer angeguckt als Gruber. Sonja ist der zweite Vorname von Susan-Moon.»

«Und was sagt dir das?»

«Zu viele Zufälle. Und deshalb möchte ich der jungen Dame einen Besuch abstatten. Und es gibt noch etwas, das mich stutzig gemacht hat – in ihrem Zimmer war die Zusage für das Kempinski in Dubai. Ich dachte erst, das Mädchen leidet an Größenwahn, die haben sie als Bankettchefin eingestellt. Aber bei Faust hat sie nur als Mädchen für alles geschuftet, und das seit zwei Jahren …»

«Und?»

«Dank Frau Klingel weiß ich, dass Sonja Keller eine ausgebildete Hotelfachfrau ist. Mit besten Referenzen. Geradezu glanzvoll. The Gore in London und im Excelsior am Genfer See, das auch nicht jeden Hergelaufenen nimmt. Außerdem hat man dann, wenn man da arbeitet, auch ein Bankkonto in der Schweiz.»

«Was denn für ein Konto, Gregor?»

«Das, von dem die Überweisung für die Party kam. Dieter Buttlar hat uns gar nichts hinterlassen. Hatte ich vergessen, dir zu erzählen. Ich war vom Horsd'œuvre so eingenommen vorhin.»

«Sie sehen mich beinahe sprachlos … War es das, was du von Conrad noch hast wissen wollen? Woher das Geld kam?»

«Ja.»

«Und sag mal, ist Frau Klingel Hellseherin?»

«Nein. Sie ist einfach nur schnell.»

«Hast du Annelies erreicht? Ich meine jetzt, mit den neuen Erkenntnissen?!»

«Hab ihr eine SMS geschickt. Sie geht nicht ran. Und jetzt sag nicht wieder, dass Struck auf … auf … irgendjemandem liegt.»

«Mach ich ja nicht. Weiß Gruber Bescheid?»

«Nicht direkt. Also, er war nicht da.»

«Guck mal auf die Uhr, irgendwann hat der auch Feierabend.»

«Siehst du, das macht Frau Klingel nicht immer, vor allem, wenn man sie höflich darum bittet.»

«Meinst du, sie hätte Lust, in einem Anwaltsbüro zu arbeiten?»

Hölderling dachte kurz nach und sagte dann: «Nein, eher nicht. Wir würden sie auch nicht gehen lassen. Frau Klingel und ihr Kirschstreusel gehören uns. Für immer und ewig. Und wage es nicht, ihr ein Angebot zu machen.»

«Und wenn doch?»

«Fürchte ich, bist du ein toter Mann.»

«Danke für deine Offenheit. Ich plädiere auf Themenwechsel. Du könntest mal das Navi einschalten, sonst finden wir die Tochter nie.»

Hölderling fummelte so lange an dem Navigationsgerät herum, bis Viktor es selbst übernahm, die Straße und die Hausnummer einzugeben. «Brauchst du dafür auch Frau Klingel?»

«Nein, das macht für gewöhnlich Sophie Wackernagel.»

«Mein Gott, Gregor. Du bist irgendwie ... lebensuntüchtig. Trotz aller Genialität ... äh ...»

«Das mag sein – aber das beschränkt sich nur auf diesen neumodischen Kram, mit dem ich nichts zu tun haben will. Mit meinem iPod zum Beispiel kann ich hervorragend umgehen.» Er nestelte das kleine Gerät aus der Manteltasche, stopfte sich die Kopfhörer in die Ohren und drehte auf. Leider sang er laut mit, und bis Viktor den Wagen vor dem Haus von Sonja Keller abbremste, hatte er gut die Hälfte der Best of Howard Carpendale in der Interpretation von Gregor Hölderling gehört. Kaum dass der Wagen stand, zupfte er seinem Freund einen Kopfhörer vom Ohr und brüllte: «Sie haben Ihr Fahrziel erreicht!»

KAPITEL 13

Viktor stand auf dem Bürgersteig, legte den Kopf in den Nacken und betrachtete das graue Wohnhaus. Es hatte zwei Etagen. An der Vorderseite gab es keine Balkone, über die man in die Parterrewohnung hätte einbrechen können.

Es war kurz vor Mitternacht. Alle Fenster waren dunkel. Hölderling hatte seinen Finger auf der Schelle, neben dem der Name Mauerberg stand. Man konnte das Klingeln aus der Parterrewohnung links bis auf die Straße hören.

«Jetzt lass mal gut sein. Sie ist nicht da», sagte Viktor und wollte wieder zum Auto gehen.

«Wenn wir schon mal da sind …»

«Gregor, nicht …», rief Viktor, aber Hölderling legte die ganze Hand aufs Klingelbrett. «Das nennt man Gefahr im Verzug, Viktor, und somit ist das legal.»

Das Licht im Hausflur ging an, und kurz darauf wurde die Haustür aufgeschlossen. «Was ist denn los hier? Seid ihr bekloppt geworden?!», fragte ein Dreitagebart im Bademantel. «Ich hoffe, es brennt, ihr Penner.»

«Nicht ganz. Kripo Köln», sagte Hölderling. «Wir wollten zu Frau Keller. Aber sie macht nicht auf, und das macht uns Sorgen. Sie können wieder in Ihre Wohnung gehen. Wir kümmern uns um den Rest.»

«Hier wohnt keine Frau Keller! Und jetzt haut ab.»

«Die Tochter von Frau Mauerberg», sagte Hölderling freundlich.

Der Mann kratzte sich das Kinn. «Ach so ... ja, die heißt ja anders ... die ist seit Monaten ... oder länger nicht da ... seit ihre Mutter tot ist, meine ich. Die kümmert sich noch nicht mal um den Hausflur und Schneedienst, kann alles ich alleine machen. Weiß gar nicht, warum die die Wohnung immer noch hat.»

«Wohnt sie denn woanders, ich meine in Bonn – oder ganz woanders?»

«Weiß ich doch nicht.»

«Und heute, haben Sie sie da eventuell gesehen, es ist wirklich dringend», sagte Viktor, als er die Sorgenfalte auf Hölderlings Stirn bemerkte.

«Nee, ich war aber auch nicht da. Bin erst vor einer Stunde nach Hause gekommen. Also, ich war den ganzen Tag nicht da», sagte der Mann, als müsse er sich dafür entschuldigen.

«Dann danke», sagte Hölderling, drängte den verschlafenen Nachbarn ab und ging ins Haus. Viktor schob sich mit einem dahingemurmelten «Verzeihung, bitte» ebenfalls in den Hausflur.

«Kann ich mal Ihre Dienstmarke sehen, oder was? He, wo wollen Sie hin? Ich hol die Polizei.»

Hölderling hielt dem Mann seine Visitenkarte hin und sagte: «Ach, das wäre nett. Wenn Sie so freundlich sein könnten? Rufen Sie die Kollegen an, dann muss ich das nicht machen.»

Der Nachbar ignorierte die Visitenkarte, ging stracks in seine Wohnung und knallte die Tür zu.

«Na toll. Gleich rauschen die hier mit Blaulicht an, und dann?»

«Ist Gruber vielleicht endlich mal zu sprechen. Hoffe, die holen den aus dem Kino. Das ist nämlich sein Hobby.»

«Und wie kommen wir jetzt rein? Willst du die Tür eintreten?»

«Nein, nicht nötig.» Hölderling holte einen Set Dietriche

aus der Manteltasche und hatte sich nach einer halben Minute Zutritt verschafft.

«Also, Navi geht nicht, aber Tür auf schon», sagte Viktor, der Hölderling in die Wohnung folgte.

«Dietrich ist hübsch altmodisch. Das kann ich gut», sagte Hölderling und knipste das Licht in allen Zimmern an.

«Also, wenn du mich fragst, ist hier die Zeit stehengeblieben. Das sieht nicht aus wie die Wohnung einer Fünfundzwanzigjährigen, die sich schon einiges von der Welt angeschaut hat», sagte Viktor

«Stimmt.» Sie warfen einen Blick in die Küche, die schon einige Jahre auf dem Buckel hatte, genauso wie das Wohnzimmer. Ein paar sehr alte Kiefernholzmöbel aus dem Billigmöbelmarkt und ein bisschen Sperrmüll-Design. Im Wohnzimmer hing über einem durchgesessenen Sofa ein großes gerahmtes Foto. «Guck mal, Constanze auf Ibiza. Muss wohl ihre Kommune gewesen sein.»

Viktor trat an das Foto heran. «Die sehen alle nicht gesund aus. Das da muss Sonja alias Susan-Moon sein. Vermutlich konnte sie gerade mal laufen. Und dieser Typ da? Hat der einen Joint in der Hand?»

Hölderling nickte. «Na ja … die hatten da noch schlimmeres Naschwerk.»

«Also, wonach suchen wir? Sonja ist offensichtlich nicht daheim.»

«Nach allem Möglichen und Unmöglichen.»

Viktor wandte sich dem Schlafzimmer zu, und Hölderling ging ins Bad. Er durchsuchte das Toilettenschränkchen, fand ein paar Tabletten Aspirin, die schon gelb angelaufen waren, eine vertrocknete Seife, der Duschvorhang hatte Schimmel angesetzt. Dann ging er in die Küche. Angestoßenes Geschirr, große bunte Kaffeebecher und ein paar Teller, die nicht zusammenpassten, standen im Unterschrank. Der Kühlschrank war leer und nicht in Betrieb.

In den zwei Hängeschränken, deren Türen nicht richtig schlossen, fristeten zwei Packungen Nudeln, ein Paket Reis und eine Dose Thunfisch ihr Dasein neben einer zusammengestauchten Tüte Zwieback. Hölderling schaute auf das Verfallsdatum: März 2005.

Die nächste Tür führte in ein Kinderzimmer. Zwei Koffer standen nebeneinander vor einem schmalen Jugendzimmerschrank, auf dem ein Schlumpf-Sticker klebte. Hölderling öffnete einen der Koffer, klappte den Deckel hoch und pfiff durch die Zähne. Das waren zumindest Kleidungsstücke, die man einer erfolgreichen jungen Frau zuordnen würde. Er klappte den Koffer wieder zu, widmete sich dem nächsten und fand unter sorgfältig in Stoffbeutel verpackten Schuhpaaren eine Mappe, die einen Reisepass und drei Kreditkarten enthielt, eine davon von der Credit Suisse. Hölderling verglich die Kontonummer mit der von Conrad Fausts Kontoauszug. Sonja oder wie auch immer sie hieß, hatte das Klassentreffen bezahlt. Er legte alles wieder zurück an seinen Platz. Was für eine ausgeklügelte Planung … und vor allem langfristige Planung! Aber warum?

Hölderling legte die Mappe zurück an ihren Platz. Als Nächstes nahm er sich den Kinderschreibtisch vor, auf dem ein aufgeklappter Laptop der obersten Preisklasse stand.

«Sie war hier», rief Hölderling und Viktor antwortete: «Aber nicht in diesem Schlafzimmer. Was hast du gefunden?»

«Teure Klamotten und einen Laptop.»

«Mach an.»

«Und dann?»

«Guckst du …» Viktor war ins Zimmer gekommen und drückte auf die Power-Taste. «… was Susan-Moon so treibt im World Wide Web.»

«Mach du», sagte Hölderling und setzte sich aufs Bett.

Viktor ließ die Finger über die Tastatur fliegen. «Man guckt erst mal, ob jemand bei Facebook ist ...»

«Bist du da auch?»

«Klar, sonst könnte ich ja jetzt nicht gucken. Ne, ist sie nicht.»

«Welchen Namen hast du eingegeben?»

«Keller, Sonja. Kein Treffer.»

«Guck unter Mauerberg, Susan-Moon.»

Viktor schrieb und sagte plötzlich: «Unsere Susan-Moon ist nicht drin, aber Constanze. Es gibt kein Porträtfoto, nur ein Foto von einem Haus ... Ibiza. Und ihre Seite ist frei zugänglich. Keine Beschränkung.»

«Aber Constanze ist doch tot?»

«Ja, und? Es gibt jede Menge Tote bei Facebook. Jetzt guck ich mir mal an, mit wem die befreundet ist ... Oh, oh ...»

«Was?»

«Viktor Liebermann und Constanze Mauerberg haben gemeinsame Freunde.»

«Jetzt mach es doch nicht so spannend.»

Viktor schob seinem Freund den Laptop hin.

«Romantikhotel Faust und Gretchen Harrison. Wenn das ein Zufall ist, fresse ich einen Besen. Denn: Kurz vor der Abfahrt hat Gretchen an die Pinnwand von Constanze gepostet, dass sie zum Klassentreffen fährt. Und hier: Ich mach mal eben den E-Mail-Account auf ... da sind die Mails von Facebook ... Conny hat kommentiert: *Viel Spaß, wäre gern dabei, aber 1. werde ich nicht eingeladen und 2. Wie sollte ich wohl auch von Ibiza dahinkommen? Feiert schön.* O Mann! Sie hat diese Facebook-Mails nie gelöscht. Da sind einige ... Sie schreiben sich zum Geburtstag und über ganz alltägliche Dinge. Constanze erzählt über ihren Hof, ihre Freunde und ihren Laden in den Bergen ... Ein Leben, das es gar nicht gibt.»

«Das heißt: Jemand gibt sich für sie aus.»

«Genau. Wenn ich mal raten soll: ihre Tochter?»

«Vermutlich. Und das ist nicht gut, Viktor. Gretchen hat geglaubt, dass Constanze noch lebt … Warum hat sie dann kurz vor ihrem Tod den Namen gegoogelt …?»

«Keine Ahnung …?»

«Kann man sehen, seit wann der Account existiert?»

«Da wirst du deine Computerfreaks fragen müssen. Oder Frau Klingel. Die älteste Mail jedenfalls ist fast zwei Jahre alt … Willst du hören, wie sie lautet?»

«Ah, ja …»

«Gretchen schreibt enthusiastisch: *Liebe Conny, vielen Dank für deine Freundschaftsanfrage. Ich freue mich so, dass wir uns wiedergefunden haben* … Und dann ein paar Wochen später haben sie sich wohl über die Klasse unterhalten … Gretchen schreibt, dass es noch fast zwei Jahre bis zum nächsten Treffen sind.»

«Oje. Das heißt … Susan-Moon war über alles im Bilde.»

«Und noch viel mehr», sagte Viktor, dessen Finger wieder die Tastatur traktierten. «Rate, mit wem sich Constanze selig damals via Facebook noch versöhnt hat. Mit Dieter Buttlar. … Aber sein Profil gibt es nicht mehr. Hm. Ich fange an, diese Netzwerke zu hassen. Warum hat Susan-Moon das alles nicht gelöscht?»

«Trophäen», sagte Hölderling und klappt den Laptop zu. «Ich glaube, wir haben genug gesehen.»

Die beiden gingen ins Wohnzimmer. Viktor blieb im Türrahmen stehen, während Hölderling alle Schubladen einer Kommode aufzog. Eine billige Kopie eines Apothekerschrankes aus Weichholz. Die Schubladen klemmten. Drinnen fand sich nichts von Belang. Alte Flitschengummis, die zerbröselten, als er sie auseinanderzog, ein paar Büroklammern, ausgeblichene Quittungen und auch ein paar Arztbriefe mit Befunden für Constanze Mauerberg, die den Bericht von Gruber über ihre Leberzirrhose bestätigten. Dazu zwei Gerichtsurteile aus den Jahren 2000 und 2002. Verurteilt wegen Drogenhandels. Der Totenschein von Constanze Mauerberg und ein Foto. Hölderling schaute sich das Bild an. Es zeigte eine Urnenwand. Eine weiße Mauer, jede Urnennische war mit einer polierten Platte abgedeckt, daneben eine Nummer und eine Metallblumenvase. Ob das wohl auf Ibiza war? Das strahlende Sonnenlicht ließ das vermuten. Das zweite Foto zeigte die Grabplatte von Nummer 71 von vorn. Hölderling entzifferte die Inschrift: *Constanze Mauerberg. Meine liebe Mama, in Ewigkeit. Deine Susan-Moon.*

Hölderling legte alles zurück und betrachtete noch einmal das Foto an der Wand. Da sah Constanze neben ihren abgewrackten Freunden aus wie ein Model, das demnächst irgendeinem Rockstar den Kopf verdrehen würde. Blonde lange Haare, mager, aber braungebrannt, lachte sie in die Kamera – aber sie hatte es nicht geschafft, ihr Leben auf der geraden Spur zu halten. Er versuchte, sich an sie zu erinnern, an irgendetwas aus dem Schulalltag. Viel wollte ihm nicht einfallen, obendrein nichts Positives. Seit der Pubertät war Constanze komplett aus dem Ruder gelaufen, und das war noch die schmeichelhaftere Beschreibung dafür, was weniger Zartfühlende mit «Klassenmatratze» betitelt hätten. Er vermutete, dass sie damals sogar Anton und Hanno angegraben hatte. Den Einzigen, den sie nie in die Laken hatte zerren wollen, war Gregor Hölderling gewesen. Warum eigentlich?, fragte er sich. Vermutlich, weil Constanze Angst vor Annelies gehabt hatte. Wie eigentlich alle. Am ersten Tag im Gymnasium hatte Conrad Faust zu ihm gesagt: «Guck mal, die Addams Family rückt ein», als Annelies den Schulhof betreten hatte. Ganz unrecht hatte er damit nicht gehabt – Annelies versteckte ihr Gesicht hinter einem Vorhang langen schwarzen Haares. An den Füßen trug sie Doc-Martens-Stiefel zu einem schwarzen Rock und einer Bluse, die Morticia Addams neidisch gemacht hätte. Hölderling trug an dem Tag eine Aufarbeitung seines Kommunionsanzugs, jedenfalls kam er sich darin so vor. Er konnte die Augen nicht von ihr abwenden, denn so ein Mädchen hatte er noch nie gesehen. Annelies war damals auf die beiden zugegangen, hatte sich vor Hölderling aufgebaut, seine rechte Hand genommen, sie einer näheren Betrachtung unterzogen und gesagt: «Außerordentlich hübsche Phalangen.»

«Und was ist mit meinen ... Dings, Phalabums?», hatte Conrad gefragt und einen missbilligenden Blick geerntet.

«Deine erinnern mich an einen Zosteropidae, der schon lange ausgestorben ist.»

«Sie redet Vogonisch. Wusst ich's doch, die ist ein Freak», hatte Conrad gefeixt, und Annelies hatte ihm mit einem dicken Buch eins über den Schädel gebraten. Dieses Buch hatte Hölderling später des Öfteren für Annelies herumgetragen, und als sie einmal mit Grippe im Bett lag, hatte er ihr stundenlang daraus vorgelesen, weil sie fand, dass H. P. Lovecraft jetzt aber zu romantisch wurde. Das Buch war ein klinisches Nachschlagewerk, *Der Pschyrembel,* ohne den die angehende Rechtsmedizinerin nicht sein konnte. Denn dass sie das einmal werden würde, stand für sie, wie sie sagte, seit ihrer ersten Leiche fest. Damals war Annelies fünf Jahre alt gewesen. Ihre erste Leiche war ihre Oma mütterlicherseits, die auf dem Küchenboden liegend aufzufinden ihr vergönnt gewesen war und die ihr die Augen über die Endlichkeit allen Seins geöffnet hatte. Fortan hatte sie sich der Ursachenforschung gewidmet. Annelies war mit Haut und Haaren dem Tod verfallen. Und ja, Conrad Faust – so dämlich er sich im Laufe der Jahre auch aufgeführt hatte – behielt mit seiner ersten Einschätzung recht: Annelies Seydelbast war ein Freak. Aber diese Tatsache hatte Hölderling nie gestört, ganz im Gegenteil, ihn störte es vielmehr, dass Struck es sich zur Aufgabe gemacht hatte, aus ihr einen normalen Menschen zu machen. Und je normaler Annelies wurde, desto weiter entfernte sie sich von ihm. Warum das so war, interessierte ihn weniger – dass es so war, ärgerte ihn umso mehr.

Hölderling zuckte zusammen, als irgendwo im Zimmer ein Handy klingelte. Er knallte zwei Schubladen zu und klemmte sich die Finger. Dann öffnete er eine Klappe im unteren Teil des Fernsehschranks, der auf der anderen Seite des Sofas stand. Das Display des Mobiltelefons blinkte blau, der Name «Sigrid» erschien.

Viktor stand plötzlich hinter Hölderling und sagte: «Das ist das Handy von Krähenfüßchen. Hello, Kitty. Ich glaube, darüber werde ich nie hinwegkommen. Willst du nicht rangehen?»

«Wo warst du die ganze Zeit?»

«Noch mal im Schlafzimmer. Dir bei der Arbeit zuzugucken kam mir nicht so abendfüllend vor, vor allem der Teil, wenn du mit offenem Mund ein Bild anstarrst. Du verstehst? Also, gehst du jetzt ran?»

«Nein.» Hölderling lief in die Küche, Viktor hörte, wie ein paar Schubladen aufgezogen wurden. Dann kehrte sein Freund mit einer Rolle Tiefkühlbeutel zurück. Das Handy hatte aufgehört zu läuten. Hölderling stülpte sich einen Beutel über die rechte Hand und packte das kleine Telefon. Dann drückte er auf Wahlwiederholung. In den letzten drei Tagen war mit dem Gerät nicht telefoniert worden. Er öffnete die SMS-Datei. Annelies' Handynummer erschien und mit ihm die Uhrzeit. 21 Uhr. «Annelies, komm bitte, bitte zum Treffpunkt der Blue Socks. Ich warte auf dem Parkplatz. Es ist wichtig. Bitte!!! LG Petra.»

«Scheiße», sagte Hölderling, warf das Telefon auf den Couchtisch, als hätte es ihn gebissen, und sofort hatte er sein eigenes Handy am Ohr. Bei Annelies meldete sich die Mailbox. Er hinterließ ihr die Nachricht, dass keinesfalls Krähenfüßchen am

Treffpunkt auf sie warten würde und sie unter allen Umständen sofort umkehren solle. Dann wählte er die Nummer von Struck. Es dauerte ein wenig, aber schließlich hörte Hölderling die verschlafene Stimme seines Nebenbuhlers. «Struck! Gregor hier. Wach sofort auf! Wo ist Annelies?!»

«Was? Warum? Die ist ...»

Hölderling hörte das Geraschel von Bettwäsche. «Ich muss erst mal ... gucken ... Warum rufst du überhaupt an? Weißt du, wie spät es ist? Hat deine beschissene Eifersucht nicht Zeit bis morgen?»

«Ist Annelies da? Das ist alles, was ich wissen muss!»

«Nein. Ist sie nicht. Ich dachte ...»

«Ruf Zabel an. Ihr müsst sie suchen. Überall. Hat sie gesagt, wohin sie will?»

«Die ist mit Krähenfüßchen verabredet, oder wie ihr die nennt. Bestimmt in der Altstadt versackt. Annelies hat eine SMS bekommen, es wäre sehr dringend. Das ist doch die, die aus dem Hotel abgehauen ist, oder? Sie wollte Annelies unbedingt treffen ... Was ist denn?»

«Das ist nicht gut. Das ist nicht gut!» Hölderling brach der Schweiß aus. Er drehte sich taumelnd um seine eigene Achse. Viktor legte ihm die Hand auf die Schulter und nahm ihm das Telefon aus der Hand. «Struck? Hier ist Viktor Liebermann ... Ja, der Scheidungsanwalt. Sie müssen Annelies suchen, egal wie. Vermutlich trifft sie sich mit dem Mörder von Marielle und Gretchen. Und wie sagt ihr immer so schön: Gib eine Fahndung raus nach Sonja Keller oder auch Susan-Moon Mauerberg. Hol dir die Beschreibung oder das Foto von Frau Klingel. Die hat alles da. Annelies kann keine SMS von Krähenfüßchens Handy bekommen haben, das liegt in der Wohnung von Sonja Keller. Und jetzt los.»

Hölderling riss Viktor das Telefon aus der Hand und rief:

«Struck! Mach einmal was richtig im Leben! Lass ihr Handy orten!»

Die beiden Freunde rannten aus der Wohnung und stießen vor der Haustür auf die Besatzung eines Streifenwagens. «Informieren Sie auf der Stelle Kommissar Gruber. Wir haben eine Verdächtige im Fall Romantikhotel. Sagen Sie ihm das. Na, los!»

Die beiden Beamten bauten sich breitbeinig vor Viktor und Hölderling auf. Der Kommissar holte eine Visitenkarte aus der Tasche und hielt sie dem einen Beamten unter die Nase. «Jetzt zufrieden?» Der schaute genau hin und fragte: «Und was war das jetzt für ein Hotel?»

«Rufen Sie Gruber an, und hören Sie endlich mal zu, Mann! Mord! Romantikhotel! Bad Marienberg. Das reicht, sagen Sie ihm, wir haben eine Verdächtige. Die Frau, die in dieser Wohnung wohnt.»

Hölderling packte Viktors Arm und zerrte ihn hinter sich her in Richtung Auto. «Bloß weg hier. Ich fahre! Gib mir die Schlüssel!»

«Nein, wirst du nicht. Ich fahre ...»

«Viktor!» Hölderling drehte sich auf dem Absatz um und ging zum Streifenwagen zurück. «Ich nehme ein Blaulicht! Wir müssen nach Köln, wir haben eine Fahndung rausgegeben», rief er den beiden Beamten zu, die immer noch auf dem Bürgersteig standen und sich nicht entschließen konnten, einen wesentlich höheren Beamten aus dem Bett zu klingeln, nur weil ein Kölner Kollege es verlangte. In der Parterrewohnung zur rechten Seite ging das Licht an, und der Kopf von Dreitagebart erschien am Fenster.

«Wir haben kein Blaulicht», sagte der kleinere Beamte. «Ich mein, kein mobiles ...»

Hölderling machte auf dem Absatz kehrt und schubste seinen Freund von der Fahrertür weg: «So, dein Auto ist beschlagnahmt, und jetzt ist es ein Polizeifahrzeug, und jetzt fahre ich. Schnall dich an. Wir holen das Krähenfüßchen ab.»

«Was?!»

«Die weiß, wo der Treffpunkt ist – irgendeine Fabrik und alte Bauwagen. Wenn du mich fragst, ist das der Ort, wo wir Annelies suchen müssen.»

«Geht's auch genauer?»

«Deutzer Bahnhof ... oder Mülheimer Hafen oder so ... Und ruf Struck noch mal an und sag ihm das.»

«Aber das Gelände ist doch mittlerweile total neu bebaut und ausgebaut worden.»

«Es ist die einzige Idee, die ich habe, Viktor. Wer weiß, wie lange die für die Handy-Ortung brauchen. Und jetzt mach schon.»

«Ich rufe einfach das Krähenfüßchen an und frage sie», sagte Viktor.

«Du verlierst Zeit, die geht sowieso nicht ran. Struck ist wichtiger.»

Viktor tat, was sein Freund ihm befahl. Als der Wagen über die Autobahn schoss und eine halbe Stunde später durch die Ausfahrt in Richtung Bad Marienberg und Seelsberg schlitterte, sagte Viktor: «Schlag mich bitte nicht, aber ich hab was aus der Wohnung mitgehen lassen, Gregor.»

«Was denn?»

«Constanze Mauerbergs Tagebuch und eine Schachtel, aber ich hab noch nicht reingeguckt.»

«Wo hast du das gefunden?»

«Während du vor dem Foto meditiert hast, habe ich den Kleiderschrank inspiziert. Wenigstens wissen wir jetzt, dass Sonja in ihrer Eigenschaft als Zimmermädchen die alten Sachen ihrer Mutter aufgetragen hat. Dann hab ich den Schrank weggerückt. Das hab ich im Fernsehen gesehen – erst hinter alles gucken, das Offensichtliche findet man sowieso.»

«Wer hat das gesagt?»

«Columbo? Oder so ... Also, diese Sachen hier lagen hinter dem Kleiderschrank. Die waren voller Staub und Spinnweben. Das hier hat seit Jahren niemand in der Hand gehabt.» Er hob den Deckel der kleinen Holzkiste hoch. «Puh! Das ist ... übel.»

«Was ist es?»

«Ein Junkie-Besteck und die versiffte Nadel steckt noch auf der Spritze.»

«Leg es weg. Lies in dem Tagebuch. Vielleicht lässt sich da ein Motiv erkennen.»

«Ich denke, du stehst nicht auf Motive.»

«Wenn man keine Fakten hat, dann braucht man irgendeine Inspiration. Da kommt ein mögliches Motiv gerade recht.»

«Mir wird schlecht, wenn du so fährst. Ich kann nicht beim Autofahren lesen und ... »

«Lies! Das Jahr 1984 oder 85 oder 86. Da irgendwo.»

Gregor Hölderling lenkte den Porsche in einem Höllentempo durch die leeren Dorfstraßen, zweimal wurden sie geblitzt. Viktor hatte sich mittlerweile in sein Schicksal ergeben und blätterte beim Schein der Innenbeleuchtung in dem kleinen, aber sehr dicken Notizbuch, das in einen billigen Brokatstoff eingefasst war.

«Solche Bücher gab's damals zuhauf. Die kamen aus Indien.»

Viktor roch daran. «Das riecht immer noch nach Patchouli. Ist doch nicht zu fassen.»

Dann vertiefte er sich in den Inhalt und rief nach wenigen Minuten:

«Hier ist es ... oh! Oh!» Viktor blätterte aufgeregt ein paar Seiten weiter, überflog die nächsten Zeilen und blätterte wieder. «O mein Gott. Das kann nicht wahr sein.»

«Was denn?!»

«Constanze schreibt, dass sie von Dieter Buttlar in der besagten Nacht in der Fabrik vergewaltigt worden ist.»

«So? Das klingt aber ganz anders als die Geschichte, die wir schon kennen.»

«Aber, Moment mal … sie schreibt, dass diese Geschichte die beste ist, um damit aus der Nummer mit dem Kind rauszukommen. Was für ein Kind?»

«Sie war schwanger … und hat es Dieter Buttlar angehängt, anhängen wollen.»

«Genau, aber wie es aussieht, ist der Plan nicht aufgegangen. Sie schreibt hier, die Buttlars hätten ihr zehntausend Mark gegeben, damit sie verschwindet und Dieter in Ruhe lässt. Ist sie ja dann auch – nach Ibiza. Und hör dir das an: *Dieter ist so feige. Der und seine Eltern. Natürlich habe ich mit ihm ein bisschen rumgemacht, damit er bei der Stange bleibt. Und als ich ihm das mit der Schwangerschaft erzählt habe, hat er gelacht und gesagt, es wäre nicht von ihm. Aber die haben Kohle, und die hol ich mir. Arschloch, macht einfach Schluss. Die haben doch tatsächlich gesagt, dann soll ich ihren Sohn anzeigen, wenn er mir was angetan hat. Dann würde die Polizei ermitteln, und man würde feststellen, dass das Kind nicht von ihm ist. Ich habe gedroht, dass ich mich umbringe, und dann haben mir die Schweine endlich das Geld gegeben und gesagt, dann soll ich es eben wegmachen lassen und für immer verschwinden.* Dann kommt ein paar Tage lang nichts, außer Liebeslyrik über einen Kerl, den sie nur den *Einen* nennt. Aber einen Namen hat der wohl nicht. Offensichtlich nicht Dieter. Und hier: *Die doofen Blue Socks und ihre Bio-Prüfungsfragen. Jetzt kann ich sehen, wie ich da durchkomme. Eingebildete Zicken. Das werde ich ihnen nie vergessen. Diese Annelies und die Humpelziege Petra … und Gretchen, macht immer einen auf ausgeflippt, aber als ich sie gefragt habe, ob sie mir die Fragen gibt, hat sie den Schwanz eingekniffen. Die werden schon sehen, was sie davon haben.* Und dann: *Dieter ist weg. Seine Eltern haben ihn nach England geschickt. Im letzten Moment ins Austauschprogramm gekriegt. Möchte nicht wissen, was die dafür hingelegt haben, dass der da mitdarf. Der hat in Englisch 'ne Vier.* Tja, und weg war er, der Goldesel.»

«Stimmt. Dieter war plötzlich mal ein halbes Jahr weg. Schüleraustausch. Wir waren alle neidisch.»

«Na, jetzt ja wohl nicht mehr.»

«Und weiter?», fragte Hölderling.

Viktor blätterte und las die Seiten quer. «Es bleibt unschön … Die Buttlars waren auch nicht ohne. Ich fasse zusammen: Die haben die Geschichte mit der Schwangerschaft den Eltern von Constanze gesteckt und gedroht, sie anzuzeigen. Herrschaften! Und Constanze schreibt, dass ihre Eltern ihr das Leben zur Hölle gemacht haben. Sie wollten mit ihr nach Holland fahren, um das Kind abtreiben zu lassen. Und dann ist sie abgehauen. Mit dem Geld der Buttlars. Die ist echt einfach abgehauen. Nach Düsseldorf gefahren, Ticket gekauft, und weg war sie. Chapeau!»

«Und ihre Eltern?»

«Waren offensichtlich froh, sie los zu sein. Constanze schreibt nichts mehr über sie.» Viktor blätterte weiter. «Hier, das ist nach der Geburt von Susan-Moon. *Habe meinen Eltern ein Foto von Moonie geschickt. Sie melden sich nicht. Scheiß Spießer.* Ich frage mich nur, ob Sonja diese Geschichte so kennt, wie sie hier steht.»

«Ich fürchte, nein. Ich glaube, Constanze hat ihr genau das erzählt, was sie den Buttlars damals weismachen wollte. Dass sie vergewaltigt wurde von Dieter. Und vermutlich wird Constanze die Story später noch dramatisch ausgeschmückt haben – eben, dass das alles passiert ist, weil ihre Freundinnen sie in die alte Fabrik gesperrt haben. Der große Verrat. Das böse Quartett … Wer weiß, was sie sich alles zurechtgedichtet hat in ihrem Drogenschädel. Sie brauchte eine Erklärung für ihr verpfuschtes Leben, fürchte ich, und da kam ihr die Story gerade recht … Und ihre Tochter hat ihr das alles geglaubt. Was sollte sie auch sonst denken? Und als sie mit ansehen musste, wie ihre Mutter starb, scheint bei ihr eine Sicherung durchgebrannt zu sein. Jemanden an Leberzirrhose verrecken zu sehen ist … scheußlich … Aber Sonja oder Susan-Moon ist definitiv von jemand anderem. Die Buttlars hatten recht.»

«Woher willst du das so genau wissen?»

«Weil ich dabei war, als sich Dieter bei einem Turnwettkampf in der Quarta mit dem Reck angelegt hat. Er wusste, dass er keine Kinder mehr würde zeugen können. Was er natürlich nie an die große Glocke gehängt hat. Da hatte sich Constanze den Falschen ausgesucht, um ihm was anzuhängen.»

«Und Dieter ist tot. Vielleicht war sein Autounfall gar kein Unfall. Was meinst du? Wo ist er verunglückt?»

Hölderling kniff die Augen zusammen, weil ein entgegenkommendes Fahrzeug nicht auf Abblendlicht zurückschaltete, und fluchte: «Affe!»

«Könntest du mal ein bisschen vom Gas gehen, damit wir nicht enden wie Dieter?», sagte Viktor und stützte sich am Armaturenbrett ab.

«Der Unfall passierte in der Schweiz. Die Umstände sind … na ja, fragwürdig. Ich hab mit seiner Witwe telefoniert. Wir müssen überprüfen, ob Sonja Keller zu der Zeit in Montreux gearbeitet hat. Wäre doch möglich … nein, ich glaube sogar sicher, dass sie das war. Wir hätten den Laptop mitnehmen sollen. Sie hat sich die Infos über uns alle aus dem Netz geholt. Wenn ich es mir recht überlege, hat sie ihren Rachefeldzug seit dem Tod ihrer Mutter geplant und nichts dem Zufall überlassen.»

«Stimmt – bis aufs Wetter.»

«Was?», fragte Hölderling.

Mittlerweile hatte Schneeregen eingesetzt, und er hatte den Eindruck, durch einen Tunnel zu fahren.

«Bis aufs Wetter, sagte ich. Sie hat nicht damit gerechnet, dass wir alle drei Tage lang aufeinanderhocken würden und keiner aus dem Haus kann. Inklusive sie selbst. Das hat ihre Pläne komplett über den Haufen geworfen.»

«Könnte sein. Sie musste die beiden Spieße loswerden, als ich anfing, die Zimmer zu durchsuchen, und als sie den Koffer von Petra gesehen hat, hat sie die da entsorgt und es bei Annelies im Pool mit Handarbeit versucht. Und das Krähenfüßchen hatte Glück, dass keiner wusste, wohin sie verschwunden war. Ruf Sigrid oder Traudel an und frag, ob Sonja in der Nacht, in der wir Wache gehalten haben, bei den beiden im Zimmer geschlafen hat.»

Viktor nahm sein Handy, rief Sigrid an und fragte sie nach dem Zimmermädchen. Er beendete das Gespräch mit einem knappen «Danke, Sigrid».

«Und?»

«Hat sie nicht. Also hatte Sonja alle Zeit der Welt, Gretchen aus dem Fenster zu schubsen. Als Zimmermädchen hatte sie einen Generalschlüssel. Wir sollten nur glauben, dass sie sich den beiden Heulsusen angeschlossen hatte.»

«Die ist alles andere als verhuscht ... Und noch etwas. Wenn Sonja ab Januar in Dubai sein will, muss sie sich mit ihren Plänen beeilen.»

«Soll ich Struck noch mal anrufen?»

«Mach das. Wir haben zwar kein Flugticket gefunden, aber ich glaube, sie hat alles vorbereitet – und dazu gehört auch ihr neuer Job, weit, weit weg. Unsere Chance ist, dass ihre Pläne nicht aufgegangen sind. Muss ich jetzt diesem Scheißwetter auch noch dankbar sein?» Hölderling schlug mit der Hand aufs Lenkrad, bremste, riss das Steuer herum und preschte den Waldweg hinauf.

Viktor hatte Mühe, Struck die Geschichte darzulegen, denn die Marterstrecke war seit dem Mittag nicht bequemer geworden.

Er hatte das Gefühl, die schwerverdaulichen Jakobsmuscheln wollten ihren Weg zurück ins Meer antreten. Der Wagen brach in der letzten Kurve aus, aber Hölderling schaffte es, den Porsche vor dem Zaun zum Stehen zu bringen. Viktor beendete das Telefonat mit einem spontanen Rülpser und sprang aus dem Wagen. Hölderling hatte bereits das Gatter aufgemacht und das Haus erreicht. Er rief nach Petra und trommelte mit beiden Fäusten gegen die Tür. Viktor lief über die Terrasse und klopfte an die Fensterläden auf der anderen Hausseite.

«Ich hab gar keinen Schuss gehört», sagte er, als er zu Hölderling zurückkam. «Müssen wir uns Sorgen machen?»

«Ich trete gleich die Tür ein!», rief Hölderling. Endlich ging das Licht in der Diele an. Petra rief ängstlich durch die geschlossene Tür: «Wer ist da?»

«Wir sind es, Gregor und Viktor. Mach auf, wir müssen nach Köln. Constanzes Tochter wird Annelies umbringen, wenn wir sie nicht finden! Mach auf!»

Die Tür wurde nur so weit geöffnet, wie es die Kettensicherung zuließ. In dem schmalen Spalt erschien Petras bleiches Gesicht.

«Was wollt ihr?», sagte sie flüsternd. «Ihr weckt meinen Vater auf.»

«Das ist doch ganz egal. Jetzt mach endlich auf! Wir würden hier nicht mitten in der Nacht so einen Radau machen, wenn es nicht dringend wäre», sagte Viktor.

Die Tür ging wieder zu, und das Gerappel der Türkette war zu hören. Dann öffnete Petra endlich. Sie trug einen dünnen Morgenmantel über ihrem Hello-Kitty-Nachthemd und bibberte vor Kälte.

«Zieh dir was an, schnell. Du musst uns das Gelände zeigen, wo ihr damals diesen Blue-Socks-Unsinn abgezogen habt. Wo war euer Treffpunkt?»

«Aber ich weiß doch gar nicht mehr …»

«Los jetzt! Das ist unsere einzige Chance. Mach hinne, Petra. Du hast bis Köln Zeit nachzudenken.»

Hinter Petra erschien ihr Vater mit dem Gewehr im Anschlag. «Meine Tochter geht nirgendwohin.»

«Jetzt reicht's aber!», rief Hölderling und schob Petra zur Seite. «Nehmen Sie das Gewehr weg, Herr Spieß, oder ich rufe meine Kollegen. Und dann wird aus Ihrem Jagdschein ein Freifahrschein in die Klapsmühle. Haben Sie das verstanden?»

Der alte Mann wich vor Hölderling zurück, ließ sich aber widerstandslos die Waffe aus der Hand nehmen und sagte kleinlaut: «Ist ja schon gut.»

«Sie gehen am besten wieder ins Bett.» Hölderling schob den Alten zurück in sein Schlafzimmer. Dann lief er in Petras Zimmer, nahm eine wattierte Jacke vom Haken, klaubte einen Strickpullover vom Sessel und eilte zurück in die Diele. «Los, Schuhe an und weg.»

Petra bückte sich, holte aus einem Regal ein paar Winterstiefel und presste sie an ihre Brust. Viktor packte Petras Arm und zog sie hinter sich her. «Die kannst du dir im Auto anziehen. Es brennt!»

Zwei Minuten später waren sie auf dem Weg nach Köln.

KAPITEL
14

Als sie aus dem Wald herausfuhren, knallte ein Schuss.

«Jetzt zufrieden, Viktor?», sagte Hölderling.

«Mir ist übel, ich glaube, ich muss …»

«Dafür ist später Zeit», sagte Hölderling und lenkte den Wagen auf die Landstraße.

«Wer sind Sie, und was haben Sie mit meinem Freund Gregor Hölderling gemacht?», versuchte Viktor einen Scherz, den die Jakobsmuscheln nicht lustig fanden. Im letzten Augenblick konnte er das Seitenfenster öffnen, um die Inneneinrichtung seines Wagens vor Unheil zu bewahren.

Petra, auf dem schmalen Notsitz im Heck des Wagens eingeklemmt, schrie: «Mein Gott, Viktor! Muss das jetzt sein?!»

Den Kopf im eiskalten Fahrtwind, fühlte sich Viktor schlagartig besser. Leider kehrte damit auch sein Sinn für Realität genauso schnell zurück, und seine Knie schlotterten. Lieber Gott, dachte er, mach, dass Annelies noch lebt, mach, dass wir sie finden, und dann kannst du mir die Rechnung schicken, wenn du willst.

Er wischte sich mit einem Taschentuch das Gesicht ab und drehte sich zu Petra um, die bei dem wenigen Platz, der ihr auf der Rückbank blieb, versuchte, die warmen Stiefel anzuziehen.

«Was?», fragte sie.

«Nicht ‹Was?›, ‹Wo?› wäre die richtige Frage.»

«So wie der fährt, bin ich bis Köln vor Angst gestorben», meckerte das Krähenfüßchen. «Was ist denn überhaupt in ihn gefahren? Der ist doch sonst nicht so …»

«Sieh zu, dass dir einfällt, wo wir hinmüssen, sonst bist du definitiv die nächste Leiche – und das wird mit Gregors Fahrweise nichts zu tun haben», sagte Viktor, und er bemerkte nicht, wie Gregor ihn anstarrte. Erst als die Räder auf dem Markierungsstreifen ein ratterndes Geräusch machten, guckte Hölderling wieder nach vorne und brachte den Wagen zurück in die Spur. An diesem Tag wunderte er sich über gar nichts mehr: Ohne einen offiziellen Antrag zu stellen hatte sich Viktor Liebermann als würdiges drittes Mitglied für den Club der kleinen Lichter empfohlen. So manches Geheimnis enthüllte sich ganz von selbst.

«Du bist echt keine Hilfe, Petra!», schimpfte Viktor, als sie eine halbe Stunde später durch das neu gestaltete Messeviertel auf der Schäl Sick von Köln kurvten. Von Brachland, verfallenen Fabrikanlagen und Bahngleisen war nichts mehr zu sehen.

Das Krähenfüßchen war kurz vorm Heulen. Hölderling bremste den Wagen in einer Hoteleinfahrt und sagte: «Jetzt mal ruhig. Denk nach.»

«Aber ich hab doch schon ...», jammerte Petra Spieß.

«Denk richtig nach. Und beeil dich damit. Und du, Viktor, rufst Struck an. Vielleicht weiß der mittlerweile mehr ...»

Viktor betätigte einen Knopf am Armaturenbrett, und das Cabrioverdeck klappte automatisch auf.

«Was machst du denn?», rief Petra.

Viktor lehnte sich im Beifahrersitz zurück und guckte in den Himmel. «Ich sehe überhaupt keine Hubschrauber. Müsste nicht hier irgendwo Polizei sein? Ich hab dem doch gesagt, dass es hier sein müsste», sagte er.

Petra kauerte zitternd auf der Rückbank. «Mach das Verdeck wieder zu! Gregor, nun tu doch mal was!»

Hölderling betätigte den Knopf für das Verdeck und hoffte, dass Petra Spieß sich endlich einmal konzentrieren würde.

Offenbar hatte es geholfen, denn kaum war der Wagen wieder zu, schrie sie: «Moment!»

Die beiden Freunde zuckten zusammen. «Doch wieder auf?», fragte Viktor.

«Nein! Ich meine, nicht Deutzer Bahnhof ... Mülheimer Hafen. Jetzt weiß ich es wieder!»

«Bist du dir sicher?», fragte Hölderling.

«Ja. Ihr könnt ja da hinfahren, und ich gehe hier in das Hotel und warte auf euch.»

«Das hättest du wohl gern», sagte Hölderling und gab Gas.

Wenige Minuten später erreichten sie das Gelände des Köln-Mülheimer Hafens, wurden aber von zwei Streifenbeamten aufgehalten, die die Zufahrt bewachten. Als der eine Uniformierte Hölderling erkannte, machte er sofort den Weg frei und rief: «Es ist da links rüber, an den Schienen entlang, ein altes Werfthaus.»

Hölderling beschleunigte und brachte den Wagen kurz darauf mit einem Powerslide, der Viktor die Schweißperlen auf die Stirn trieb, vor der nächsten Absperrung zum Stehen. Scheinwerfer beleuchteten die Szenerie, als würde hier ein Film gedreht. Uniformierte mit Suchhunden standen vor dem Haus. Die Spurensicherung schleppte Equipment heran. Hölderling zitterte am ganzen Körper.

«Steig nicht aus, Gregor», sagte Viktor und hielt mit beiden Händen seine schlotternden Knie fest.

Aber Hölderling stieg aus, und dann tat er etwas, das er schon seit Jahren nicht mehr getan hatte – er rannte.

Viktor folgte seinem Freund nicht, sondern blieb am Auto stehen. Er konnte keinen Schritt gehen, so sehr setzte ihm der Gedanke zu, dass sie zu spät gekommen waren.

«Haben sie sie gefunden?», flüsterte Petra Spieß, die vom Notsitz gekrabbelt war und sich neben Viktor gestellt hatte.

Viktor schlug die Hände vors Gesicht und krümmte sich. Er hatte plötzlich das Gefühl, jemand habe ihm ein Messer in den Magen gerammt. Der Schmerz war so heftig, dass er in die Knie ging.

Petra zerrte ihn an seinem Mantel wieder hoch.

Hölderling bahnte sich einen Weg zu dem Schuppen. Niemand hielt ihn auf. Schließlich blieb er schwer atmend im Türrahmen des alten Gemäuers stehen. Vor ihm hing von einem Deckenbalken ein Seil, dessen Ende zu einer Schlinge verknotet war. Darunter stand ein umgestürzter Stuhl. Direkt daneben sah er Annelies' Handtasche liegen und einen Schuh. Zu spät, war alles, was er denken konnte. Zu spät … Hölderling griff sich an die Brust.

Struck quetschte sich neben Hölderling durch den Türrahmen, hob Annelies' Handtasche und ihren Schuh auf. «Sie ist okay, Dicker», sagte er, schob Hölderling zur Seite und folgte den Kollegen von der Spurensicherung.

Zabel kam aus dem Dunkel hinter dem Schuppen angelaufen, schaute sich um, sah zuerst Viktor Liebermann, der sich im Klammergriff einer recht seltsam angezogenen Frau befand, unter deren Winterjacke die Zipfel eines Morgenmantels und eines Nachthemdes hervorlugten. Dann endlich sah er seinen Freund, der in einer Art Schockstarre mit hängenden Armen mitten im Gewusel von Kriminaltechnikern, Hundestaffel und Beamten stand. Zabel zog ihn aus der Gefahrenzone und sagte: «Du kommst leider zu spät, mein Freund. Das wäre deine Chance gewesen. Und das sage ich jetzt nur so salopp, weil ich weiß, dass Annelies nichts passiert ist.» Er holte einen Flachmann aus seiner Manteltasche, nahm einen Schluck und reichte ihn dann an Hölderling weiter, der die kleine Flasche anschaute, als habe er so etwas noch nie zuvor gesehen.

«Hallo, Gregor … es geht ihr gut. Trink einen Schluck, damit du wieder beikommst.»

Hölderling trank, und im nächsten Augenblick hatte er das Gefühl, rückwärts aus einem langen dunklen Tunnel gerissen zu werden. Er spürte den gefrorenen Boden unter seinen Sohlen, er sah die Umrisse der Baracke, und plötzlich konnte er sogar die Hunde und das Gequake aus den Funkgeräten der Einsatzfahrzeuge hören.

«Sie lebt», sagte er mit belegter Stimme und wunderte sich, dass er überhaupt schon wieder sprechen konnte.

«Das hat sie natürlich dir zu verdanken. Aber Struck war auch nicht ohne, er war so umsichtig und hat gleich beide Gebiete absuchen lassen, während wir auf die Handyortung gewartet haben. So ganz doof ist der ja nicht. Die Hundestaffel hier war ziemlich fix, und wir haben sofort alle Mann aus Deutz abgerufen und uns auf diesen Bereich konzentriert.»

«Und wo ist Sonja Keller?»

«Weg.»

«Wie weg?»

«Als die Männer mit den Hunden auf das Gelände kamen, haben sie jemanden weglaufen sehen. Wir haben die Person noch nicht gefunden. Aber wir haben Strucks Wagen sichergestellt, Annelies hatte ihn sich ausgeliehen. Er steht auf dem Parkplatz.»

Hölderling runzelte die Stirn.

«Was ist?»

«Aber Annelies hat doch gar keinen Führerschein ...»

«Dank Struck hat sie ihn vor zwei Jahren schon gemacht. Die Zeiten ändern sich, Gregor.»

«Ah, ja ... und, und ... Wie hat Sonja Keller sie überwältigt?»

«Ein Schlag auf den Kopf. Und dann ...» Zabel schluckte.

«Na, was?»

«Wollte sie Annelies aufhängen. Der Strick war schon vorbereitet. Es sollte wie Selbstmord aussehen. Sonja Keller hat

Annelies sogar einen Abschiedsbrief schreiben lassen, der besagt, dass Annelies sich umgebracht hat, weil sie mit der Schuld nicht leben konnte, für den Tod von Constanze Mauerberg mitverantwortlich zu sein. Ein unsägliches Pamphlet. Es lag neben Annelies auf dem Boden, als wir sie fanden.»

«Aber das hat Annelies doch nicht freiwillig geschrieben.»

«Bestimmt nicht. Aber es hat auf jeden Fall gereicht, um die Sache lange genug hinauszuzögern. Man kann ja sehr langsam schreiben, nicht wahr?»

Hölderling zuckte die Schultern und versuchte, sich vorzustellen, wie Annelies, gänzlich unbeeindruckt, in ihrer wissenschaftlich knappen und logischen Art Sonja mit den Tatsachen konfrontierte. Hätte überhaupt noch jemand, auch mit wesentlich mehr psychologischem Geschick, diese Mauer des Irrsinns durchbrechen können? Wer jahrelang an nichts anderes denkt als an Rache und nach und nach die Menschen umbringt, die das Böse schlechthin darstellen, der wird sich von nichts und niemandem umstimmen lassen.

«Sonja Keller muss uns also gehört haben und ist geflüchtet, bevor sie ... bevor sie Annelies aufknüpfen konnte. Die Fahndung ist raus. Weit wird sie nicht kommen. Willst du jetzt ins Krankenhaus zu Annelies fahren? Du kannst dich von einem Kollegen hinbringen lassen», sagte Zabel.

«Nein. Ich spreche später mit ihr.»

«Wie du meinst. Dann könntest du eventuell mit ins Büro kommen und eine Aussage machen? Wäre gut, wenn Viktor und ... wer ist eigentlich die Frau da?» Zabel zeigte auf Petra.

«Petra Spieß, auch eine ehemalige Mitschülerin von Annelies.»

«Ja, Frau Spieß ... äh ... eine Aussage machen könnten.»

«Können wir nicht in *mein* Büro gehen?», sagte Hölderling.

«Darf ich raten? Du hast Hunger?»

Hölderling nickte.

«Ich bin ja so froh … Na gut. Wir treffen uns bei Jobst. Ich war grad da, als Struck mich anrief, und Jobst hat gesagt, er geht so lange nicht ins Bett, bis er weiß, was mit Annelies ist. Ich ruf ihn eben an, damit er den Herd anwirft.»

Hölderling ging zum Auto zurück. Viktor hielt sich an der Beifahrertür fest, und das Krähenfüßchen kauerte auf der Rückbank. Die beiden Freunde fielen sich in die Arme, und Viktor schluchzte: «Was ist mit ihr?»

«Sie ist im Krankenhaus. Sie lebt.»

«Und wir waren trotzdem zu spät.»

Hölderling klopfte seinem Freund auf die Schultern und schüttelte ihn ein wenig durch. «Das ist doch jetzt unwichtig.»

«Schön. Annelies geht es gut. Bringt ihr mich jetzt endlich nach Hause?», ließ sich Petra vom Rücksitz vernehmen.

«Nein», sagte Hölderling. «Wir müssen unsere Aussagen machen.»

«Hat das nicht bis morgen Zeit? Ich friere, mir ist übel, und es macht Annelies jetzt auch nicht lebendiger, als sie sowieso schon ist.»

«Jetzt sei doch nicht so ungesellig», sagte Hölderling, als er den Wagen startete. «So schlimm ist mein Präsidium gar nicht.»

Wenig später parkte er den Porsche verbotswidrig direkt vor Jobst Freitags Delikatessenladen. Zabel war bereits vor Ort und telefonierte mit seinem Handy.

«Es geht ihr gut. Sie hat nur eine kleine Beule am Kopf», rief er, als die beiden Freunde die sich sträubende Petra Spieß in das Bistro schoben. Sie wurde an den Tisch gepflanzt, und Jobst Freitag begrüßte Petra mit Handschlag. «Erfreut, Jobst Freitag, herzlich willkommen, die Dame. Was darf ich Ihnen bringen?»

«Einen Kamillentee, wenn es keine Umstände macht», sagte

das Krähenfüßchen, und die Missbilligung war ihr ins Gesicht geschrieben.

«Für die Herren das Übliche, und zu essen gibt es, was grad da ist.»

«Du machst das schon», sagte Gregor Hölderling. «Hauptsache, irgendwas Warmes.»

«Aber wenn die weiter so 'ne Flappe zieht, dann spuck ich ihr in den Eintopf», flüsterte Jobst mit Blick auf Petra Spieß.

«Die beruhigt sich schon wieder. Wir hatten einen harten Tag.»

Die Uhr in Jobsts Küche schlug schon sieben, und die Stimmung in dem kleinen Bistro erreichte trotz eines sehr trüben Morgens, der sich anbahnte, ihren Höhepunkt. Petra Spieß fraß Jobst Freitag mittlerweile die Reibekuchen im wahrsten Sinne des Wortes aus der Hand, Viktor war dazu übergegangen, die Obstbrände nach Farben zu verkosten, und Hölderling hatte immer noch Platz für einen Reibekuchen mit Lachs, da klingelte Zabels Handy. Er nahm das Gespräch an und hörte aufmerksam zu. Seine Miene verfinsterte sich mit jeder Sekunde. Am Tisch wurde es still. Bevor Zabel auflegte, sagte er nur: «Wo? ... Beschreibung? ... Aha, vermutlich. Nee, bergen Sie die Leiche, wir kommen zur Identifizierung in die Rechtsmedizin.»

«Was?», nuschelte Viktor. «Party vorbei, Gregor ... Ein neuer Fall für den Superkommissar ... Da braucht ihr mich nicht. Ich lasse mich von Jobst adoptieren, nicht wahr, Jobst?»

Der schüttelte nur den Kopf und lachte. «Viktor, ich bestelle dir ein Taxi. Das sollte jeder Vater für seinen Sohn so machen.»

«Und ich?», sagte Petra Spieß. «Ich muss zurück nach Seelsberg.»

Zabel nickte. «Ich fordere einen Streifenwagen für Sie an. Die

Kollegen bringen Sie nach Hause.» Und zu Gregor gewandt, sagte er: «Und wir müssen jetzt. Leichenfund am Rheinufer ... Selbstmord. Vermutlich Sonja Keller. Die Beschreibung der Kleidung, die uns Annelies gegeben hatte, passt. Leider.»

Die Identifizierung dauerte nicht lange. Hölderling erkannte die junge Frau wieder, die er als Sonja Keller im Romantikhotel Faust kennengelernt hatte. Er glaubte nicht wirklich an einen Himmel oder eine Hölle für die Seelen der Verstorbenen, aber er hoffte, dass, wer auch immer dafür zuständig war, für Susan-Moon ein mildes Urteil fällen würde. Wer auch immer dafür zuständig ist, sei deiner armen Seele gnädig, schoss es ihm durch den Kopf, und dies war eines der wenigen Male, wo er diesen Wunsch für angebracht hielt.

Zabel hielt die Schachtel und das Tagebuch in der Hand, die Viktor ihm vor Stunden gegeben hatte.

«Darf ich mal?», sagte Hölderling, nahm das Tagebuch und blätterte darin bis zur letzten Seite. Wenn er sich recht erinnerte, hatten diese kleinen Notizbücher am Ende eine Tasche aus gefaltetem Papier. Er griff hinein und fand ein fleckiges Automatenfoto, auf dem die lachenden Gesichter zweier Teenager zu sehen waren.

«Wer ist das?», fragte Zabel.

«Der Eine, von dem Constanze Mauerberg schreibt und dessen Namen sie in dem Tagebuch nie genannt hat. Der Vater von Susan-Moon Mauerberg.»

«Ja und? Erkennst du die Person auf dem Foto?»

Hölderling nickte und steckte das Foto mit zitternden Fingern zurück ins Buch. «Und ob ich den kenne.»

Zabel verabschiedete sich vom diensthabenden Arzt und sagte dann zu Hölderling: «Soll ich dich nach Seelsberg fahren, du hast doch dein Auto da noch rumstehen?»

«Nee, lieber nicht. Ich könnte mich bemüßigt fühlen, Blut fließen zu lassen. Conrad Fausts Blut. Ich hole das Auto irgendwann. Bring mich nur nach Hause.»

Und dort werde ich bleiben, bis ich ein Loch ins Sofa gelegen habe, dachte Hölderling.

Er war nicht darauf gefasst, dass seine Pläne schneller durchkreuzt wurden, als er sich je hatte vorstellen können. Er war aufs Sofa gefallen und in einen tiefen Schlaf gesunken, kaum dass sein Kopf das Polster berührt hatte. Er hatte verschlafen, dass Sophie Wackernagel gekommen war, um nach dem Rechten zu sehen. Sie hatte mit Zabel gesprochen, der angerufen hatte, um die Abholung von Hölderlings Wagen zu organisieren. Viktor war erstaunlicherweise schon wieder so fit gewesen, Zabel mitteilen zu können, wo sich das Auto befand. Sophie Wackernagel hatte Hölderling mit einer Decke zugedeckt und saß nun schon seit Stunden in der Küche, in der Hoffnung, ihr Arbeitgeber würde endlich mal die Augen aufschlagen. Die Geschichte, die Zabel ihr erzählt hatte, hatte sie darauf vorbereitet, dass schlimme Zeiten bevorstünden, und sie wollte sich selbst davon überzeugen, wie schlimm sie werden würden. Schließlich hing ihre Wochenplanung davon ab. Aber Hölderling schlief Stunde um Stunde tief und fest. Zwischenzeitlich klingelte es an der Tür, und ein freundlicher Polizeibeamter reichte den Autoschlüssel herein und erklärte Sophie, wo er den Wagen abgestellt hatte. Da sich am Zustand Hölderlings so weit nichts geändert hatte, bat Sophie den Polizisten, ihr beim Reintragen des Gepäcks behilflich zu sein. Wenigstens hatte sie nun etwas zu tun. Koffer auspacken, Waschmaschine füllen und warten.

Während der Kochwäsche meldete sich Zabel noch einmal und erkundigte sich nach dem Zustand seines Freundes.

«Nichts Neues. Wenn ich es nicht besser wüsste, würde ich sagen, er ist im Koma.»

«Na, dann. Ich wollte nur mitteilen, dass Dr. Seydelbast schon aus dem Krankenhaus entlassen worden ist.»

«Ich notiere es», sagte Sophie und kritzelte etwas auf einen Notizblock, der auf der Küchentheke lag.

«Wann gehen Sie nach Hause?», fragte Zabel mit Besorgnis in der Stimme.

«Sobald ich weiß, dass ich ihn alleine lassen kann, aber dafür muss er erst mal wach werden. Ich hab Semesterferien, zur Not kann ich mein Referat auch hier schreiben», sagte sie.

«Wenn er Sie nicht hätte», sagte Zabel.

Im selben Augenblick ging die Türglocke. «Ich muss auflegen», sagte Sophie und ging zur Tür.

Bevor Frau Klingel überhaupt den ersten Stock erreicht hatte, eilte ihr der Duft des Kirschstreusels voraus. Wenn das keinen Toten aufwecken konnte, dachte Sophie und bedankte sich bei Zabels Sekretärin für die milde Gabe.

«Ich will auch nicht stören», flüsterte Frau Klingel.

«Tun Sie nicht. Der Herr Kommissar befindet sich im Post-Ermittlungs-Koma oder im Post-Annelies-Begegnungs-Koma-Trauma oder wie auch immer man das nennen möchte.»

Frau Klingel reichte Sophie die Hand und sagte: «Liebschen, seien Sie mal nicht zu streng mit dem Herrn Hölderling. Von nix kütt nix.»

Sophie hätte das jetzt gern erklärt gehabt, aber Frau Klingel hatte sich schon umgedreht und lief die Treppe hinunter. Nach ein paar Stufen drehte sie sich noch einmal um und sagte: «Sie dürfen auch ein kleines Stückchen, aber nicht zu viel.»

«Danke, aber ich vermeide Eier, Milch und weißen Zucker.» Sophie schloss die Tür und schnupperte an der Tupperdose. Könnte sich aber heute ändern, dachte sie und machte noch einen Versuch, Hölderling aufzuwecken, indem sie den Deckel der Tupperdose abhob und dem Schlafenden den Kuchen unter die Nase hielt. Es passierte nichts. So weit zum Thema magische Kräfte. Sophie brach ein Stück vom Kuchen ab und kostete. So ganz anders als die veganen Kuchen aus dem Bioladen. Sie schmeckte Butter, Zucker und Vanille und eine geheime Zutat, die dem Kuchen das Prädikat «himmlisch» verlieh.

«Herr Hölderling», flüsterte sie, «ich werde den aufessen. Ganz allein. Klingelchens Streuselchen. Mit Liebe gebacken. Ich werde nichts für Sie übrig lassen.»

Die erwartete Reaktion blieb aus. Nun war sie sicher, dass man sich Sorgen machen musste. Sie beschloss, Viktor Liebermann anzurufen und ihn um Rat zu fragen. Der Kuchen hatte immerhin so viel magische Wirkung, dass das Telefon klingelte und Viktor Liebermann am anderen Ende war, bevor Sophie sich auf die Suche nach seiner Telefonnummer machen musste.

«Gut, dass Sie anrufen. Ich glaube, Herr Hölderling wird nicht mehr wach.»

«Das täuscht. Er wird jetzt gleich auf der Stelle wach, Sophie. Sie müssen ihm nur sagen, dass er zu Jobst Freitag kommen soll. Und zwar um neun. Also 21 Uhr. Sie haben also noch etwas mehr als eine Dreiviertelstunde, um ihn wach zu kriegen.»

«Ich glaube nicht, dass ihn diese simple Nachricht beeindrucken wird. Ich habe Frau Klingels Kirschstreusel unter seine Nase gehalten, und er hat noch nicht mal gezuckt. Deswegen mache ich mir ja Sorgen.»

«Sie sehen ein Mitglied der Anwaltschaft sprachlos», sagte Viktor.

«Was faktisch falsch ist, Herr Liebermann, ich sehe Sie nicht sprachlos, ich höre, Sie sind sprachlos. Zumindest, was die sinnvollen Sachen angeht. Also, was soll ich ihm sagen, das ihn aus dem Bett hebelt?»

«Ein Manger à trois. Nur Annelies, Gregor und ich. An Jobstens Küchentisch. Ohne Struck, um es noch mal deutlich zu erwähnen. Annelies hat drum gebeten. Sie würde sich sehr freuen, wenn Gregor dabei ist. Sind Sie noch dran?»

«Ja, ja ... ich notiere. Manger à trois, bei Jobst. Mit Ihnen, Herrn Hölderling und Frau Seydelbast. Auf Wunsch von Frau Seydelbast. So. Erledigt.»

«21 Uhr.»

«Ja-a. Ich hab's notiert. Ich werde sehen, was sich machen lässt. Aber ich verspreche nichts, dies hier ist ein neues Stadium der Hölderling'schen Absage an die Welt. Normalerweise wäre er wenigstens zwischendurch in die Küche geschlafwandelt und hätte den Kühlschrank geleert.»

«Seien Sie nachsichtig, Gregor Hölderling hat über zwanzig Meter im Laufschritt zurückgelegt. Aber das sage ich Ihnen jetzt im Vertrauen – erwähnen Sie das ihm gegenüber niemals. Viel Glück. Sie machen das schon, Frau Wackernagel.»

Sophie legte auf, stützte ihre Ellenbogen auf die Küchentheke und dachte: Ja, ja, ich mach das schon. Fragt sich nur, wie. Als sie sich umdrehte, um einen Espresso anzusetzen, erschrak sie beinahe zu Tode. Hölderling stand, wie er vor Stunden aufs Sofa gefallen war, in zerknittertem Mantel, Hemd und Hose fleckig, samt ausgetretenen Socken im Türrahmen. Er schwankte ein wenig, aber er hatte die Augen geöffnet und machte den Eindruck eines Zombies, der auf halbem Weg zu seinem Bewusstsein eine kleine Pause eingelegt hat.

«Ich bin gerannt», sagte er, als entschuldige dies seinen derangierten Aufzug.

«Was Sie nicht sagen ...», antwortete Sophie Wackernagel. «Scheint Ihnen nicht zu bekommen, Chef.» Hölderlings Prioritätenliste würde sie auch nach den nächsten zwanzig Semestern Philosophie nicht verstehen. Zabel hatte ihr erzählt, dass er eine Tote hatte identifizieren müssen, gottlob nicht auf leeren Magen – das, dachte Sophie Wackernagel, hätte mich ins Wanken gebracht und noch ein paar schlimmere Sachen hervorgerufen. Aber alles, was Hölderling vorbrachte, war, dass er gerannt sei.

«Ich renne sonst nie, das ist nicht gut fürs Gehirn. Zu viel Energieverlust in eine sinnlose Tätigkeit», dozierte er.

«Sie müssen sich nicht entschuldigen», sagte Sophie. «Oder wollen Sie etwa gerade jetzt den Sinn oder Unsinn von Bewegung – von Sport wollen wir mal gar nicht reden – diskutieren, und dann auch noch ausgerechnet mit mir? Ich mache sehr viel Sport, und – sehe ich etwa verblödet aus?»

«Nein. Aber ich spreche ja nur für mich …»

«Von was auch sonst?», sagte Sophie und lächelte dabei. «Meinen Sie nicht, dass eher der Grund, weswegen Sie gerannt sind, Ihnen den Mumm aus den Knochen gezogen hat? Ich glaube, dass die emotionale Belastung, der Sie ausgesetzt waren, also die Angst um Ihre Annelies, diesen Zombiezustand hervorgerufen hat. Sie dürfen mir zustimmen, ob Sie wollen oder nicht.»

«Zu viele Worte für die Uhrzeit, Frau Wackernagel. Kaffee, bitte», sagte er mit rauer Stimme.

«Schon auf dem Weg.» Sophie war keineswegs beleidigt, diese Art von Diskussion hatte sie mit Hölderling schon des Öfteren geführt. Mittlerweile war daraus fast schon so etwas wie eine Tradition geworden. Sie analysierte ihn – er hörte nicht zu.

«Wie spät?», fragte Hölderling und schlurfte auf die Küchentheke zu.

«Zwanzig sechzehn.»

«Vierundvierzig Minuten.»

«Und es werden kontinuierlich weniger.»

«Sowieso. Doppelten Espresso, bitte.»

«Haben Sie das Telefonat etwa mitgekriegt?»

«Der liebe Gott hört alles, Sophie», sagte Hölderling, nahm ein großes Stück Kirschstreusel, drehte wieder ab und stolperte in Richtung Badezimmer. Auf dem Weg entledigte er sich seines Mantels, schob den Kuchen in den Mund und knallte hinter sich die Tür zu. «Oh, Entschuldigung», kam es aus dem Bad.

«Nicht der Rede wert, die Tür ist ja grad erst repariert worden. Welchen Anzug soll ich rauslegen?»

«Den mit Weste.»

Sophie verdrehte die Augen, füllte Espresso in die Maschine und drückte den Startknopf. «Sie haben nur Anzüge mit Weste, Herrgott noch!»

«Nadelstreifen. Anthrazit ...»

Die Dusche rauschte, und Sophie Wackernagel hörte schon nicht mehr hin, sondern ging ins Schlafzimmer und öffnete die Schranktüren. Sie legte den dunkelbraunen Tweed mit den Lederflicken auf den Ärmeln heraus sowie farblich passende, warme Socken, ein Hemd mit Button-down-Kragen und ein paar Budapester mit dicker Sohle, die farblich auf den Anzug abgestimmt waren. Neben das Ensemble legte sie einen Zettel, auf den sie schrieb: *«Ich weiß, dass in Ihrer Welt ein Gentleman nach 18 Uhr eigentlich schwarze Schuhe trägt, aber die Auswahl ist dem legeren Charakter des Treffens an Jobst Freitags Küchentisch geschuldet. LG Sophie. PS: Hinterlassen Sie bitte eine Nachricht auf meinem AB, ob ich Sie morgen wecken soll.»*

Danach goss sie den Espresso in eine kleine Tasse, gab einen Löffel Zucker dazu und stellte alles vor die Badezimmertür. Sie klopfte und rief: «Ich bin dann mal weg.» Eine Antwort wartete sie nicht ab. Sie war sauer auf Viktor Liebermann, der dieses Treffen bei Jobst arrangiert hatte. Vermutlich mal wieder, ohne die Konsequenzen zu überdenken. Er müsste sich ja am nächsten Tag nicht um das Aufkehren von Gregor Hölderlings Seelenscherben kümmern, die, wie Sophie dachte, diese Begegnung hinterlassen würde. Und ihr Chef war sowieso geschwächt: Zwanzig Meter – das konnte einen Gregor Hölderling in die totale Erschöpfung treiben. Den Helden zu spielen ist eine Sache – ein Held zu sein eine ganz andere.

KAPITEL 15

Der Zeiger von Jobst Freitags Küchenuhr schritt unerbittlich weiter. Viktor Liebermann beobachtete diese Tatsache mit stillem Entsetzen, während er Annelies Seydelbast, die mit gutem Appetit einen von Jobst Freitags unübertroffenen Eintöpfen in sich hineinschaufelte, den tatsächlichen Ablauf des vorangegangenen Tages zu erklären versuchte.

Der Zeiger passierte die Markierung 21:15 Uhr und schien sich ab da schneller zu bewegen. Kaum hatte Viktor einen Satz gesagt, war die verdammte Mechanik schon wieder einen Schritt weiter. 21:19 Uhr. Annelies verlangte es nach mehr von dem selbstgebackenen Brot, Viktor verlangte es nach seinem Freund Gregor Hölderling.

Als Jobst das Brot gebracht hatte, sagte Annelies: «Also, Viktor. Um das Ganze mal abzukürzen – ich weiß längst, dass es Gregor war, der Thomas überhaupt in die Lage versetzt hat, mich aus dem Schuppen zu holen. Ich weiß das – du musst mir das nicht erklären. Obwohl ich deinen Versuch, Gregor den Heldenkranz zu winden, ganz erbaulich finde.»

«Ich wollte dir das nur sagen. Er war es, der nicht lockergelassen hat. Wir sind durch Eis und Schnee gehetzt. Er hat beinahe meinen Wagen zu Schrott gefahren, und wir haben die Attacken von Krähenfüßchens Vater überlebt. Und nicht nur das – Gregor hatte den richtigen Riecher, wie immer. Und noch eines, stell dir nur vor, Gregor ist gerannt. Richtig gerannt! Ich meine, erwärmt dir das nicht das Herz?»

«Das täte es, wenn ich eins hätte. Aber bevor du den nächsten Satz sagst, sage ich: Misch dich da nicht ein, mein Freund.»

Viktor schüttelte den Kopf, und wieder ließ er den Löffel in die Suppe zurücksinken. «Jetzt erklär mir mal eins: Was hat Struck, das Gregor nicht hat?»

«Nichts.» Annelies schob sich noch ein Stück Brot in den Mund und beobachtete das Entsetzen, das sich auf Viktors schmalem Falkengesicht breitmachte.

«Kann er kochen?»

«Nein.»

«Aber du doch auch nicht ...»

«Na und?»

«Bringt er dich zum Lachen?»

«Manchmal, wenn er versucht, aus mir einen Menschen zu machen ... ja. Das finde ich zuweilen sehr lustig.»

«Es gefällt dir also, dass er dich verbiegen will? Das ist mir nämlich aufgefallen. Er ist ein besserwisserischer Oberlehrer. Schon als er dich im Romantikhotel abgesetzt hat. Annelies dies und Annelies das. Als hättest du kein Hirn!»

Viktor hatte sich in Rage geredet, was von Annelies mit Amüsement beobachtet wurde.

«Er ist viel weniger, als Gregor je sein kann. Struck ist gewöhnlich, ein gewöhnlicher Typ, er kann dir doch nicht im Entferntesten das Wasser reichen.»

«Warum sollte er das auch tun? Ich kann mir selber Wasser nehmen, wenn ich welches brauche. Ich habe zwei Hände, wenn du das bitte zur Kenntnis nehmen würdest.»

«Vögelt er wie Gott?»

«Nicht besser als andere Götter auch. War es das jetzt, Viktor?»

Er starrte an die holzgetäfelte Decke, als könne er von dort eine Antwort bekommen. Aber unter der Decke steckten nur jene Küchenmesser, die Jobst Freitag als untauglich eingestuft und mit großem Schwung dorthin befördert hatte. Viktor entdeckte ein Messer, das er selbst neulich für sehr viel Geld in einem Fachgeschäft für Küchenutensilien gekauft hatte, weil es im Allgemeinen zum guten Ton gehörte, derlei Preziosen aus Japan in der Schublade zu haben. Viktor nahm sich vor, beim nächsten Messerkauf vorher mit Jobst zu sprechen, um sich die richtig guten Tipps geben zu lassen. Nicht dass er, Viktor Liebermann, jemals in einem Topf gerührt hätte. Seine Spezialität war es, Dinge zu trennen, und nicht zusammenzuführen. Vielleicht war er deshalb auch im Augenblick so erfolglos, was die Wiedervereinigung seiner beiden besten Freunde betraf. «Aber ... warum wohnst du dann bei Struck? Warum ... ?», entfuhr es ihm wie ein letztes Aufbäumen.

«Nun, weil zur Verpartnerung zwischen geschlechtsreifen Spezies neben gewissen hormonellen Abläufen auch die physische Verfügbarkeit gehört. Ein nicht zu unterschätzender Faktor.»

«Was?!»

«Weil Strucks Nummer die erste Nummer auf der Wahlwiederholung meines Handys war. Erinnere dich, ich stand am Bahnhof, es schüttete wie aus Kübeln, und mein Exgatte hatte ein Tête-à-Tête mit einem Milbenkäse. Soll ich dir mal was sagen, Viktor?»

«Ich bitte darum.»

«In dem Augenblick wusste ich, dass es Zeit für einen neuen Lebensabschnitt war. Es war der richtige Zeitpunkt, etwas Neues auszuprobieren.»

«Was? Auf dem Bahnhof, einfach so? Am Ende hatte es gar nichts mit Gregor zu tun? Und mit dem Milbenkäse auch nicht?»

«Natürlich nicht. Gregor ist da für gar nichts verantwortlich.»

Viktor Liebermann wurde bleich. Jobst Freitag blies die Backen auf, um nichts sagen zu müssen.

«Aber ... Augenblick mal, Annelies. Heißt das, wenn das meine Nummer gewesen wäre auf deiner Wahlwiederholung, dann würden wir beide heute das Haus teilen? Ich meine, von Bett will ich mal gar nicht reden.»

«Vermutlich. Aber es war eben Strucks Nummer, weil ich kurz zuvor noch mit ihm wegen ein paar Untersuchungsergebnissen gesprochen hatte.»

«Weiß er das?»

Annelies klopfte mit dem Löffel an ihre Nase und sagte: «Nein. Warum sollte er das wissen müssen? Ich rede mit meinen Labortieren auch nicht über Versuchsabläufe.»

Hölderling, der es nicht wagte, durch die Tür zu gehen, hörte jedes Wort und hielt die Luft an, als er die Frage hörte, die Viktor Annelies nun stellte.

«Ja, liebst du ihn denn? Ich meine, den Struck?»

«Äh ... nicht dass ich wüsste, was du damit meinst.»

«Dann ist er tatsächlich nichts weiter als ein Versuchskaninchen!»

«Ein erwachsenes Versuchskaninchen, das seine eigenen Entscheidungen trifft.»

«Aber nicht im Sturm der Hormone und der physischen Präsenz, um es mal mit deinen Worten zu sagen. Annelies, ich kann den Kerl nicht leiden, aber er tut mir trotzdem leid. Und mir graut vor dir.»

«Das weiß ich, Viktor. Aber ich bin nie anders gewesen. Selbst der Kinderpsychologe hat seinerzeit behauptet, ich sei ein therapieresistentes Monster, das eines Tages im Knast landen wird, weil es lebende Babys sezieren würde, wenn es meinem Monsterkopf in den Sinn käme, das zu tun. Ich habe sozusagen einen Persilschein in Soziopathie.»

«Das stimmt. Alle hatten Angst vor dir. Nur Gregor nicht.»

«Weil er ein Romantiker ist. Er sieht, was er sehen will. Und deswegen kennt er keine Angst. Gregor schwebt ständig in Lebensgefahr. Ist dir das eigentlich klar? Wir beide haben keinen Draht zur Realität, wie ihr Normalos sie lebt. Jeder auf seine Art eben. Gregor leidet ab und zu daran und zieht sich komplett zurück. Ich habe beschlossen, eine Expedition an diesen unbekannten Ort namens Normalität zu unternehmen, um ein paar wissenschaftliche Studien zu betreiben. Struck ist da ein ganz tauglicher Expeditionsleiter. Er bringt mir Dinge bei, die man im normalen Leben braucht. Ohne ihn wäre ich heute nicht hier. Glaubst du etwa, ich wäre von allein auf die Idee gekommen, deine Einladung anzunehmen?»

«Du bist also hier, einzig und allein aus dem Grund, weil *man das so macht*? Du übst dich im *common sense*?»

«Ja. Thomas Struck macht dauernd solche Sachen. Automatisch. Er kennt sich damit aus, weil er es von Kindesbeinen an so gelernt hat. Ich verstehe das zwar alles nicht, aber ich probiere es aus.»

«Und Freundschaft bedeutet dir gar nichts?»

«O doch. Wenn du damit meinst, dass ich dir jederzeit meine linke Niere spenden würde, solltest du sie jemals brauchen, dann ja, dann weiß ich, was Freundschaft ist. Man gibt Dinge her, die der andere dringend braucht, weil man davon ausgeht, dass der andere das auch machen würde.»

«Ich würde ein Vermögen dafür ausgeben, dein Gehirn zu sezieren, Annelies. Du bist doch irgendwie nicht richtig verdrahtet. Wie kann man als menschliches Wesen nur so sein?»

«Aber das sage ich doch die ganze Zeit. Warum guckst du jetzt so?»

«Man nennt es traurig, Annelies. Ich trauere. Weil da, wo andere Leute ein Herz haben, bei dir ein Erlenmeyerkolben oder was auch immer ist … Mein Freund Gregor Hölderling hat ein Herz, ein großes Herz, eines, das schlägt und pulsiert und … und … krank ist und brechen kann und … und er hat es an dich verloren. Nicht nur eine Niere, von der man ja bekanntlich zwei hat. Sagt dir das gar nichts? Hast du Gregor denn jemals geliebt? Liebst du ihn noch? Was, wenn dein Experiment zu Ende ist oder scheitert? Was dann, Annelies?»

Im selben Augenblick betrat Hölderling die Küche. Jobst Freitag fiel beinahe die Suppenkelle aus der Hand, Viktor hielt vor Schreck die Luft an, und Annelies sagte nur: «Da bist du ja.»

«Ja», sagte Hölderling, «da bin ich. Ich hoffe, nicht gar zu spät. Ich musste mir noch einen Anzug raussuchen, der dem Anlass angemessen ist», log Hölderling, denn er trug genau den Anzug, den Sophie ihm herausgelegt hatte. Was ihn von einem pünktlichen Erscheinen abgehalten hatte, war die schiere Angst gewesen, wieder in trauter Runde mit Annelies und Viktor an Jobsts Tisch zu sitzen. Das hatte er für eine lange Zeit vermisst, und nun, wo er nur noch hätte losgehen müssen, hatte ihn die Furcht gepackt. Das hatte dazu geführt, dass er sich schnell noch einen Pfannkuchen hatte backen müssen, weil der Klingel'sche Streusel längst aufgegessen war. Und selbst dann hatte er es vermieden, mit dem eigenen Wagen zu fahren, und sich ein Taxi bestellt, das er drei Straßen vor Jobst Freitags Delikatessenladen wieder verlassen hatte, um die letzten Meter zu Fuß zu gehen. Da war er erst zehn Minuten zu spät dran gewesen. Er hatte die Hintertür zu Jobsts Delikatessenladen genommen, und als er im Hausflur stand und Annelies' Stimme in der Küche gehört hatte, war es, als hätte jemand seine Schuhe in den Holzboden genagelt. So hatte er mit angehört, wie sein Freund Viktor für ihn eine Lanze brach, und er hatte auch gehört, mit welch messerscharfer Intelligenz Annelies sich selbst seziert und analysiert hatte. Aber das, was Viktor so entsetzt hatte, war Hölderling schon immer klar gewesen. Annelies Emotionalität und soziale Kompetenz bewegte sich selten über der Nulllinie. Und er hatte schon lange damit gerechnet, dass sie sich irgendwann in ihrem Leben auf den Weg machen würde, um eine private Annelies-Seydelbast-Forschungsarbeit darüber zu beginnen, was es da draußen, außerhalb des Kokons der Hölderling'schen Dauerbeziehung und ihrer wissenschaftlichen Arbeit, noch so gab. Er hatte nur gehofft, sie würde später damit anfangen, oder mit ihm gemeinsam. Am Ende, so dachte er, müsste er ihr sogar dankbar sein, dass sie es nicht getan hatte, sondern Struck als Versuchskaninchen ausgewählt hatte. Die meisten Labortiere mussten sterben, wenn die Experimente abgeschlossen waren. Sie hatte ihn lediglich ausgesetzt, wohl wissend, dass er es allein schwer haben würde in der Wildnis da draußen. Aber sie hatte ihn am Leben gelassen, und das war ein Ausdruck ihrer Zuneigung, wie sie nur selten jemand zu spüren bekam. Das wurde ihm in dem Augenblick bewusst, als er, seinen Kopf vor Erschöpfung an den Türrahmen gelehnt, vor der Küche stand. Und weil er diese Erkenntnis, ob sie nun tiefgründig, wahr oder nur tröstlich daherkam, immerhin für tauglich hielt, war er in dem Moment ins Gespräch hineingeplatzt. Er hatte Annelies' Antwort nicht hören wollen. Nicht auszudenken, was geschehen wäre, wenn Gregor Hölderlings Traum von seiner großen Liebe und der Vorstellung, dass sie beide, komme, was wolle, immer Partners in Crime sein würden, zerplatzt wäre. In seiner Welt würden sie sich immer lieben, auf eine Art, die ein Thomas Struck niemals verstehen würde, egal welche Meriten in sozialer Kompetenz man ihm auch nachsagte.

Armer Viktor. Er hatte sich so viel Mühe gegeben.

Hölderling setzte sich an den Tisch und hauchte Annelies einen Kuss auf die Wange, den sie bereitwillig entgegennahm. «Deinen Freund Viktor treibt die Sorge um, dass Thomas Struck sich Orden anheftet, die ihm nicht gebühren. Ich weiß, dass du es warst, der mich gerettet hat. Am Ende des Tages zählt ja nicht, wer wen auf Händen irgendwo rausträgt. Und Thomas hätte ohne dich nie da sein können. Und er weiß das auch. Orden, Tusch. Und danke, Gregor Hölderling, du bist ein Held. Und du, Viktor, auch.»

Gregor lächelte und trat Viktor unter dem Tisch auf den Fuß. Der verstand den Wink mit dem Zaunpfahl und sagte nur: «Na gut, dass wir mal drüber gesprochen haben. Ich freue mich, heute hier zu sein. Kommen jetzt die ekligen Details aus dem Sektionssaal? Ich brenne darauf. Ich glaube, wir alle brennen darauf, nicht wahr?»

«Warum so zynisch, Herr Liebermann?», sagte Gregor und wandte sich dann Annelies zu. «Also, was gibt es Neues aus den Laboratorien dieser Welt?»

Jobst Freitag stellte einen Teller Suppe vor Hölderling und sagte: «Ihr bedient euch bitte selbst. Da muss ich jetzt nicht bei sein, so gut bin ich im Weghören doch nicht. Wenn ihr was braucht, ich bin oben. Milch ist im Kühlschrank.»

Die drei am Tisch nickten, und Jobst verschwand auf der Treppe zum ersten Stock.

«Was mich besonders interessiert, ist die Flasche mit dem seltsamen Geruch», sagte Hölderling.

«Das wusste ich», sagte Annelies. «Es war definitiv Nikotin drin. Fingerabdrücke weder von Conrad noch von Marielle.»

«Gar keine?», fragte Viktor, der Annelies anschaute, als könne er das Geheimnis der Sphinx durch bloße Beobachtung enträtseln.

«Viktor, hast du etwa eine Idee?»

«Nein. Aber du einen Gesichtsausdruck wie die Edamer Katze. Du hast etwas gefunden.»

«Stimmt. Gretchen Harrisons Fingerabdruck.»

«Das gibt noch mehr Rätsel auf. Hat Gretchen versucht, Marielle umzubringen? Oder wollte sie Conrad töten?», fragte Viktor.

«Ah ... die Frage ist, ob sie wusste, dass Marielle Sherry hasste», sagte Hölderling.

Viktor und Annelies guckten ihn mit großen Augen an.

«Was ist? Das hat der Koch mir erzählt. Marielle mochte keinen Sherry.»

«Aber er war doch in der Suppe!», sagte Annelies.

«Ferdinand Bundt hätte nie und nimmer Sherry hineingetan!», erklärte Hölderling im Brustton der Überzeugung und biss in ein Stück Brot.

«Wir werden es wohl nie erfahren. Dass Gretchens Fingerabdruck auf der Flasche war, sagt gar nichts aus. Darüber zu spekulieren hilft auch nicht weiter.»

«Du sagst es, Annelies. Aber Tatsache ist doch», erklärte Viktor, «dass Gretchen seit der Schule hinter Conrad her war. Ich würde sogar behaupten, sie war verzweifelt hinter Conrad her.»

«Und sie hatte immer noch ein Verhältnis mit ihm», fügte Hölderling hinzu.

«Was mal wieder für meine Theorie spricht, dass hormonelle Schwankungen, die ihr Emotionen nennt, kein guter Ratgeber sind.» Annelies lächelte Viktor an, der sich beinahe an seinem Bier verschluckte. «Und übrigens, Gregor, ist dir an der Kleidung von Susan-Moon Mauerberg etwas aufgefallen? Wir hätten es alle sehen können, außer Viktor natürlich, der Constanze nicht persönlich kannte.»

Hölderling nickte. «Ich habe mir die Kleidung angeschaut, in ihrem Dachzimmer im Hotel. Aber da ist es mir noch nicht aufgefallen. Erst als ich die Wohnung von Constanze durchsucht habe und die Koffer mit gänzlich anderer Kleidung fand, dämmerte es mir. Unser Zimmermädchen Sonja Keller trug Constanzes Sachen. Constanze war die ganze Zeit präsent. Keiner hat es bemerkt … bis auf Gretchen vielleicht. Mir geht immer noch im Kopf herum, was ihr angefangener Satz auf dem Notizblock zu bedeuten hatte.»

«Mir ist es klar geworden, als ich nach dem Schlag auf den Kopf in dem Schuppen wieder zu Bewusstsein kam. Ich dachte, Constanze steht vor mir. Und da erst ist mir ein Licht aufgegangen. Sie trug dieselben Sachen, die ihre Mutter am Abend der Blue-Socks-Geschichte anhatte.»

«Warum hast du diesen Brief geschrieben, von dem Zabel erzählt hat? Hat sie dir das diktiert?», fragte Viktor.

«So ungefähr. Als ich es las, konnte ich es nicht glauben, dass Constanze ihrer Tochter so einen ausgemachten Schwachsinn erzählt hat. Und dann habe ich eben sehr langsam geschrieben, um Zeit zu schinden und um die Zeit zu nutzen, Susan-Moon davon zu überzeugen, dass die Geschichte nicht wahr ist, nicht wahr sein konnte, allein schon wegen Dieter Buttlars Turnunfall – wir erinnern uns?»

Hölderling nickte. «Genau.»

«Und als ich damit fertig war, ist sie weggelaufen. Nicht, weil die Polizei kam, sondern weil sie einfach nicht mehr konnte. Sie war völlig durcheinander, am Ende ihrer Kraft. Der emotionale Stress war zu viel. Dieses Klassentreffen war ihr Tag der Abrechnung. Darüber hinaus hatte sie keinen Plan B. Vielleicht wäre sie wieder zurückgekommen, um mich doch noch umzubringen, aber dann hat sie die Polizei gesehen, und in dem Moment gab es keine Möglichkeit mehr umzukehren.»

«Im Grunde genommen hat das Klassentreffen für keinen was gebracht. Gretchen wollte Conrad, Müller & Witsch wollten einen Auftrag, Marielle die Scheidung, und Lobenthal wollte dich, Annelies», sagte Viktor leichthin. «Und das Krähenfüßchen und Traudel und Sigrid … die wollten einfach mal wieder alles gratis. Ich glaube, der Einzige, der wirklich Spaß hatte haben wollen, war Graf Zahl.»

«Was wolltest du denn, Gregor?», sagte Annelies.

«Meinem Freund Viktor beistehen. Bei den zu erwartenden Alkoholvorräten konnte ich ihn nicht alleine lassen. Und ich wollte Sophie Wackernagel die Freude machen, mich für ein paar Tage los zu sein, was mir, glaube ich behaupten zu können, recht gut gelungen ist.»

Viktor legte eine Hand über seine Augen und schüttelte den Kopf. Annelies nahm sich einen Nachschlag von der Suppe und sagte: «Und ich hatte Leichen, obwohl ich gar nicht damit gerechnet hatte. Mehr kann man ja wohl nicht verlangen.»

Eine Weile aßen sie schweigend weiter, bis Annelies ihren Löffel auf den Tisch legte und sagte: «Und warum fragt mich jetzt keiner?»

«Was sollen wir dich denn fragen?», sagte Viktor.

«Wie es mir nach der Geiselnahme geht.»

«Wenn du es erzählen willst, bitte», sagte Hölderling.

«Gehört so ein Trauma nicht eher zum Psychologen?», sagte Viktor und grinste. Annelies auf dem Pfad des allgemeinen Empfindens ... Er ahnte schon, dass sie damit nicht weit kommen würde, und behielt recht.

«Ich wüsste nicht, warum sich ein Therapeut mit mir beschäftigen sollte. In der Gewalt einer Irren zu sein ist eine Sache. Wie man darüber im Nachhinein denkt, ist allein meine. Meine Beule am Kopf, die gehörte zum Arzt. Aber ansonsten kann ich nur sagen, dass Susan-Moon das Opfer ihrer durchgeknallten Mutter war. Sonst nichts. Der Tod von Marielle und Gretchen beschäftigt mich natürlich – auf meine Weise ...»

«Aber die Frau wollte dich umbringen», sagte Viktor. «Stört dich das gar nicht?»

«Es wäre nicht dazu gekommen. Ein Kugelschreiber kann

eine tödliche Waffe sein. Wäre sie nicht weggelaufen, hätte ich sie getötet, wenn es nötig gewesen wäre. Der Mensch, der sich nicht wehrt, wenn er bei Bewusstsein ist, muss noch erfunden werden. Und Sonja Keller hatte ihre Schwierigkeiten in dem Schuppen – Marielle und Gretchen hat sie von hinten abgestochen. Das war beinahe anonym, wenn man es mal so beschreiben will. Aber mit mir musste sie reden, sie musste mir in die Augen sehen ... das löst bei normal gestrickten Menschen offensichtlich doch eine Hemmung aus.»

«Sagt wer? Lass mich raten: Struck», sagte Viktor.

Annelies nickte. «Es klang, wenn man die Eckdaten und Struktur seiner Denkweise zugrunde legt, logisch.»

Hölderling und Viktor schüttelten die Köpfe vor Verwunderung.

«Sie tut mir irgendwie leid», sagte Viktor.

«Mir nicht», sagte Annelies. «Sie hatte ein Gehirn. Sie war intelligent, und sie war gut ausgebildet. Es gab keinen Grund, die Geschichte ihrer Mutter nicht zu hinterfragen. Sie hätte es wie Viktor machen sollen: hinter den Schrank gucken, anstatt sich in der Inszenierung ihrer Mutter zu verlieren. Das ist Dummheit. Überzeugungen zu leben, ohne sie zu überprüfen, obwohl man es könnte.»

Bevor Viktor den Mund aufmachen konnte, sagte Annelies: «Ich weiß, Viktor. Dir graut vor mir. Das macht aber nichts. Ich bin ein Tatsachenmensch, ich bin Wissenschaftlerin – ich gucke hinter jeden Schrank. Und ja, da, wo andere ein Herz haben, habe ich einen Erlenmeyerkolben. Aber ich habe dich trotzdem lieb, wie ihr Menschen so sagt.»

«Noch jemand Nachschlag?», fragte Hölderling.

«Ich brauche einen Schnaps, wenn es recht ist», sagte Viktor Liebermann. «Ich werde heute mit Blass-Beige beginnen und mich über Dunkelblau bis Blutrot durchsaufen.»

«Ein guter Plan», erwiderte Hölderling. «Und du, Annelies?»

«Ich bin dabei. Um der alten Zeiten willen. Eine Runde Blass-Irgendwas schaffe ich, aber dann muss ich weg.»

«Es ist doch noch etwas Menschliches an ihr. Ich bin ja so glücklich», sagte Viktor, als Hölderling den Birnenbrand ausschenkte. «Und wisst ihr, was mich noch tröstet?»

«Wir werden es gleich erfahren», sagte Annelies. «Lass mich raten, Viktor: Es wird wohl keine Klassentreffen mehr geben. Ist es das?»

«Sie sprechen mir aus der Seele, Frau Doktor Seydelbast, auch wenn Sie selber keine haben. Ich möchte auf diesen Umstand das Glas erheben. Die Schule ist endgültig vorbei. Kein Conrad, kein Krähenfüßchen, keine Traudels und Sigrids ... und Lobenthals ...»

«Nicht so vorschnell, Viktor. Wir werden uns alle wiedersehen – bei Marielles Beerdigung, fürchte ich. Ich habe heute einen Anruf von Conrad bekommen. Ihr solltet in den nächsten Tagen in eure Briefkästen gucken.»

«Und du gehst da hin?», fragte Hölderling.

«Struck sagt, das macht man so», sagte Annelies.

«Na ja, wenn Struck das sagt.» Viktor ging in den Gastraum des Bistros, um die nächste Flasche aus der Farbpalette der Alkoholvorräte zu holen.

Vor der Tür stand Dr. Brehm, der Pressesprecher des örtlichen Präsidiums, und starrte ihn unverhohlen an. Viktor winkte. Brehm winkte nicht zurück, sondern drückte die Türklinke, aber die Tür war verschlossen. Viktor tat der arme Mann leid. Er füllte ein Glas mit Zwetschgenbrand, schloss die Tür auf und reichte dem verdutzten Mann das Glas.

«Der Herr Pressesprecher. So spät noch unterwegs?»

«Herr Liebermann, gut, dass ich Sie treffe. Haben Sie Herrn

Hölderling gesehen? Zabel will mir nicht sagen, wo er ist. Morgen Vormittag ist die PK mit den Bonner Kollegen. Es geht um die Morde im Romantikhotel, da wäre es mehr als wünschenswert, wenn Herr Höld ... »

«Stellen Sie das Glas vor der Tür ab, wenn Sie fertig sind. Das Brauhaus hat noch geöffnet. Schönen Abend noch.» Viktor schloss die Tür und ging zurück in die Küche, ohne sich um den herumzappelnden Brehm noch weiter zu kümmern.

Hölderling saß allein am Küchentisch.

«Wo ist Annelies?»

«Zurück zu ihrer Expedition», sagte Hölderling.

«Sag mir nicht, du hast vorhin alles mitbekommen.»

«Doch, habe ich.»

«Und warum hast du nicht gewartet, bis Annelies eine Antwort gegeben hat? Ich hatte sie so weit, Mann! Ich bringe jede Frau zum Reden. Damit verdiene ich mein Geld, schon vergessen?»

«Ich weiß manchmal nicht, wer hier der größere Romantiker ist, du oder ich», sagte Hölderling. «Ganz einfach, mein Freund: Ich will die Antwort nicht wissen. Und warum? Weil ich nie gefragt habe und auch nie fragen werde.»

«Weil du feige bist.»

«Weil ich weise bin. Im Übrigen ist es völlig unzulässig, eine Rechtsmedizinerin bei lebendigem Leib auf den Seziertisch zu legen. Auch wenn es lediglich um die Frage nach dem Unfassbaren geht. Und jetzt lass uns auf die Frauen trinken – ob tot oder lebendig. Ich habe nicht vor, bei wessen Beerdigung auch immer zu erscheinen. Und schon gar nicht auf einer Pressekonferenz. Steht der Brehm immer noch vor der Tür?»

Viktor beugte sich so weit vor, dass er die Eingangstür vom Bistro sehen konnte. «Ja, er zappelt noch und verschüttet das kostbare Getränk. Banause.»

«Vielleicht sollten wir den armen Mann doch hereinbitten.»

«Woher weißt du … ach, ist mir völlig egal. Du belauscht deine Freunde, du siehst Leute, die vor verschlossenen Türen stehen … manchmal graust es mich auch vor dir. Und um deine Frage zu beantworten: Nein, wir sollten ihn nicht hereinbitten. Prost.»

KAPITEL

16

«Pressemitteilung der Polizei: Auf dem Hauptfriedhof kam es heute zu einer wüsten Schlägerei zwischen den Mitgliedern einer Trauergesellschaft. Die Auseinandersetzung stand im Zusammenhang mit den Ereignissen rund um die Morde im Romantikhotel Faust vor vierzehn Tagen. Als die Polizei eintraf, waren die Täter bereits geflüchtet. Lediglich ein paar aufgebrachte Anwohner und Spaziergänger mussten beruhigt werden. Einer der Kontrahenten, ein gewisser Conrad F., wurde ins Krankenhaus gebracht, konnte dieses aber nach nur kurzer Behandlung wieder verlassen. Obwohl er offensichtlich das Opfer der aufgebrachten Menge gewesen war, erstattete er keine Anzeige ... Herr Hölderling, hören Sie mir überhaupt zu?», fragte Sophie Wackernagel. Aber der Angesprochene hatte sein Haupt in die Sofakissen gebettet und machte nicht den Eindruck, auch nur ansatzweise interessiert zu sein.

«Herr Hölderling! Das hier habe ich eben auf der Website der Presseabteilung der Polizei gefunden. Und Sie sind vor einer Stunde von Marielle Fausts Beerdigung gekommen. Reichlich derangiert, wenn ich das mal so sagen darf. Könnte es da einen Zusammenhang geben?»

Hölderling wälzte sich auf die andere Seite und präsentierte Sophie die Rückenansicht. Der Riss in seiner Hose war nicht zu übersehen und auch nicht die Lehmflecken, die sich bis hinauf zum Kragen seines Jacketts hinzogen.

«Sie sollten erst mal Conrad Faust sehen», murmelte er.

«Was ist denn bloß in Sie gefahren? Auf der Beerdigung Ihrer Schulfreundin!» Sophies Stimme überschlug sich beinahe.

«Ich hab erst angefangen, als der Pfarrer fertig war. So viel Pietät muss sein. Marielle war schon versenkt.»

«Hat denn niemand von den Trauergästen eingegriffen?»

«Doch, doch. Das Krähenfüßchen und Otto Lobenthal haben ordentlich ausgeteilt, und Viktor war auch nicht schlecht. Graf Zahl hat den Score notiert. Eigentlich kann man sagen, dass sich alle prächtig amüsiert haben, sogar Traudel und Sigrid. Nur Müller & Witsch nicht. Die wollten sich die Klamotten nicht dreckig machen …»

Sophie Wackernagel traute ihren Ohren nicht und wollte sich eben aufplustern, um ihrem Arbeitgeber die Leviten zu lesen, aber Hölderling kam ihr zuvor: «Halten Sie die Luft an, Soffie. Er hatte es verdient. Das waren wir Marielle, Gretchen, Constanze und Susan-Moon schuldig.»

«Und was sagt Ihre Ex dazu? Die war doch bestimmt auch da.»

«Die hat Schmiere gestanden und die ankommenden Streifenwagen in die falsche Richtung geschickt.»

Sophies Empörung fiel zusammen wie ein Soufflé, das der Zugluft ausgesetzt wird. Sie klappte ihren Laptop zu und sagte: «Wie ich sehe, brauchen Sie mich jetzt nicht mehr. Ich gehe.»

«Machen Sie mir morgen einen Kaffee, wenn Sie kommen?»

«Wenn ich überhaupt noch mal komme, Herr Hölderling. Ich habe den Eindruck, es mit einem Irren zu tun zu haben.»

«Da könnten Sie recht haben. Auf meinem Sekretär liegt übrigens ein Geschenk für Sie. Überlegen Sie es sich noch einmal.»

Sophie warf einen Blick auf den Schreibtisch, sah ein hübsch eingeschlagenes Päckchen, ging aber nicht hin, um es aufzumachen, sondern sagte: «Ich bin nicht bestechlich.»

«Sehen Sie. Das weiß ich, und deswegen freue ich mich, Sie morgen wiederzusehen.»

Als Hölderling nach Stunden erwachte, war er allein. Sophie war gegangen. Ihr Geschenk lag immer noch da. Hölderling überlegte sich, ob er sich Sorgen machen sollte, entschied sich dann aber dagegen. Er wälzte sich vom Sofa, schlurfte in Richtung Küche, stellte den CD-Player ein und öffnete die Kühlschranktür. Viel fand er nicht. Eine Tüte Milch, eine Fenchelknolle, Knoblauch und eine Zitrone. Howard Carpendale sang: *Fremde oder Freunde? Wie wird alles sein? Wieder unzertrennlich oder ganz allein? …*

Hölderling summte mit und schaute im Gefrierfach nach, entdeckte dort ein halbes Huhn und konnte sich nicht erinnern, wie es da wohl hingekommen war. Vom Fensterbrett grüßte das Bataillon der Küchenkräutertöpfe, und er wollte eben zurückgrüßen, als ihn ein Klingeln an der Tür zusammenfahren ließ. Sophie konnte es nicht sein, die hatte ja einen Schlüssel. Sein Freund Viktor war zu seiner Mutter gefahren, und Jobst Freitag kam nie vorbei, es sei denn, Hölderling bat ausdrücklich um eine Lieferung Nahrungsmittel. Zabel war bei seiner Familie, Frau Klingel im Skiurlaub …

Hölderling klopfte sich den verschmutzten Anzug ab und schritt zur Tür.

Obwohl bereits der erste Blick durch den Spion ihm den Atem raubte, nahm er allen Mut zusammen und wagte noch einen zweiten, aber die Person vor der Tür sah genau so aus wie beim ersten. Er wusste nicht, was tun, drehte sich um und rief: «Einen Moment noch …» Dann versuchte er sich zu beruhigen und schimpfte sich einen Deppen. Es würde was Berufliches sein, sonst wäre sie nicht da. Irgendetwas Dringendes, Tödliches vermutlich. Es klingelte wieder. Hölderling straffte die Schultern und öffnete.

Annelies kam in die Wohnung, stellte ihren Einsatzkoffer in der Diele ab, ging direkt weiter in die Küche und setzte sich an die Theke.

Hölderling schloss die Tür und folgte ihr. Er machte die Espressomaschine startklar und widmete sich seinem halben Huhn, das er zu einem Zitronen-Salbei-Knoblauch-Milch-Huhn verwandeln wollte. Erst als die Kasserolle im Backofen verstaut und der dritte Espresso getrunken war, sagte er zu Annelies, die die ganze Zeit über schweigend dagesessen hatte: «Schön, dass du da bist.»

«Schön, dass du mich eingelassen hast.»

«Und, was kann ich für dich tun?»

«Kannst du meine Koffer raufholen und das Taxi bezahlen … ich hab irgendwo meine EC-Karte … verschusselt … und der Fahrer wartet schon die ganze Zeit.»

«Aber natürlich. Hätte nicht gedacht, dass der vom Bahnhof so lange braucht.»

«Ich auch nicht. Vier Jahre, einundzwanzig Tage und sechzehn Stunden», sagte Annelies und vergrub ihren Kopf in den Armen. Das machte sie seit Kindertagen so. Das war ihr Ausdruck für äußerste Verzweiflung oder Verwirrung. Ein Zustand, der bei ihr selten vorkam, aber er kam vor. «Gregor», sagte sie mit fester Stimme, «das Experiment ist gescheitert.»

«Aha», sagte Hölderling.

«Weißt du, ich werde niemals lernen, was alle da draußen schon längst wissen. Du bist der Einzige, dem ich das nicht erklären muss.»

«Ich bin gleich wieder da.»

Und so schnell ihn seine Füße trugen, lief er die Treppe hinunter, bezahlte dem Taxifahrer ein Vermögen, schleppte Annelies' Gepäck im Laufschritt die Treppe hinauf und stellte es in der Diele ab. Als er völlig außer Atem in die Küche zurückkam, war Annelies verschwunden. Die Schlafzimmertür stand offen. Hölderling warf einen Blick ins Zimmer und sah seine Angebetete samt Mantel und Stiefeln, ihre große Tasche noch quer über der Schulter, auf dem Bett liegen. Sie schlief tief und fest. Ein Anblick, der sein Herz vor Glück beinahe zum Stillstand brachte. Er dankte dem Universum für seine Einsicht und zog sachte die Tür zu. Dann schlich er auf Zehenspitzen in die Küche zurück, holte den großen Reiskocher aus dem Schrank und setzte eine doppelte Portion Reis auf.

Ein Leben ohne Reiskocher ist möglich, aber sinnlos, sinnierte er. Aber ein Leben ohne Annelies ist nicht nur sinnlos, sondern ganz unmöglich.

Hühnerbrust in Parmesanpanade

Man nehme:

2 Hähnchenbrustfilets
Olivenöl/etwas Butter
1 Knoblauchzehe
Salz/Pfeffer
Parmesan (gerieben)
Semmelbrösel (am besten aus guten hart gewordenen Brötchen selbst machen)
Ei (verquirlt)

Den Backofen auf 180 °C vorheizen.

Hähnchenbrustfilets längs zerteilen (aus 1 mach 2).

Die Filets mit Knoblauch einreiben, salzen und pfeffern.

Geriebenen Parmesan mit den Semmelbröseln vermengen.

Die gewürzten Filets mit Mehl bestäuben, in das Ei eintauchen und in der Panade von Parmesan und Semmelbrösel gut wälzen. Bei kleiner Hitze(!) in Olivenöl-Butter-Mischung braten. Wenn die Panade goldbraun und kross ist, die Filets in den Ofen stellen und 20 Minuten garen.

Kann gut als Snack auch kalt gegessen werden, wenn man die Filets nur in Olivenöl anbrät. Ansonsten passen dazu Spaghetti mit Tomatensauce (wie Piccata Milanese) oder ein Kapern-Weißwein-Risotto und Rucolasalat.

Wildreispfannkuchen

Man nehme:

1 Tasse Bio-Wildreis (2 Stunden in Wasser vorquellen lassen)
2 Eier
2 Tassen Buttermilch (Quark 20 % geht auch – vorher mit etwas Wasser glattrühren)
2 Tassen Mehl
2 Teelöffel Backpulver
1 Prise Salz
2 Esslöffel Zucker (am besten braunen)
2 Esslöffel geschmolzene Butter

Den gequollenen Wildreis kochen (ca. 30 Minuten).

Die Eier schaumig schlagen, die Buttermilch einrühren.

Mehl und Backpulver mischen, durchsieben. Mit dem Salz und dem Zucker mischen und in die Eier-Buttermilch-Masse einrühren.

Die geschmolzene Butter untermischen. Den gekochten Wildreis dazugeben und unterrühren.

In Butter in der Pfanne zu kleinen Pfannkuchen ausbacken. Mit der Eierlikör-Mascarpone-Creme und frischem Beerenmus toppen.

Eierlikör-Mascarpone-Creme

Man nehme:

250 g Mascarpone
100 g Schmand
100 g Puderzucker
Das Mark einer halben Vanilleschote
1 Becher Sahne
Ca. ½ Flasche Eierlikör (nach Belieben)

Mascarpone, Schmand, Puderzucker, Vanillemark mit einem Schneebesen gut verrühren.

Die Sahne steif schlagen und unterheben.

Den Eierlikör mit leichter Hand unterrühren.

Die Masse kalt stellen.

Dazu passen: Wildreispfannkuchen und jede Menge rote Beeren als Topping. Oder man schichtet die Mascarponemasse in einem Glas mit in Amaretto marinierten (frischen) Pfirsichschnitzen und Krokant.

Nicht über die Kalorien nachdenken.

Danksagung

Dieses Jahr war nicht nur bunt, sondern stellenweise auch gefährlich. Dass alles noch mal gutgegangen ist, dafür sorgten:

Dr. Olszak-Warnat, Dr. Jörg Flitsch und das Team der Neurochirurgie im UKE-Hamburg, Dr. Demtröder und Team.

Und: Moni, Dante, Stefan, Elke, Christian und Tanja, Franka Zastrow, Eva Pfitzner, Uta und Ute, Fam. Dallwitz, Fam. Hojan und ihr Rudel aus Zwei- und Vierbeinern; Karin, Beate und Sabine; meine ganze Familie; TCHO und Schröder und noch viele andere mehr …

Die Geschichte und ihre Figuren sind frei erfunden. Sollten sich Fehler finden – shame on me.

Viel Spaß bei der Lektüre

Edda Minck

www.eddaminck.de
oder auf facebook